세 여자

세 여자

Three

드로 미샤니 장편소설

이미선 옮김

북레시피

친할머니 사라 미샤니와 딸 사라 미샤니에게
이 책을 바칩니다.

"이제 인자가 사람들의 손에 넘겨지리라."

(누가복음 9:44)

"인자는 사람들의 생명을 멸하려고 온 것이 아니라
구원하려고 왔느니라."

(누가복음 9:56)

한국 독자들에게

『세 여자』에 대하여

『세 여자』에 대한 아이디어가 떠오른 것은 프랑스에서 개최된 범죄 소설 축제에 참석하고 돌아오는 비행기 안이었습니다. 구체적인 스토리가 떠오른 것은 아니고 책을 어떤 식으로 구성할 것인지에 대한 아이디어였죠. 세 여자에 관한 이야기를 각기 세 가지의 다른 방식으로 써서 삼부작을 만들어보자는 생각이었습니다. 세 명의 여자가 누구인지는 아직 정해지지 않은 상태였어요. 그러나 텔아비브에 도착해 비행기에서 내릴 때쯤, 이 이야기가 나의 다음 작품이 될 것이라는 사실만큼은 확실해졌죠. 그런데 여기에는 한 가지 문제가 있었어요. 이전 소설들에 등장하는 아브라함 경감이 이 책에는 나오지 않는다는 것이었습니다. 그에게는 새 소설을 쓸 계획을 비밀에 부쳐야 했습니다.

돌이켜보니 몇 가지 아쉬운 점들이 생기더군요. 이전에 쓴 소설들의 주인공으로부터 탈피하고, 다소 고전적인 양식의 추리 소설을 쓰는 것으로부터 탈피해야 할 필요가 있었어요. 무엇보다 『세 여자』 이전 소설들의 주인공이 모두 동일인이었기 때문에 이제는 모험을 떠나야 했던 거죠. 새로운 삶과 새로운 목소리들에 대해 글을 쓰다 보면 창작 능력이 회복될 것 같았어요. 그리고 실생활에서 느끼는 죽음의 충격을 생생하게 다시 그려낼 수 있는 책을 쓰고 싶었어요. 추리 소설을 읽는 독자들은 추리 소설의 구조상 폭력과 죽음의 충격을 덜 맞닥뜨리도록 보호받죠. 책을 펼치면 15페이지나 20페이지쯤 시체가 발견되고 그러면서 충격에 대비해 마음의 준비를 하게 되지요. 『세 여자』는 뭔가 달라야 했어요. 이 책은 독자들을 기습적으로 놀라게 해야 했죠. 그러려면 전형적인 구조를 뒤집을 필요가 있었어요. 범행이 이루어질 것인지 말 것인지 불분명한 범죄 소설을 쓰거나, 형사가 등장한 것인지 아닌지 독자들이 명확히 알 수 없는 추리 소설을 써야 했죠.

일단 책을 쓰기 시작하자 이야기가 잘 풀리는 것 같은 느낌이 들었어요. 1부를 쓰다 보니 주인공인 첫 번째 여자에게 점점 더 애착이 갔어요. 2부와 두 번째 여자에 대해 쓰는 것 역시 수월했어요. 그녀와 그녀만의 독특한 사연에 대해 조금씩 알아가다가 그녀에게 반해버린 거죠. 그런데 그러다가 글이 막혀버렸어요. 1, 2부를 쓰면서 너무 들떠 있었기 때문에 중요한 뭔가를 간과한 것입니다. 살인자가 활개 치며 다니고 있는 상황에서 누군가가 그 살인자를 붙잡아야 한다는 사실을 놓친 거죠. 소설에 아브라함 형사를 등장시키지 않았기 때문에 누구에게 그 일을 맡길 것인지 난감했어요.

두 달 넘게 한 줄도 쓸 수가 없었어요. 이 소설이 분명히 실패할 것이라는 생각 때문에 공포감이 밀려왔죠. 두 달 동안 누군가가 내 사무실 문을 두드리는 소리가 들려왔어요. 밖에서 문을 두드리는 사람이 누구인지 나는 알고 있었어요. 아브라함 경감이 내게 도움을 주겠다고 제안하면서 동시에 경고를 보내고 있었던 거죠. "나를 들여보내줘요. 나 없이는 절대 살인자를 못 잡을걸요. 사실 당신은 내가 등장하지 않은 소설을 써본 적이 없잖아요. 나를 들여보내지 않으면 절대 그 소설을 못 끝낼 거예요."

솔직히 나는 무릎을 꿇을 뻔했어요. 어쨌든 아브라함 말이 항상 맞았으니까요. 하지만 나는 그렇게 쉽게 모험을 포기하고 싶지 않았어요. 솔직히 말하면 세 주인공의 힘을 믿기도 했고요. 아브라함이 없어도 세 사람이 살인자를 잡고 이 이야기와 내 글쓰기를 끌고 갈 수 있을 것 같았으니까요.

다행히 내 생각이 맞았죠. 『세 여자』는 성공적인 모험이었어요. 이 모험 덕에 내 소설이 처음 출간되는 한국을 포함해 전 세계에서 새로운 독자층을 얻게 됐으니까요. 이 소설의 세 여주인공이 이스라엘에 살면서 히브리어를 사용하는 가운데 여러분과 다른 생활을 하고 있다 해도, 그들의 이야기가 내 마음을 사로잡은 것처럼 여러분의 마음속에도 오랫동안 간직되길 바랍니다.

텔아비브에서,
드로 미샤니

차례

첫 번째 여자

1

그들은 이혼한 독신자들을 위한 만남 주선 사이트에서 만났다. 그의 프로필은 별 볼 일 없었고, 바로 그 이유 때문에 그녀는 그에게 편지를 보냈다. 42세로 한 번 이혼했고 텔아비브 교외에 살고 있는 남자였다. '삶을 신나게 만끽하고 싶다'거나 '당신과 함께 나 자신을 찾는 여행을 떠나고 싶다' 같은 말도 적혀 있지 않았다. 아이가 둘이었고, 키 170센티에 대학을 졸업했으며, 자영업에 종사했고, 경제적으로 안정된 아슈케나지(중부·동부 유럽 유대인 후손)였다. 정치적 의견란에는 아무것도 적혀 있지 않았다. 다른 몇몇 항목들도 빈칸으로 남아 있었다. 세 장의 사진이 올라와 있었는데 한 장은 오래된 사진이었고, 두 장은 그보다는 약간 나중에 찍은 것처럼 보였다. 세 장의 사진 속에 담긴 그의 얼굴을 보고 그녀는 안심했다. 유별난 점은 전혀 없었다. 비만도 아니었다.

그녀의 아들 에란은 심리치료를 시작했다. 엄마가 슬픔에 빠져 있지 않을 뿐만 아니라 새로운 삶을 시작하고 있다는 것을 알면 에란에게 도움이 될 거라고 치료사는 말했다. 그녀는 아들과 함께 예전의 일상으로 돌아갈 수 있도록 애썼다. 7시에 저녁을 먹고, 샤워하고, TV 쇼 프로를 하나 보고 나서 두 사람은 다음 날 아침을 위한 가방을 챙겼다. 8시 반이나 45분쯤 에란이 잠자리에 들면 그녀는 이야기를 읽어주곤 했다. 물론 에란 혼자서도 책을 읽을 줄은 알았지만 습관이 되다시피 한 책 읽어주기를 그만두기에는 때가 좋지 않았다. 에란이 잠들고 나면 그녀는 거실 구석에 놓인 컴퓨터 책상 앞으로 가서 프로필을 훑어보고 메시지를 읽었다. 물론 연락을 해온 남자들 모두에게 답장을 쓰진 않았다. 그녀는 자기 쪽에서 먼저 연락하는 것을 선호했다. 3월 말이었지만 저녁에는 점퍼를 입어야 했고, 혼자 잠자리에 들 때면 때로 비가 내렸다.

그녀는 그에게 메시지를 보냈다. "당신에 대해 알고 싶어요." 이틀 후 그에게서 답이 왔다. "그럽시다. 어떻게 하면 되죠?"

그들은 온라인으로 채팅을 했다.

"어떤 학교에서 가르칩니까? 초등학교? 고등학교?"

"고등학교요."

"어느 고등학교인지 말해줄 수 있어요?"

"일단은 여기까지만 해두죠. 홀론에 있는 학교예요."

그녀는 신중했지만, 그는 자신을 훤히 보여줬다. 프로필에 빈 칸으로 남아 있던 항목들은 대화가 진행됨에 따라 채워졌다. 그는 자전거 타는 것을 좋아했다. 주로 토요일에 야르콘 공원에서 자전거를 탔다. "몇 년 동안 몸을 방치했는데 자전거를 타기 시작하면서 요즘은 체육관에도 다니고 있어요. 한결 좋아졌죠." 사진으로 봐서는 전혀 짐작할 수 없겠지만, 그는 변호사였다. "상어 떼 같은 그런 악덕 변호사가 아니고 혼자서 작은 사무실을 운영하는 개인 변호사예요." 그의 주 업무는 폴란드나 루마니아, 혹은 불가리아에 뿌리를 둔 이스라엘인들을 위해서 시민권 자격 여부를 입증하고 시민권 신청서를 제출해주는 일이었다. 동유럽에서 이스라엘로 외국인 노동자를 데려오는 직업소개소의 법무 팀에서 몇 년간 근무하다가 그는 이 일을 시작했다. 그러다 보니 내무부의 여러 부서에서 인맥을 쌓게 됐다. "혹시 폴란드 여권 필요하지 않아요?" 그의 질문에 그녀가 답했다. "그럴 일 없어요. 부모님이 리비아 출신이에요. 가다피하고 친분이 있는 사람 알아요?"

그녀와 같은 학교에서 근무하는 동료들은 인터넷 채팅에 대해 경고했다. 인터넷으로 채팅하는 사람들이 자기 신상에 대해 하는 말은 믿을 수 없다는 것이었다. 그러나 그는 자기 자신에 대해 특별한 말을 전혀 하지 않았다. 오히려 평범하게 보이려고 애쓰는 것 같았다. 며칠 동안 채팅을 주고받은 후 그가 물었다. "드디어 만나는 건가요?" 오르나가 대답했다. "좋아요."

4월 초순경 목요일 저녁 9시 반.

그는 오르나에게 어디서 만날지 정하라고 했다. 오르나는 텔아비브 도심에 있는 하비마 광장 옆의 카페를 골랐다. 사흘 전에란의 치료사를 만났을 때 오르나는 주로 자기 자신에 대해 이야기했다. 치료사는 오르나에게 치료를 받고 싶으냐고 넌지시 물었고 그녀는 웃기만 했다. 오르나는 말이 너무 많았다고 사과하고는 치료비를 댈 형편이 아니라고 설명했다. 에란의 치료비도 어머니 덕분에 낼 수 있었기 때문이다.

치료사는 오르나에게 첫 데이트를 비밀로 하지도 말고 그 일을 너무 대단하게 생각하지도 말라고 조언했다. 그리고 어머니에게 에란을 봐달라고 부탁하거나 아이를 어머니 집에 보내서 재우지 않는 편이 좋다고 말했다. 어머니가 그들 두 사람보다 더 긴장해서 아이가 몰라도 될 부분까지 말할 수 있었기 때문이다. 누구와 데이트를 하러 가느냐고 에란이 물으면 그냥 "친구"라고 대답해주면 되고, 어떤 친구냐고 물으면 "너는 아직 모르는 새 친구"라고 말해주라고 했다. 그의 이름은 길이었다.

텔아비브는 붐볐다. 아얄론 고속도로의 샬롬 출구에서부터 시작된 교통체증은 이븐 가비롤 가를 따라 계속됐다. 문화센터 지하의 새 주차장은 만원이었다. 길은 그날 아침 채팅 중 오르나에게 전화번호를 보내줬다. 오르나는 길에게 늦을 것 같다고 문자를 보낸 뒤 카플란 가에 있는 주차장으로 되돌아가서 차를 세우고 하비마 광장으로 걸어갔다. 파티에 가는 사람들, 문신을 새기고 수염을 기른 남자들, 예쁜 아가씨들, 아기를 데리고 나온 젊은 부부들과 나란히 걸으며 오르나는 다른 곳에서 만나자고 할 걸 그랬다는 생각이 들었다. 입고 있는 옷 — 흰색 짧은 바지에 맞춰 입은 흰색 블라우스와 얇은 흰색 재킷 — 때문에 자신이 나이 든 사람처럼 느껴졌다. 아니 더 끔찍하게는 늙은 여자가 어려 보이려고 애를 쓰고 있는 것 같은 기분이 들었다. 그러나 길의 첫마디 말을 듣자 그런 생경한 기분이 조금 누그러졌다.

"우리가 여기서 도대체 뭘 하고 있는 거죠? 너무 늙어버린 기분이네요."

갑자기 남자와 데이트를 하러 나오다니 생각보다 훨씬 더 이상했다.

오르나가 도착하자 길이 일어서서 업무상 만난 사람처럼 악수를 청했다. 길이 라떼를 주문했기 때문에 오르나는 와인 대신 막대 계피가 꽂힌 따뜻한 애플 사이다를 시켰다. 길은 마른 편은 아니었지만 운동하는 티가 났다. 길의 옷차림은 오르나보다 더 캐주얼했다. 청바지에 파란색 폴로셔츠를 입고 흰색 스니커즈를 신고 있었다. 이런 데이트를 상당히 여러 번 해봤을 터이기에 길이 더 경험 많은 쪽의 역할을 맡았다.

"보통은 이혼에 대해 이야기를 해요." 길이 말했다. "전쟁 같았던 이야기를 주고받죠. 예비군 훈련을 받을 때와 조금 비슷해요. 상당히 우울하긴 하지만 내가 먼저 시작할게요."

오르나는 "아니에요. 그 얘기만 빼고 아무거나 괜찮아요."라고 말했지만 사실은 듣고 싶었다. 물론 자신의 이야기를 하는 것은 절대 있을 수 없는 일이었다. 모든 것이 여전히 철철 피를 흘리며 정제되지 않은 상태였고 때로는 전혀 현실처럼 느껴지지 않았다. 데이트를 하고 있는 와중에도 이 모든 일이 진짜가 아니고 그곳에 함께 앉아 있는 사람이 로넨인 것 같은 기분이 가끔 들었다. 길에게는 노아와 하다스라는 두 딸이 있었고 둘 다 고등학교에 다니고 있었다. 전 부인이 먼저 이혼을 요구했고, 길은 처음에는 사랑 때문이 아니라 두려움 때문에 이혼을 반대했다.

오르나와 로넨과 달리, 길 부부는 오랜 별거 과정을 거쳤다. 아내가 먼저 별거 이야기를 꺼냈을 때 길은 노력해서 관계를 회복해보자고 그녀를 설득했다. 잠깐 동안 부부 상담을 받았고 결국에는 그가 받아들였다. 길이 아는 한, 아내는 바람을 피우지 않았고 지금도 사귀는 남자친구가 있는 것은 아니었다. 아내는 그저 남편을 더 이상 사랑하지 않았고, 새로운 일을 시도해보고자 했으며, 삶을 포기하고 싶어하지 않았다. 길은 그 당시에는 이 모든 것을 이해할 수 없었고 이해하고 싶지도 않았지만, 이제는 더 많이 이해하게 됐다. 대체로 그 변화 때문에 모두의 삶이 더 나아졌다. 딸들도 그랬다. 이혼은 쉬웠다. 어쩌면 두 사람 모두 변호사여서 돈에 쪼들리지 않았기 때문이었는지 모른다. 전 부인이 기바타임에 있는 그들의 아파트에서 그대로 살았고, 임대 중이던 하이파의 아파트를 판 돈으로 길은 멀지 않은 곳에 방 네 개짜리 아파트를 샀다. 길이 이 모든 이야기를 처음으로 하는 것은 아니라는 사실이 분명했다. 그의 어조가 너무 담담해서 오르나는 자신이 얼마나 상처를 입었는지 느낄 수 있었다. 자신과 로넨의 이야기는 너무 달랐다. 그러나 어쩌면 그리 다르지 않을지도 모른다. 길이 무심히 했던 말들이 — "새로운 일을 시도한다"느니 "삶을 포기하지 않는다"는 — 작은 수류탄처럼 오르나의 마음속에서 폭발했다.

길은 이것을 전혀 눈치채지 못했다. 아니 오르나는 길이 눈치채지 못했기를 바랐다. 길이 "당신은 어땠어요?"라고 물었을 때 오르나는 말했다. "달랐어요. 나한테는…… 우리에게는 아홉 살짜리 아들이 있는데 정말로 힘들어했어요. 그 문제에 대해서 지금은 말하고 싶지 않아요."

그때부터 오르나의 마음은 더 이상 그곳에 있지 않았다. 길은 자기 일에 대해, 바르샤바와 부쿠레슈티로 짧게 출장을 다녀온 것에 대해 이야기하면서 그녀의 삶은 어땠는지 궁금해했다. 그러나 오르나가 내켜하지 않으면 굳이 재촉하지는 않았다. 시간은 천천히 흘렀다. 하비마 광장은 10시 15분에 사람들로 가득 찼다가 연극이 끝나자 텅 비었다. 10시 40분에 길은 다이어트 콜라를 주문하면서 오르나에게 음식을 주문하지 않겠느냐고 물었다. 그러나 오르나는 데이트를 그만 끝내고 싶었기 때문에 사이다조차 다시 주문하지 않았다.

11시가 조금 넘었을 때 길이 "갈까요?"라고 물었고 오르나는 "네, 그래야죠. 너무 늦었어요."라고 대답했다.

"원한다면 밤새도록 채팅할 수 있어요. 그리고 내 전화번호도 갖고 있잖아요." 길이 작별 인사 대신 말했다.

오르나는 차로 걸어가면서 에란이 자고 있는지 베이비시터에게 전화하고 싶었지만 울음이 터질 것 같아서 그럴 수가 없었다.

2

일주일 후 오르나는 길에게 메시지를 보냈다.

"길, 아직 사이트에 접속해 있어요?"

"여기요? 죽치고 있다시피 했어요."

오르나는 데이트에 대해 사과하면서 아직 마음의 준비가 덜 된 것 같다고 설명했다. "틀림없이 재미없었을 거예요."

길에게서 답이 왔다. "전혀 아니에요. 그리고 백 퍼센트 이해해요. 나도 겪어봤어요. 전혀 기분 나쁘지 않아요. 언제 다시 봅시다."

학기 말이어서 저녁이면 오르나는 시험지를 채점했다. 에란에게는 『왕자와 거지』를 다 읽어줬기 때문에 『라스트 모히칸』을 읽어주기 시작했다. 두 이야기 모두 그들의 삶과 아무런 연관이 없었다. 부모의 이혼으로 힘들어하는 소년에 관한 이야기가 아니라 먼 옛날 먼 나라에 관한 이야기였다. 오르나는 오후에 다른 학교 학생들에게 과외를 하기 시작했다. 에란의 치료비 이외 더 이상 어머니에게 돈을 빌리고 싶지 않아서였다. 일주일에 네 번에서 여섯 번 과외 수업을 해주고 시간당 3만 원을 받았다. 그러면 한 달에 60만 원 정도를 벌 수 있었다. 여름이면 과외가 끝나지만 대학 입학 자격시험 채점자 신청을 해놓았기 때문에 다른 수입원이 생길 예정이었다.

학교 동료들, 그러니까 특별히 가까운 사이도 아니면서 그들은 그녀가 다른 남자를 만날 준비가 됐는지 알고 싶어했다. 지인들 가운데 꽤 많은 남자들이 제2의 인생을 시작하고 있다면서 말이다. 대부분은 지질했지만 진짜 괜찮은 남자들도 몇 있었다. 오르나는 제안을 모두 거절했다. 온라인 사이트에는 새 프로필이 일주일에 고작 두 개밖에 올라오지 않았다. 그녀는 매번 똑같은 얼굴들과 똑같은 글귀를 마주쳤다. 그들은 하나같이 그럴싸한 말 뒤에 외로움을 숨기고 있었다. "진짜 사랑 말고는 타협 불가", "인생 여정을 같이할 파트너를 찾는 중", "관습에 얽매이지 않는 사람, 진국, 절대 거짓말 안 함, 감추는 것 전혀 없음." 모두가 사기꾼이거나, 그리 날씬하지 않거나, 혹은 스물여덟에서 서른 살 남짓으로 너무 어릴 것이다. 오르나는 그들이 이런 데서 대체 무엇을 하고 있는지 이해할 수가 없었다. 다른 사람을 만나려는 생각도 없으면서 며칠에 한 번씩 그 사이트를 훑어보는 자기 자신도 이해할 수 없기는 마찬가지였다. 그녀가 길에게 두 번째 데이트를 하자는 메시지를 보냈을 때 그건 사실 미리 계획했다기보다 즉석에서 충동적으로 결정한 것이었다. 물론 그런 생각이 그녀의 마음을 스친 적은 몇 번 있었다.

몇 시간 후 길에게서 답이 왔다. "좋아요. 불쌍해서 그러는 것만 아니라면."

오르나는 스마일 이모티콘을 보내며 덧붙였다. "자기 연민은 괜찮아요?"

유월절이 지나갔다. 이혼 후 처음 맞는, 슬픈 유월절 이브 축제였다. 에란과 어머니, 동생과 동생의 가족하고만 카르쿠르에 있는 동생네 집에 모였다. 항상 그랬던 것처럼 음식은 너무 많았고, 무심코 오간 고통스러운 대화도 너무 많았다. 아무도 로넨에 대해 입도 벙긋하지 않았다. 에란은 저녁 내내 오르나에게 달라붙어서 사촌들과 놀지도 않고 무교병(유대인들이 출애굽의 수난과 하느님의 은혜를 기념하기 위해 유월절 다음 날부터 7일 동안 만들어 먹는 누룩을 넣지 않은 빵)을 찾는 데 끼지도 않았다. 다음 날 유월절 아침 오르나는 6시도 채 안 되어 일어났다. 하늘은 비구름이 잔뜩 끼어 있었고 예기치 않게 쌀쌀했다. 겨울옷들은 이미 옷장 맨 꼭대기 선반에 올려두었는데 휴가 기간 내내 어떻게 지낼지 막막했다.

베이비시터가 학교 시험 기간이라 바빠서 화요일에만 시간을 낼 수 있었지만 오르나는 그래도 괜찮았다. 조용한 저녁이었고, 거리는 파티에 가는 사람들도 별로 없었다. 길에게서 답이 왔다. "화요일에 다른 데이트가 있지만, 다음 주에 괜찮은 날이 그날뿐이라면 내가 데이트를 취소할게요." 길의 정직함에 오르나는 기쁘기는커녕 정나미가 떨어졌다. 오르나는 약속을 취소할 생각이었다. '나는 지금 섹스 상대를 물색하는 시장에 나와 있는 거야. 내가 그 시장의 일부야.'

그러나 빠져나갈 방도가 없는 것 같았다.

"이번에는 텔아비브에서 만날까요?"라고 오르나가 묻자 길이 대답했다. "좋아요. 어디든 괜찮아요. 야포? 기바타임? 아니면 헤르즐리야 선착장?"

"기바타임은 당신한테 너무 가깝지 않아요?" 오르나는 다 큰 그의 딸들을 생각했다. 딸들이 카페 근처를 지나갈 수도 있었다. 그의 전 부인도 생각났다.

"매우 가까워요. 그렇지만 솔직히 우리가 어디서 만나건 상관 없어요. 내가 있는 곳과 가까운 카츠넬슨 가에 괜찮은 곳이 몇 군데 생겼어요. 그렇지만 어디든 갈 수 있어요."

오르나는 두 번째 데이트를 나갈 때는 긴장하지 않았다. 이상 했다. 직장 동료와 커피를 마시러 가는 것 같았다. 아니면 에란 에게 말했던 것처럼 길이 진짜 "친구" 같았다.

오르나는 캐주얼하게 옷을 입고 화장을 거의 하지 않았다. 섹 스 파트너를 구하는 시장의 일반적인 원칙을 따르고 있지 않다 는 메시지를 전달하고 싶어서 그랬을지도 모른다. 길은 또다시 운동복을 입고 나왔다. 똑같은 청바지에 똑같은 흰색 스니커즈 차림이었지만 이번에는 흰색 폴로셔츠를 입고 있었다. 그사이 약간 마른 것 같았다. 대부분의 이스라엘 남자들은 유월절에 살 이 쪘다. 오르나가 카페에 들어서자 두 사람은 뺨에 키스를 했 다. 주차할 곳을 찾느라 애를 먹었기 때문에 오르나는 또 늦었 다. 키스는 다정했다. 두 번 이상 만난 커플에게 어울리는 키스 였다. 길에게서는 오르나가 맡아보지 못한 향수 냄새가 났다. 누 구라도 꼭 한번 다시 느껴보고 싶어할 만한 매우 달콤한 초콜릿 향이 오르나의 마음을 단번에 사로잡았다.

오르나는 이번에는 우울한 모습을 덜 보이고 말을 더 많이 하려고 노력했다. 그러나 대개는 말을 하고 나면 혹시 길이 자기 때문에 다른 데이트를 포기한 것을 후회할지도 모른다는 생각이 들었다. 그래도 오르나는 자기 자신에 대해서는 말을 많이 하지 않는 인터뷰 진행자 역할을 고수했다. 길은 또다시 기꺼이 인터뷰를 당하는 쪽이 돼줬다.

"그러니까 당신은 이런 데이트를 많이 하는 거죠?" 오르나가 묻자 길이 대답했다. "예전보다는 덜하지만 그래요. 상당히 많이 해요. 저녁에 달리 할 일이 많지 않으니까요."

"그런데 별 성과가 없나요?"

"대개는요."

대개는 첫 데이트 후에 여자들이 메시지를 보내지 않거나 전화를 걸지 않는다고 길이 말했다. 사실 여자 쪽에서 만남을 지속하고자 한 적도 몇 번 있었지만 그럴 때마다 그는 모른 척했다. 두 번째 데이트까지 진척되는 경우는 아주 드물었고, 그 이상 간게 고작 세 번이었다. 그것도 2년 동안 세 번뿐이었다. 그 말에 오르나는 잠깐 의기소침해졌다. 길이 하고 있는 말이 마치 오르나 자신의 앞날을 예고해주는 것 같았다. 그러나 오르나는 마음을 추슬렀다. '우울한 모습 보이지 말고 말을 더 많이 하자.' 지난번과 달리 이번에는 무너지지 않았다. 오르나는 더 편안하고 즐거워질 수 있을 것 같은 기분이 들었다. 어쩌면 그건 알코올 성분이 들어간 따뜻한 사이다를 주문했기 때문인지도 모른다. 길이 아침 출근길에 가끔 들른다는 카페는 젊은 사람들로 가득

했다. 그러나 이번에는 그런 것이 크게 신경 쓰이지 않았고 오히려 도움이 됐다. 길이 레드와인을 주문했다는 사실도 한편으론 도움이 됐다.

"그 이상이라면…… 섹스를 말하는 건가요?" 오르나는 자신의 노골적인 태도에 놀라면서 물었다.

길이 미소를 지었다. "섹스도 포함해요. 두세 번 이상의 데이트로 이어져서 사귄다고 할 수 있는 단계까지 발전하는 거죠."

"그런데 왜 잘 안 됐나요?"

"그 사람들이 나와 사랑에 빠지지 않았고 나도 마찬가지였던 것 같아요. 어쨌든 아무 일도 없었어요. 그냥 시들해졌죠."

길은 이혼에 대한 이야기는 피하려고 노력했다. 아마도 그것 때문에 첫 데이트를 망쳤다는 걸 감지한 모양이었다. 그러나 오르나는 이번만큼은 이혼에 대한 기억을 좀 더 잘 견뎌낼 수 있을 거라고 자신했다. 그러나 길이 말을 시작하자 지난 추억들이 소환됐다. 오르나는 자신이 아무렇지도 않으며 더 강해지고 있다는 것을 증명하기 위해서 길의 아내와 딸들에 대해 집요하게 물었다. 에란의 치료사는 오르나에게 더 강해질 거라고 말했지만, 오르나 자신은 정말 강해지고 있는지 아직 확신할 수가 없었다.

사이다를 마신 다음 오르나는 메를로 와인을 한 잔 주문했다. 그러자 길은 한참 전에 첫 잔을 다 비웠음에도 그제야 와인 한 잔을 더 주문했다. 마치 오르나가 도망치지 않을 것이며, 자신이 두 번째 잔을 주문하는 게 주제넘은 짓이 아니라는 확신이 서기까지 기다리고 있었던 듯. 집으로 돌아오는 차 안에서 오르나는 이번 데이트에서 만족스러웠던 점을 꼽아보았다. 사실 길의 어떤 면모가 마음에 들었다기보다는, 지난번 만났을 때 이야기를 중단했던 대목에서 다시 시작했다는 것 자체가 만족스러웠다. 이제 오르나는 길에 대해 몇 가지 사실을 알게 됐다. 길은 너무 사적일 수 있다고 우려되는 질문을 할 때면 목소리를 낮췄고, 곤혹스러운 질문에 대답하기 전에는 손가락으로 금발 머리를 쓸어 넘기며 미소를 지었다. 자신의 말에 오르나가 고통스러워하는 것 같으면 속상해하는 눈빛이 됐고, 딸들인 노아와 하다스에 대해 말할 때는 얼굴이 환해졌다.

이혼 합의 사항에 공동 양육권이 지정됐지만 길은 처음부터 그것이 딸들에게 쉽지 않으리란 걸 알고 있었다. 딸들이 두 집을 오가며 살기보다는 자기들이 자라온 집, 자기들 방에서 계속 지내고 싶어할 것 같았기 때문에 길은 많은 돈을 들여 딸들의 새 방을 꾸몄지만 그곳에 와서 지내라고 강요하지 않았다. 그는 두 딸 모두에게 아파트 열쇠를 주고는 먼저 물어보거나 노크할 필요 없이 원할 때 언제든 오라고 말했다. 처음 석 달 동안 딸들은 거의 오지 않았고, 그나마 오더라도 항상 먼저 문자를 보냈다. 그러다 시간이 지나면서 점차 변했다. 초저녁 때 길이 일을 마치고 돌아오면 딸들이 주방에 와 있거나, 거실에서 숙제를 하거나 TV를 보고 있었다. 대개 큰딸인 노아가 왔다. 그의 아파트는 딸들이 사는 집에서 걸어서 10분도 채 안 걸렸다. 아이들 엄마는 전혀 신경 쓰지 않았고 그의 아파트는 딸들의 도피처 역할을 했다. 어쩌면 그곳은 딸들이 언젠가 독립해서 살 날을 대비해 혼자 사는 것을 미리 연습해볼 수 있는 곳이었다. 딸들은 이제 일주일에 서너 번 와서 방해받을 염려 없이 시험공부를 하고, 저녁을 만들어 먹은 다음 주방을 치워놓고 갔다. 2주 전에는 또 다른 중대한 진전이 있었다. 노아에게 남자친구가 생겼는데 노아는 남자친구에게 엄마와 사는 집이 아니라, 아빠 집에 마련돼 있는 자기의 새 방에서 자고 가라고 했다. 한 달 후면 노아의 열일곱 살 생일이어서 길과 전 부인은 함께 딸에게 차를 사줄까 고민 중이었다. 길은 자신의 재정 상태가 훨씬 더 안정적이었기 때문에 비용의 대부분을 자신이 지불할 생각이었다.

오르나가 로넨과 에란에 대해 생각했던 것은 그 순간뿐이었다. 그들에게는 모든 것이 너무나 달랐다. 그녀는 절망과 슬픔을 억누르지 못해 새어나온 감정들이 마치 번진 화장처럼 얼굴에 다 드러나지 않을까 잠깐 동안 걱정했다. 오르나는 에란의 치료사가 했던 말을 상기했다. "오르나, 에란을 압박하지 말아요. 아이에게 시간을 줘요. 당신처럼 에란도 위기를 극복하는 중이니까요. 아직 눈에 보이진 않겠지만요."

이번에는 시간이 빨리 지나갔다.

오르나가 집에 돌아가야 해서 두 사람이 작별 인사를 나눴을 때는 이미 자정이 넘은 시각이었다. 헤어지는 순간 오르나는 내심 초콜릿 향이 나는 길의 향수 냄새를 다시 맡고 싶었지만 어떤 이유에선지 그들은 뺨에 키스를 하지 않았다.

그날 밤 1시가 되기 직전 길에게서 문자 메시지가 왔다. "즐거웠어요, 오르나. 고마워요." 오르나도 답을 보냈다. "고마워요."

3

　오르나는 참고 기다려주는 길의 성격에 놀라워했다.

　처음에는 그가 다른 여자들과 데이트를 자주 하기 때문에 그럴 것이라는 생각이 들었지만, 두 번째 데이트 후 길은 오르나와의 만남에 최선을 다하기 위해 다른 사람을 만나지 않기로 결정했다고 말했다. 길이 온라인 프로필을 정지하거나 삭제하진 않았지만, 오르나는 그것에 대해 아무 말도 하지 않았다. 혹시라도 그를 염탐하고 있다는 인상을 주기 싫었고, 또 그래야 그녀가 특별한 목적 없이 뭔가 놓친 것이라도 있는 듯이 새 프로필을 훑어보면서 여전히 사이트를 기웃거리고 있다는 사실을 그에게 들키지 않을 수 있었기 때문이다.

　5월. 봄.
　두 사람은 4월에 한 번, 5월에 세 번 만났다.
　학교에서는 다가오는 대학 입학 자격시험 때문에 정신없이 바빴다. 집에서는 에란이 다음 달로 다가온 자기 생일에 대해 쉴 새 없이 재잘거렸다. 길과의 데이트를 두 시간 앞두고 베이비시터에게서 열이 있어 올 수 없다는 전화가 왔다. 오르나는 약속을 취소하려고 길에게 전화를 걸려다 마음을 바꿨다. 집에서 학교로, 학교에서 집으로 바쁘게 뛰어다니며 며칠을 보냈기 때문에 정말 간절하게 외출하고 싶었다. 그래서 어머니에게 에란을 봐달라고 부탁했다. 물론 어머니가 여러 가지 질문을 할 것이라는 점도 고려했다. 그리고 역시나 어머니는 질문을 쏟아냈다. 어머니도 잘 아는 소피와 만날 것이라고 둘러댔지만 예쁜 미니 원피스를 입는 오르나를 보면서 어머니는 그 말이 거짓이라고 확신했다.

지금까지 오르나는 에란의 치료사를 제외하고는 어느 누구에게도 길에 대해 말하지 않았다. 사실 아직은 이야기할 만한 것이 하나도 없었다. 길을 사랑하게 된 것도 아니었고, 두 사람 사이에 무슨 일이 일어난 것도 아니었다. 아무 말도 하지 않으면 오히려 무슨 일인가가 일어날지 모른다는 확신 때문에 그랬는지도 모른다. 예전에 TV에서 한 작가가 자신이 쓰고 있는 작품을 다른 사람에게 절대 보여주지 않는다고 말하는 것을 들은 적이 있었다. 뭔가를 졸이려면 냄비 뚜껑을 닫아둬야 한다.

만나거나 헤어질 때 뺨 위로 살짝 입술을 갖다 대며 인사하는 것 말고는 두 사람 사이에 신체적 접촉은 없었다. 그렇다면 길이 다른 여자들과 데이트를 하고 있는 것은 아닐까? 오르나는 자신이 어떤 생각이나 감정을 억압하면서 하루하루를 그냥 기계적으로 살고 있다고 느꼈다. 길과의 데이트는 그렇게 기계적으로 살면서 일상적인 삶을 살고 있는 것 같은 모습을 유지하려는 시도의 일부일 수 있었다.

오르나는 아침에 눈을 뜨면 출근 준비를 하고, 에란의 등교 준비를 했다. 그런 다음 "잘 잤니, 에란니."라고 속삭이며 에란의 등을 쓰다듬어주고, 눈을 뜨는 에란의 모습을 바라보며 미소 지었다. 평소 가르치던 내용을 가르쳤고, 학생들의 문법 시험공부를 도왔다. 오후에는 에란의 숙제를 돕고, 약간의 부수입을 마련하기 위해 과외를 하고, 저녁 식사 준비를 했다. 그리고 가끔은 길과 데이트를 했다. 모든 것이 좋았다. 엉망이 된 것은 아무것도 없었다. 오르나와 길은 음식과 영화 취향이 상당히 비슷했다. 길은 데이트 상대로 창피하게 느껴질 만한 언행은 하지 않았다. 그는 잘생겼고, 오르나는 사람들이 그들 둘이 함께 거리를 거니는 모습을 쳐다보는 게 싫지 않았다. 길의 히브리어 실력은 보통 이상이었고 때로는 오르나보다 더 수준이 높고 정확했다. 간단히 말해서, 삶은 계속됐다. 오르나는 무너지고 있지 않았다.

그러나 때로 불행이나 희망이, 삶의 모든 것이 정상이라 느끼고자 하는 오르나의 노력을 무너뜨렸다. 로넨이 아닌 남자와 데이트를 하고 있다는 사실에 대해 생각할 때면 오르나는 두려움에 휩싸였다. 요 몇 주 사이 자신이 예전보다 훨씬 더 나이 든 다른 여자가 되기라도 한 듯 스스로를 위로한다는 게 고작 두 사람 모두 스시를 좋아하고 길이 뚱뚱하지 않다는 그런 사소한 점이라는 사실에 대해 생각할 때면 두려움이 밀려왔다.

에란의 치료사가 장담하기를 표면적으로 완전히 붕괴된 것처럼 보이는 것, 그 이면으로는 실상 시간이 새로운 질서와 새로운 삶을 짜고 있다고 했다. 그러나 그의 말이 옳다고 느껴진 건 아주 잠깐뿐이었다.

어느 날 저녁 어머니에게 에란을 맡기고서 두 사람은 처음으로 영화를 보러 갔다. 그들은 쇼핑몰에서 〈인터스텔라〉를 봤다. 오르나는 아버지와 딸의 관계에 감동해서 영화가 끝난 후에도 에란과 로넨을 생각하며 울음을 멈출 수가 없었다. 영화를 본 다음 두 사람은 일식당에 갔다. 오르나는 길에게 처음으로 에란과 로넨에 대해 이야기했다.

오르나는 에란이 특별한 아이라고 설명했다. 에란은 내성적이고 매우 연약했다. 6월 초면 아홉 살이 되지만 나이에 비해 키가 작고 말랐다. 수줍음도 많이 타서 친구가 거의 없었다. 최근 에란에게 일어난 가장 좋은 일은 자신의 유머 감각을 발견하고 그 능력을 열심히 발휘하고 있다는 것이었다. 사람들을, 대개는 엄마를 웃기려고 애쓰다가 간신히 성공하면 뛸 듯이 기뻐했다. 반면, 수업 시간에는 그렇게 용감하질 못 했다. 모형 비행기나 무인 비행기, 드론같이 나는 것이면 뭐든 좋아했다. 최근에는 자동차에 빠져서 작은 모형들을 모으기 시작했다. 대부분은 엄마가 사주는 것들이었다. 여행으로 오래 집을 비웠어도 로넨은 항상 에란과 사이가 좋았다. 로넨은 해외여행 가이드였고, 사실 지금도 같은 일을 하지만 현재는 네팔에 살고 있다. 12월 이혼 서류에 서명하기 위해 이스라엘에 온 이후로 아직까지 에란을 만나러 온 적이 없다.

문득 길이 테이블 위에 놓인 오르나의 손을 잡으려는 듯한 느낌이 들었다. 오르나는 그가 그러지 않길 바랐다. 이야기의 주제가 얼마나 민감한 문제인지 알고 있었기에 길은 질문을 거의 하지 않았다. 오르나는 길에게 해줄 수 있는 이야기를 전부 털어놓았다.

로넨은 세 살 연상에 아이가 넷 딸린 루스라는 독일 여자와 카트만두에서 호스텔을 운영하고 있었다. 루스는 임신 중이었다.

로넨은 관계를 끊지 않고 자주 에란을 보러 오겠다고 약속했음에도 불구하고 아직 한 번도 찾아오지 않았다.

2월 말 이후에는 스카이프로 화상 통화를 한 적도 없었다.

"에란이 아버지에 대해 묻지 않아요? 에란이 그 문제에 대해 당신한테 이야기하지 않나요?"

"나한테는 안 해요. 아빠가 아예 없는 것처럼요. 그렇지만 치료사한테는 아빠 이야기를 한대요. 그걸로 충분하길 빌고 있어요."

길이 양육비에 대해 물었을 때, 오르나는 로넨이 양육비를 보낸다고 대답했다. 어쩌면 그의 가족이 보내는 것일 수도 있었다. 로넨의 부모님은 매달 그녀의 계좌에 양육비를 입금했고, 집 근처에 오면 한 달에 한두 번씩 에란을 보러 왔다. 그들의 방문이 에란에게 고통만 유발할 것이라고 생각했기 때문에 오르나는 오지 말라고 부탁하고 싶었다. 그러나 치료사가 에란에게 할머니와 할아버지의 방문이 괜찮으냐고 물었을 때 에란은 괜찮다고 대답했다.

그날 밤 자신의 이야기를 들어주는 길의 태도 때문에 오르나는 길이 느긋하게 잘 기다려주는 성격이라고 생각했던 것 같다. 그러나 다시 생각해보면 길은 항상 세상의 시간을 다 가진 것처럼 행동했다. 그는 오르나에게 만나자고 재촉하지도 않았고, 항상 오르나 편에서 먼저 나서서 데이트를 제안하게 해줬다. 늘 자기가 돈을 내겠다고 하면서도 오르나가 반대하면 고집을 부리지 않았다. 두 사람이 식사할 때마다 오르나는 식사비를 나눠서 내자고 했고, 음료수만 마셔서 금액이 적을 경우에만 길에게 돈을 내게 했다. 길이 돈을 많이 번다는 것은 첫 데이트 때 그와의 대화를 통해 은연중 드러난 사실이었다. 그러나 길은 돈 많은 티를 내지는 않았다. 데이트 후 오르나는 길이 신형 빨간색 기아 스포티지에 타는 모습을 본 적이 있었다. 길에게는 엉뚱한 면이 있었다. 뭔가 알 수 없는 묘한 느낌을 풍겼고, 특별할 것 없는 겉모습 속에 더 흥미로운 기질이 숨겨져 있었다. 전화 통화를 하다가 오르나가 물었다. "한 주를 어떻게 보냈어요?" 그러자 길이 대답했다. "바르샤바에서 사흘 있다 어제 돌아왔어요." 길은 여행에 대해 한마디도 한 적이 없었다.

"바르샤바요? 휴가차 간 거예요? 출장이에요?"

"일하러 갔어요. 휴가 때 누가 바르샤바에 가겠어요?"

일식당에서 에란과 로넨에 대해 이야기를 나눈 이후 오르나는 주제를 바꾸려고 애쓰는 가운데 억지로 더 쾌활한 척하며 우울한 기분에서 벗어나려 했다. "그런데 우리가 만나지 않는 저녁에는 뭘 해요? 이런 질문 해도 괜찮은지 모르겠지만."

길은 대개 책을 읽는다고 대답했다. 퇴근해서 6시 반이나 7시쯤 집에 돌아오는데 체육관에 가는 날은 8시가 되어 집에 도착했다. 혹시 딸들이 집에 와 있으면 아이들과 시간을 보냈다. 때로는 함께 저녁을 먹고 뉴스를 보거나 딸들이 좋아하는 TV 시리즈를 시청했다. 요즘은 딸들의 애청 프로그램이 〈워킹 데드〉라는 끔찍한 드라마였다. 길은 좀비를 좋아하지 않지만 딸들을 위해 같이 보았다. 딸들이 오지 않거나 떠나고 나면 대개 그냥 책을 읽었다. 이혼 전에는 책을 많이 읽지 않았지만 지금은 두 가지가 아무 상관이 없음에도 스스로에게 규칙을 정해뒀다. 퇴근후 집에 있을 때는 컴퓨터를 끄고 휴대 전화기는 무음으로 해뒀다. 논픽션과 자서전, 첩보 활동과 모사드(이스라엘의 비밀정보기관), 2차 세계대전에 관한 책들뿐만 아니라 오르나도 읽은 유발노아 하라리의 『사피엔스』 같은 인기 과학 서적들을 읽었다. 혼자 있을 때는 절대 TV를 보지 않았다. 이념적인 이유 때문이라기보다는 TV 시청이 시간 낭비이고, 일에 대한 생각으로부터 벗어나는 데 책이 훨씬 더 좋다고 생각했기 때문이다. 오르나는 일년 넘게 에란에게 읽어주는 책 말고 다른 책은 한 권도 들춰보지않았으면서도, 길이 더 피상적인 사람일 것이라고 지레짐작한데 대해 부끄러움을 느꼈다.

길이 쓰는 향수가 달콤한 초콜릿 향의 향수에서 냄새가 더 강한 향수로 바뀌었다. 오르나는 향이 마음에 들지 않았지만 그렇다고 무슨 말을 할 수 있는 단계는 아니었다. 한번은 데이트 중에, 또 한번은 데이트 후에 오르나는 옷을 입지 않은 채 나체로서 있는 길의 모습을 잠깐 동안 상상했다. 길의 몸은 로넨의 몸보다 더 하얗고 통통할 것 같았지만 털은 더 적을 것 같았다. 날씬하고 근육질인 길의 다리가 로넨의 다리보다는 살짝 더 긴 것처럼 보였다. 다만 물렁해 보이는 길의 가슴살이 조금 더 탄탄하면 좋을 것 같다는 생각이 들었다. 상상 속에서 오르나는 거의알몸 상태로 팬티만 입고 있었다. 그러나 상상 속에서조차 두 사람은 신체적 접촉 없이 오르나의 침실이 아닌, 알 수 없는 방에서 약간 떨어진 채 서로를 살펴보기만 했다. 하지만 함께 서 있는 자세로 서로 맞닿을 수 있는 가능성은 있었다. 두 사람의 몸이 닿을 수 있을 것 같은 느낌이 들었다.

5월 중 두 사람 사이에 일어난 가장 놀라운 변화는 전화 통화였다.

5월 중순 텔아비브 항구의 값비싼 해산물 식당에서 네 번째 데이트를 한 후 며칠이 지나고 나서부터 전화 통화가 시작됐다. 이전 데이트 때와 마찬가지로 두 사람은 나중에 무슨 일이 일어날지 계획하지 않았다. 다시 만날 약속도 하지 않았다. 그러던 어느 날 저녁 오르나는 에란에게 책을 읽어주고 나서 주방을 치우고 컴퓨터 앞에 멍하니 앉아 있다가 TV를 켜고 끔찍해하며 얼마간 〈빅 브라더〉를 봤다. 불현듯 자기 아파트에서 책을 읽고 있을 길이 생각난 오르나는 TV를 끄고 그에게 문자 메시지를 보냈다. 그러나 답이 없었다. 저녁에는 전화기를 꺼둔다고 했던 말이 떠올랐다. 그러다 어떤 이유에서인지 오르나는 휴대전화가 아닌 집 전화로 전화를 걸었다.

누구 전화번호인지 알 수 없었을 텐데 길은 즉시 전화를 받았다. 그는 둘째 딸 하다스가 집에 와 있어서 전화기를 켜뒀다고 말했다. 아직 오르나의 메시지를 보진 못 한 상태였다.

"그럼 나중에 전화할까요?"라고 묻자 길은 "아니에요. 잠깐 기다려요. 다른 방으로 갈게요." 하고 대답했다.

전화 통화는 대개 짧았다. 그리고 무슨 명확한 목적이 있어서 통화를 하는 것도 아니었다. 사나흘에 한 번 정도 전화 통화가 이루어졌다. 대체로 두 사람이 만나지 않을 때 전화 통화를 했고, 항상 오르나가 먼저 걸었다. 길은 저녁에 전화를 꺼놓지 않고 무음으로 해놓겠다고 말했다. 길은 오르나가 전화를 걸 때마다 받았다. 오르나는 항상 집 전화로 전화를 걸었다. 어쩌면 어린 시절의 기억에서 찾아낸 경험을 재현하고 있는 것인지도 몰랐다. 열네 살 때 오르나는 다른 반이었던 샤론 루가시와 처음으로 사귀었다. 그때는 그녀의 방에 전화가 없었다. 그래서 그와 단둘이 이야기를 나누려면 거실에서 전화기를 떼어 자기 방에 있는 소켓에 플러그를 꽂은 다음 방문을 걸어 잠가야 했다. 대개는 그의 어머니가 전화를 받았고 그러면 오르나는 "안녕하세요, 샤론 집에 있어요?" 하고 묻곤 했다. 이제는 아무도 그렇게 말할 일은 없겠지만.

길과의 통화도 그렇지만 그 시절에도 도대체 왜 전화 통화를 하는 건지 알 수 없기는 마찬가지였다. 하루 종일 학교에서 같이 붙어 있었기 때문에 할 말이 많지 않았다. 그러나 거의 아무 말을 하지 않는다 해도, 그 전화 통화들은 두 사람 사이에 없어서는 안 될 필수사항이었다.

길과 통화할 때는 침묵이 흐르는 경우가 전혀 없었다.

"일은 어땠어요? 모스크바엔 다녀왔어요?"

"오늘은 아니고요. 하루 종일 사무실에 있었어요."

"체육관에는 안 갔어요? 당신 자신을 위해서 적어도 점심은 걸렀길 바라요."

"체육관에는 못 갔어요. 딸들이 둘 다 온다고 해서요. 저녁을 먹고 싶대요. 내일 아침에 제일 먼저 체육관부터 들러야겠어요. 꼭 그래야 해요."

"책을 읽고 있어요?"

"아직 아니에요. 당신은 괜찮아요? 에란은 어때요?"

길의 입에서 에란의 이름이 나오자 상반된 감정이 밀려왔다. 심지어는 싫다는 생각이 들었다. 에란에게 길과의 데이트에 대해 자세한 이야기는 해주지 않고 친구하고 외출한다고만 말하고 있는 사실이 마음에 걸렸다. 어머니가 혹시 만나는 사람이 있느냐고 물었지만 오르나는 대꾸하지 않았다.

오르나는 길에게 이런 전화상의 이야기들로 인해 샤론 루가시와 통화했던 기억이 떠올랐다는 말을 하지는 않았다. 오르나는 길이 자기 말을 오해하지 않길 바랐다.

10분에서 15분 후 대화가 잠시 끊어진 틈을 타 오르나가 말했다. "그럼, 잘 자요." 그러자 길이 말했다. "잘 자요."

4

에란의 생일은 6월 초였다.

오르나는 모험을 시도했다. 다른 학부모들은 금요일 오후에 반 아이들을 근처 공원이나 집으로 초대해서 파티를 열었다. 그러면 아이들과 티격태격할 필요 없이 학부모들은 두 시간 동안 자유 시간을 즐길 수 있었다. 그러나 오르나는 그 대신 리숑 르시온 해변에서 연날리기 파티를 열기로 했다. 부모들이 낮잠 시간에 아이들을 그곳으로 데려왔다가 데려가야 했다. 한 학부모가 미니버스를 렌트하면 어떻겠느냐고 제안했지만 오르나는 그런 책임을 지기 싫었다. 비용도 이미 감당하기 어려울 정도로 불어나 있었다. 오르나는 채팅 앱인 왓츠앱에 그룹채팅방을 개설한 다음 카풀을 할 수 있게 만들어놓았다. 학부모들에게는 아이들을 데려다주고 다시 데리러 오는 대신 해변에 계속 남아 있으면 시원한 맥주와 수박을 제공하겠다고 약속했다.

파티는 4시 반에 열릴 예정이었다. 오르나는 에란과 어머니 그리고 학교 상담 선생님과 함께 3시에 그곳에 도착했다. 이혼 때부터 쭉 에란을 따라다니며 아이들과 잘 지낼 수 있도록 도와주려고 애써온 상담 선생님은 자기 남자 친구를 데려와서 준비를 돕게 했다. 꼭 그럴 필요는 없었지만 오르나는 로넨의 부모님을 파티에 초대했다. 그러나 행여 불편하지 않을까 걱정도 되고 오르나의 어머니를 만나고 싶지 않았는지 그들은 초대를 거절했다. 대신 모샤브(이스라엘의 자작농 협동 마을)에 있는 자기들 집에서 에란을 위해 별도로 파티를 열어주겠다고 약속했다.

오르나는 다른 사람들과 함께 접이식 테이블을 설치하고 음식과 음료수를 차렸다. 3시 반에 오르나가 빌린 커다란 밀짚 매트들과 빈백 소파들이 배달됐고, 4시에는 고등학생 세 명과 팀을 이룬 광대가 도착했다. 에란은 드론을 가지고 노느라 여념이 없었다. 진짜 생일은 다음 날이었음에도 불구하고 오르나의 어머니가 참지 못하고 선물로 준 것이었다. 배터리가 떨어지고 나서야 에란은 음식 차리는 일을 도왔다. 그들이 계획할 수 없었던 유일한 것은 바람이었다.

3시 40분에는 도착한 아이들이 세 명뿐이었다. 오르나의 어머니가 걱정스러운 시선을 던졌지만, 4시 50분에는 대부분의 아이들이 도착했다. 두 아이로부터는 못 온다는 연락을 미리 받은 상태였다. 파티를 하는 동안에는 다른 생각을 할 겨를이 없었지만 그날 저녁 선물을 풀어보다가 오르나는 학부모들과 아이들, 광대와 어머니, 그리고 에란의 이번 생일을 최고의 생일로 만들어준 모든 사람에게 고마움을 느꼈다. 이 모두는 오르나의 파티 계획 솜씨뿐만 아니라 아이들과 학부모들이 에란을 얼마나 아끼는지 보여주고, 에란이 매우 내성적이어서 다른 아이들과 잘 어울리지 못한다 해도 에란을 학급의 중요한 일원으로 인정한다는 것을 보여주는 증거였다. 이는 또한 에란이 위기를 헤쳐나갈 수 있도록 기꺼이 도와주려는 그들의 마음가짐을 의미했다. 오르나가 대부분의 학부모들과 이혼 문제에 대해 이야기를 나눈 적이 없었다 해도, 그들 모두 오르나와 에란이 무슨 일을 겪고 있는지 분명히 알고 있었다.

광대는 아이들과 학부모들을 네 그룹으로 나눠서 연을 만들고 장식하게 했다. 연 만들기는 5시 45분쯤 끝났지만 바람이 너무 약했기 때문에 음식부터 먹고 케이크 초도 먼저 켜기로 했다. 준비목록을 작성했음에도 불구하고 오르나는 에란이 앉을 의자를 가져오는 걸 깜박했다. 한 아이의 아버지가 빈백 소파를 써보자고 제안했는데 오히려 그편이 훨씬 더 좋았다. 사람들이 에란을 공중으로 열 번 들어 올릴 때 에란이 빈백 소파에 누워 머리를 뒤로 젖히고 하늘을 바라볼 수 있었기 때문이다. 해 질 무렵 바람이 불기 시작했다. 커다란 나비처럼 연들이 날아올랐다. 구경꾼들이 몰려와서 해변에 있는 그들을 둘러쌌다. 오르나의 어머니까지도 좋은 아이디어였다는 것을 인정했다. 해변에서 파티를 열겠다고 고집한 오르나가 옳았음이 입증됐다. 파티가 끝난 후, 광대를 헐값에 부려먹었다는 인상을 주지 않도록 오르나는 수고비를 놓고 실랑이를 벌이지 않고 바로 광대에게 수표를 건넸다. 파티에 들어간 돈은 모두 합쳐서 거의 70만 원이나 됐다.

토요일에 오르나와 에란은 집에서 조용히 하루를 보냈다.

아침 일찍 잠자리에서 일어난 에란이 오르나의 침대로 들어와 엄마를 깨웠다. 오르나는 아들의 귀에 속삭이며 '생일 축하' 노래를 불러줬다. 그리고 치료사와 상담도 해가며 많은 고민 끝에 산 작은 선물을 건넸다. 가죽 장정에 끈으로 묶은 두꺼운 공책이었 다. 페이지마다 위에 날짜를 적고 그날 한 일과 보고 생각한 것 을 적을 수 있었다. 에란은 자기 방으로 뛰어갔다가 몇 분 후 공 책에 쓴 내용을 보여주러 다시 엄마가 있는 주방으로 왔다. 첫 장부터 써야 한다는 것을 설명해주지 않았기 때문에 에란은 커 다란 사인펜으로 공책 한가운데 면을 글씨로 가득 채워놓았다. "내 9 생일이다. 엄마가 공책을 샀다. 어쩌면 아빠가 컴퓨터로 저놔를 할 것이다." 점심때 오르나는 에란이 가장 좋아하는 음식 을 만들었다. 양파 튀김과 으깬 감자를 곁들인 닭 간 요리였다. 점심은 어머니와 함께 먹었다. 어머니가 초콜릿 케이크를 또 하 나 사왔지만 이번에는 초를 켜지는 않았다.

"생일 축하한다는 전화도 없었니?" 어머니가 물었지만 오르나 는 대답 없이 계속 접시를 닦아서 자동세척기에 넣었다. "나쁜 놈." 에란은 자기 방에서 TV를 보고 있었다.

오르나는 생일날 아빠가 오지 않는 문제에 대해 에란에게 어 떻게 말해줘야 할지 치료사와 상담했다. 그러자 치료사는 로넨 에게 적어도 전화는 하게 해야 할 것 같다고 말했다. 그래서 오 르나는 자존심을 죽이고 몇 달 만에 처음으로 이메일과 스카이 프 메시지를 보냈다. "토요일이 에란의 생일이라는 것을 기억하 고 있길 바라. 당신이 생일 축하 전화를 해준다면 정말 도움이 될 거야." 로넨으로부터 답장이 오지는 않았지만, 오르나는 적어 도 그가 메시지는 읽었길 빌었다.

오후에 어머니가 가고 나자 오르나와 에란만 남게 됐다. 오르나는 영화를 보러 가자고 했지만 에란은 집에 그냥 있겠다고 말했다. 에란은 로넨의 전화를 기다리고 있었다. 거실에서 모노폴리 게임을 한 다음 에란은 다시 방에 틀어박혀 TV를 봤고, 오르나는 시험지를 채점했다. 계속 켜놓은 스카이프는 잘 작동되고 있었다. 인터넷도 아무 문제가 없었다. 분노와 증오심이 솟구쳤지만 그래 봐야 에란에게 도움도 안 되고 오히려 상처를 줄 뿐이기 때문에 오르나는 애써 그런 감정을 억눌렀다. 에란에게 행복한 이틀을 선사했는데, 이런 상황에서도 혼자 힘으로, 아니 사랑하는 사람들의 도움으로 일을 잘 치러냈는데, 로넨 때문에 망칠 수는 없었다.

저녁에 책을 읽어주기 전 오르나는 로넨이 연락하시 않을 경우 에란에게 어떻게 얘기하면 좋을지 치료사와 사전에 의논해둔 말을 꺼냈다. "아빠가 아직 전화를 안 했지만, 곧 너한테 전화할 거라고 믿어. 아빠가 너에 대해서, 네가 벌써 아홉 살이 됐다는 것에 대해서 생각하고 있다는 걸 엄만 알아. 우리가 있는 곳과 아빠가 있는 곳 사이에 시차가 크다는 거 알고 있지? 아마도 그 문제 때문일 거야. 어쨌든 아빠가 너를 매우, 매우, 매우 많이 사랑한다는 건 알지?"

오르나는 로넨에게 전화를 걸어서 어머니처럼 욕을 해주고 싶었지만, 부질없는 생각이었다. 로넨은 절대 전화를 받지 않을 것이다. 대신 길에게 전화를 걸었지만 그의 전화기는 꺼져 있었다. 두 사람이 화요일 저녁 마지막으로 통화했을 때 오르나는 길에게 파티 준비에 대해 말했고, 전화를 끊기 전에 "파티가 끝나야 통화할 수 있을 거예요."라고 했다. 금요일 아침 일찍 길에게서 문자가 왔었다. "오늘 행운을 빌어요! 그리고 두 사람 모두 생일 축하해요!"

누군가와 이야기를 나눠야 했다. 그래서 오르나는 소피에게 전화를 걸었다. 일 분도 안 돼서 오르나는 수다를 떨며 한 주 내내 쌓아놓았던 긴장을 날려 보냈다. 소피는 남편 이트직이 집에 있어서 시간이 늦었어도 오르나의 집으로 올 수 있다고 말했다. 5분 거리에 살고 있던 소피는 9시 45분쯤 운동복 차림으로 오르나의 집에 나타났다. 그들은 로넨에 대해 이야기를 나눴고, 소피는 오르나가 듣고 싶었던 바로 그 말을 속 시원하게 대신해줬다. "얼마나 형편없는 인간인지 믿을 수가 없어. 그렇게 쓰레기 같은 인간으로 변하리라고 누가 상상이나 했겠어. 에란 같은 대단한 아들을 둘 자격이 없는 인간이야." 물론 에란이 깨지 않도록 소피는 나지막하게 말했다.

그러자 위로가 됐다.

그리고 바로 그때, 원래 그럴 생각이 없었는데 길 이야기가 불쑥 튀어나왔다.

소피가 "하느님이 그 형편없는 놈에 대한 보상을 해주실 거야. 괜찮은 사람이 언젠가는 꼭 나타날 거야."라고 말했을 때, 오르나는 "지금 벌써 누군가와 사귀고 있는 것 같아. 아직 확실치는 않아. 그렇지만 그런 것 같아."라고 말해버렸다.

소피는 오르나가 그 일에 대해 입을 다물고 있었다는 사실을 믿을 수 없어하면서도 자초지종을 듣고 싶어 안달이 났다. 오르나는 소피에게 몇 가지를 이야기해줬다. 말하기가 쉽지는 않았다. "이혼한 독신자들을 위한 사이트에서 만났어. 지금까지 일고

여덟 번 정도 만난 것 같아. 가끔 전화 통화를 해." 소피가 길의 외모에 대해 궁금해했지만 오르나의 전화기에는 그의 사진이 저장돼 있지 않았다. 그러자 소피가 말했다. "문제없어. 페이스북에서 찾아보면 돼." 왜 진작 그런 생각을 못 했을까 오르나 스스로도 의아했지만 다시 생각해보니 그녀 자신이 페이스북에 가입하지 않은 상태였다. 소피가 자기 계정으로 들어가서 히브리어와 영어로 철자를 바꿔가며 "길 함트자니"를 검색했지만 찾을 수가 없었다. 그러자 오르나는 만남 주선 사이트에 길의 사진이 있다는 사실을 기억해내고 그의 프로필을 클릭했다. 소피가 말했다. "못생긴 건 아닌데 약간 늙었네. 그렇지 않니?"

두 사람은 그저 호기심에서 몇 개의 프로필을 더 훑어봤다. 소피가 "이 남자들 진짜 귀엽다. 나도 이혼해야 할 것 같아."라고 소리치고는 오르나에게 물었다. "그래서, 진지하게 만나는 거야?"

"잘 모르겠어. 어떻게 알겠어?"

기분이 나아졌다. 길은 더 이상 비밀이 아니었고 이 때문에 길과 더 가까워진 것 같은 기분이 들었다. 오르나는 두 사람이 아직 섹스도, 키스도 못 해봤다고 털어놓았다. 그러자 소피가 소리쳤다. "그렇다면 어떻게 알 수 있겠어? 그 사람이랑 자봐. 그런 다음 이야기해보자!" 오르나는 웃음을 터뜨렸다. 여고생들의 대화 같았다. 물론 두 사람은 고등학교 동창이 아니라 그보다 훨씬 뒤에 아이들을 통해 친구가 됐다. 소피의 큰아들인 톰과 에란이 같은 유아원에 다니다 같은 유치원에 다녔다. 톰은 자폐 범주성 장애가 있어서 지금은 특수학교에 다니고 있었다.

그리고 다음 날 그 일이 일어났다.

길과 일요일 내내 연락이 닿지 않았다. 예사롭지 않은 일이었다. 저녁 6시가 돼서야 길에게서 전화가 왔다. 길은 파티가 잘 진행됐느냐 물었고, 오르나는 대성공이었다고 대답했다. 어제부터 여러 번 연락했다고 하자 그의 대답이 놀라웠다. 오르나가 에란의 생일로 바빠서 두 사람이 만날 수 없다는 걸 알고 있기도 했고 또 마침 갑작스럽게 사이클링하는 친구들과 함께 주말에 키프로스로 자전거 여행을 다녀오게 됐다는 것이다. 막판에 누군가 여행을 취소하는 바람에 빈자리가 하나 나서 그가 그 자리를 메우기로 했고, 길은 그런 결정을 눈곱만큼도 후회하지 않았다. 길은 일행들과 함께 투르도스 산 정상부터 소나무 숲길과 오래된 마을들을 지나 계속해서 작은 해변 도시 파포스까지 아름다운 노선을 따라 자전거를 탔고, 맛있는 음식을 먹고, 파포스의 멋진 호텔에 묵었다. 온몸이 쑤신다는 말을 듣고 오르나는 오늘 만나기는 힘들겠다고 생각했다. 그러나 오르나가 만나자고 하자 길은 딸들이 저녁을 먹으러 올지 모르겠다며 확인해보고 곧 다시 전화하겠다고 말했다. 6시 반쯤 길에게서 문자가 왔다. "딸들하고는 내일 보기로 약속을 다시 잡았어요. 9시에 만날래요?"

그리고 오르나는 길을 만나기도 전에 이번에는 전과 다른 데이트가 될 것임을 알았다.

길 때문이 아니라 그녀의 마음이 달라졌기 때문이다. 길은 아마도 이전과 똑같은 식으로 계속 행동했을 것이다. 오르나의 마음이 달라진 것은 소피에게 털어놓았기 때문에 이제는 길이 비밀이 아니었고, 에란의 생일이 순조롭게 지나갔으며, 로넨에게서 전화도 답 메시지도 오지 않았을 뿐만 아니라 자신이 누군가와 데이트를 하고 있다는 사실을 소피가 당연하게 받아들이면서 때로는 부러워하는 듯이 보였다는 사실 모두가 합쳐진 결과였다.

길의 얼굴은 사이클링으로 인해 햇볕에 그을려 있었고 빨간색 티셔츠를 입고 있어서 더 젊어 보였다. 길을 만난 오르나는 정말로 행복했다. 두 사람은 텔아비브 항구의 식당가에 있는 아시아 음식점에 갔다.

바에 앉은 두 사람의 무릎이 이따금씩 맞닿았다. 위로 말려 올라간 원피스 밑으로 드러난 오르나의 맨 무릎과 청바지를 입은 길의 무릎이 닿았다.

오르나는 비밀과 금지와 죄책감으로부터 벗어난 것 같은 기분을 느꼈다. 그녀는 솔직해지려고 애쓰면서 그런 해방감을 확대시켰고 가끔 길의 무릎에 손을 얹었다. 파티에 대해 묻는 길에게 오르나는 아주 자세하게 이야기해줬다. 길은 사이클링을 하면서 전화기로 찍어놓은 경치 사진들을 보여줬다. 그때 오르나 자신도 상상하지 못했던 질문이 불쑥 튀어나왔다. "만약이라는 질문 하나 해도 돼요?" 길은 그런 질문이야말로 변호사들이 가장 좋아하는 종류의 질문이라고 대답했다.

"만약 누군가와 함께 있고 싶을 때…… 그러니까 친밀하게요…… 이런 상황에서는 일반적으로 어떻게 하나요?"

길은 이 말을 이해하는 데 한참 걸렸다. "어디로 가느냐는 말이에요? 누구네 집으로 가느냐고요?"

오르나가 "음……" 하며 수긍하자 길이 놀란 듯했다. 두 사람이 이전에는 남자와 여자로 만난 적이 없었던 것 같은 기분이 들었다. 이제는 진짜 데이트였다.

"대개는 둘 중 한 사람의 아파트로 가요."

그러나 오르나는 길의 집으로 가고 싶지는 않았다. 너무 이른 시간이기도 했을 뿐만 아니라, 두 딸 중 누구라도 예고 없이 나타나지 않을까 불안했기 때문이다. 에란을 어머니 집으로 데려가서 재우고 어머니한테 다음 날 아침 학교에 데려다달라고 부탁할까 잠깐 생각해보기도 했지만, 어쨌든 오르나의 집은 고려 대상이 아니었다.

"그럼 어디로 가요? 자동차로 가나요? 아니면 바닷가로 가나요? 물론 만약이긴 하지만요."

길은 더듬거리며 상황에 따라 다르다고 대답했다. 다른 여자들과 데이트할 때 어디로 갔느냐고 물었을 때 길은 호텔이 선택 방안이 될 수 있다고 대답했다.

오르나는 처음에는 주저했다. 왜 그 생각을 하지 못했을까? "시간제로 요금을 내는 호텔요? 영화에서처럼요? 그런 데는 좀 지저분하지 않을까요?"

"어떤 종류의 영화를 말하는 건지 잘 모르겠어요. 그렇지만 시간제 호텔일 필요는 없어요. 텔아비브에 있는 어떤 호텔이든 돼요. 일박할 수 있도록 방을 얻으니까요."

처음에는 싫었지만 그것도 괜찮은 방법이라는 생각이 들었다. 그러나 그 이유는 확실히 알 수가 없었다. "그럼 당신 생각은 어때요? 우리도 그럴 때가 되지 않았나요?" 오르나가 물었다.

"그러길 바라요. 그런데 오늘 밤 괜찮겠어요? 자전거 때문에 온몸이 아직도 약간 결리는 데다…… 그리고 당신한테 너무 늦

지 않았나요?" 오르나는 아무리 늦어도 새벽 한두 시쯤엔 집에
들어가서 학교에 가기 전 몇 시간 눈을 붙이고 싶었다. 그러나
이제 겨우 10시였다. 오르나가 길에게 아는 호텔이 있느냐고 묻
자 그가 당황해하며 대답했다. "시내 곳곳에 간판이 있고 온라인
으로도 찾아볼 수 있어요." 오르나는 전화기로 호텔을 검색했다.

길은 기아 스포티지를 타고, 오르나는 낡은 스즈키를 타고 호
텔로 갔다. 가는 도중에 마음을 바꿀 수도 있었지만 오르나는 그
러지 않았다. 오히려 빨리 호텔방으로 가서 길과 함께 침대에 들
어가고 싶었다. 길과 자면 어떨지 알아보고, 이런 과정이 과거지
사가 될 수 있도록 그와 빨리 자고 싶었다.

오르나는 호텔에 들어가서 깜짝 놀랐다.

일반 주택가에 위치한 아담한 곳이었지만 호텔처럼 보였다.
좁고 안락한 로비에는 깨끗하게 카펫이 깔려 있었고, 두 개의 서
가 그리고 커피와 차를 마실 수 있는 코너가 있었다. 갈색 가죽
소파에는 중국인인지 일본인인지 모를 관광객 두 사람이 택시를
기다리고 앉아 있었다.

먼저 나서서 재촉하고 대담하게 군 사람은 오르나였다. 작정
을 하고 그런 것은 아니었다. 다만 이렇게라도 하지 않으면 절대
이런 일이 생기지 않을 뿐만 아니라 한번 시도해보고 싶다는 생
각조차 할 수 없으리란 막연한 느낌이 들었기 때문이다.

방문이 닫히자마자 오르나는 돌아서서 길에게 키스했다. 오르
나는 길의 몸을 끌어안으며 원피스를 허리 위로 들어 올려 그의
몸이 밀착돼오는 것을 느꼈다. 이어 그를 침대로 끌어당겨 셔츠

를 벗기고 부드러운 그의 등을 만졌다. 길이 서둘러 바지를 벗었을 때, 오르나는 방을 나가고 싶다는 생각을 잠깐 했다. 그러나 재빨리 마음을 가다듬고 길의 손을 잡으며 말했다. "아직 안 돼요. 잠깐만 기다려요."

그 방은 아주 고급스럽지는 않은 정도의 숙소를 찾는 여행객들이 묵을 수 있는 보통의 호텔방이었다. 모자이크 무늬 마루에, 침대에는 하얀 시트가 깔려 있었다. 50년대의 텔아비브 모습을 담은 흑백 사진이 놓여 있었고, 벽에는 중간 크기의 도시바 TV가 걸려 있었다. 오르나는 뒤늦게 어두운 커튼 뒤에 창문이 있는 것을 발견했다. 창밖으로는 황폐한 아파트 건물의 칠 벗겨진 낡은 벽 위로 파이프와 전선과 낡은 에어컨 장치가 보였다. 너무 하얗고 부드러운 피부, 등과 어깨의 많은 점, 길의 몸에 익숙해지려면 시간이 좀 걸리겠지만 오르나는 이 몸에 익숙해질 수 있을 거라고 믿었다.

길은 부드러웠다. 때로는 너무 부드러웠다. 그는 오르나가 원하는 것보다 머리카락을 훨씬 더 많이 만졌고, 목과 배에 충분히 키스해주지 않았다. 그러나 처음치고는 전체적으로 섹스가 나쁘지 않았다. 길은 콘돔을 끼고 오르나의 몸 안으로 들어왔고, 오르나는 오르가슴을 느끼지 못했다. 손가락으로 계속 애무해주길 원하느냐는 길의 말에 오르나는 "지금 말고요. 나중에요."라고 대답했다. 길은 계속 눈을 뜨고서 오르나의 눈을 찾았다. 오르나는 섹스 내내 한 번도 눈을 감지 않은 남자와 자본 적이 없었던 이유가 무엇일까 생각했다.

길은 곧장 샤워를 하러 욕실에 들어가더니 문을 잠갔다. 오르나는 스탠드를 켜고 어머니에게서 온 메시지가 없는지 전화기를 살펴봤다. 그러다가 문득 자기 몸을 봤다. 검은색 페디큐어를 바른 발톱과, 오랫동안 제모하지 않은 음모와, 두툼하고 검은 젖꼭지가 보였다.

로넨도 생각났다. 그러나 오르나의 머릿속은 이미 또 다른 생각들로 가득했다. '에란은 어머니 집의 내 방에서 자고 있고, 로넨은 루스라는 독일 여자와 네팔에 있다. 아마도 그 여자가 로넨의 두 번째 아내가 될 것이다. 그리고 나는 한 남자와 섹스를 한 다음 여기 텔아비브의 호텔방에 있다. 길과 함께. 어쩌면 다시 잘 수도 있고, 아닐 수도 있다. 로넨 없이도 나는 잘 있다.'

이런 생각도 했다. 로넨은 스물다섯 살, 서른 살 때 오르나의 몸, 그리고 임신 전과 출산 후 그녀의 몸을 기억하고 있었다. 로넨과 잘 때 오르나는 그 모든 몸들의 융합체였다. 그녀의 몸들에 대한 기억이 침대에서 그들과 함께했다. 그러나 길에게는 지금 이 몸이 ─ 이 배와 이 발과 이 젖가슴이 ─ 그녀가 가진 유일한 몸이었다. 오늘 보여준 몸, 오늘 그녀의 모습이. 오르나는 그것이 좋았는지, 나빴는지 알 수 없었다.

길은 약간 놀란 사람처럼 말을 많이 하지 않았다. 그는 샤워를 오랫동안 하고 나왔다. 오르나가 샤워를 하러 들어갔을 때는 샴푸도, 샤워 젤도 거의 남아 있지 않았다. 길은 차가 있는 곳까지 오르나를 바래다줬다. 헤어질 때 두 사람은 키스하지 않았다. "괜찮아요?"라고 묻는 오르나에게 길은 괜찮다면서 등과 다리가 조금 쑤신다고 말했다. 그는 오늘 이런 일이 일어나리라 예상하지 못했다고 말했고 오르나도 그렇다고 말했다. 두 사람 사이에 새로운 종류의 친밀감이 생겼다. 좁고 어두운 텔아비브 거리를 따라 차가 있는 곳까지 나란히 걸어가는 모습도 그랬다. 그러다 길이 말했다. "지금 당신은 당신 집으로, 나는 내 집으로 돌아간다는 게 이상하게 느껴져요. 거의 2시가 다 됐어요. 정말로 우리집에 안 가고 싶어요?"

오르나는 그러고 싶지 않았다.

그녀가 말했다. "그럼 내일 통화하는 거죠?"

5

두 사람은 다음 날 통화했다. 사실 그 후 2주 동안 거의 날마다 통화했다. 일주일에 한 번씩 대개는 호텔에서, 또 한 번씩은 그의 아파트에서 만났다. 그들은 관계를 더 뜨겁게 만들려고 애썼다. 음식을 계속 조리할 것인지 말 것인지 조율하듯 불을 더 지피면서 그들 자신과 두 사람의 관계를 시험해보려고 애썼다. 그러나 빈번한 만남에도 불구하고 오르나는 여전히 확신할 수가 없었다. 어떨 때는 만남을 계속해야 한다는 생각이 들었다가, 또 어떨 때는 길이 낯설게 느껴져서 오락가락했다.

오르나는 호텔이 마음에 들었다. 선샤인 비치 호텔. 그곳에서 보내는 시간은 오르나가 비행기 승무원으로 일하면서 점차 익숙해졌던 단기 해외여행과 비슷했다. 이런 여행이 지난 몇 년 동안 몹시 그리웠다. 누군가가 세탁해서 큰 침대 위에 매끈하게 깔아놓은 하얀 시트와, 모든 방에서 똑같이 보이는 바깥 풍경을 가려놓은 무거운 커튼 같은 것들이 그리웠다. 어머니가 집으로 와서에란과 하룻밤을 지내기로 하고 오르나와 길은 호텔에서 잤다. 그들이 아침 식사를 하고 있을 때, 햇볕에 탄 나이 든 독일인 관광객 커플이 옆 테이블에서 말을 걸어왔다. 오르나는 무슨 말을 해야 할지 몰랐다. 그녀와 길이 호텔에서 뭘 하고 있었는지 그들이 알아차린 것은 아닌지, 두 사람을 부부로 생각한 건 아닌지 궁금했다. 그러나 길은 영어로 편안하게 이야기를 나눴고, 그들에게 사해까지 버스나 렌터카를 타지 말고 택시를 타라고 조언했다. 그들이 "당신과 부인"은 어디 출신이냐고 묻자, 길은 이스라엘 출신으로 유럽에서 몇 년 동안 살다가 이곳을 잠시 방문한 것이라고 대답했다. 그런 다음 길은 에란이 가끔 "할머니를 속여 넘겼을" 때처럼 그녀를 보고 미소 지었다.

길은 오르나에게 자기 아파트에서 만나자고 했지만 오르나는 계속 거부했다. 그러던 어느 날 저녁, 영화를 보고 호텔에 갔는데 빈방이 없었다. 초여름이라 텔아비브는 이미 관광객들로 만원이었다. 길은 딸들이 그의 집에 있거나 불시에 들이닥칠 일은 절대 없을 것이라고 장담했다. 그는 오르나에게 이미 말했었다. 딸들한테 앞으로는 오기 전에 꼭 전화를 해달라고 부탁했다고. 그리고 오르나를 안심시킬 수만 있다면 딸들에게서 열쇠를 회수하겠다고도 했다. 길의 집에 가는 데는 동의했지만 사실 아파트에서는 마음이 편치 않았다. 청소부가 있어서인지 집은 깨끗했지만 오랫동안 수리를 하지 않아서 오래된 가구가 가득 차 있었다. 마치 최근에 세상을 떠난, 친구 부모님의 아파트에 있는 것 같은 기분이 들었다. 거실에는 오래된 원목 식기 찬장이 있었고, 커다란 평면 TV를 마주하고 낡은 소파가 놓여 있었다. 이혼남의 집에 가본 적은 없었지만 오르나가 상상했던 것과는 다른 모습이었다. 상당히 많은 돈을 들여 집을 수리했다는 말과 달리 그런

티가 전혀 나지 않았다. 딸들의 방은 거의 텅 비어 있었다. 밝은 색의 어린이용 침대와 거기에 맞춘 책상이 전부였다. 한 방에는 축구공이 있었다. 길의 침실에는 낡은 침대와 화장대가 놓여 있었고 침실 창문으로는 나무가 무성한 예쁜 안뜰이 보였다.

더 명확해진 것은 아무것도 없었다. 그들이 두 번째 잤을 때는 길이 더 자신감을 보였다. 더 세게, 더 오래 발기했다. 오르나는 혹시 길이 비아그라를 복용한 것은 아닐까 의심했다. 물론 오르나는 비아그라를 복용한 남자와 섹스를 한 적은 한 번도 없었다. 길은 여전히 오르나의 머리카락을 심하게 만졌다. 세 번째 잤을 때에야 오르나는 간신히 오르가슴을 느꼈지만, 대여섯 번 함께 잔 후에도 길의 몸에 익숙해지지가 않았다. 그의 몸은 살이 찐 것은 아니었지만 탄탄하지가 않고 너무 물러서 스펀지 같은 느낌이 들었다. 절정에 이르면 그는 서둘러 욕실로 가서 몸을 닦고 샤워를 했다. 로넨 생각이 저절로 났다. 로넨은 함께 자고 나면 섹스 때문에 그 자신과 세계 속으로 더 깊이 들어간 것처럼 철학적이 되곤 했다. 그는 섹스 후에 움직이거나 옷을 입지도 않았고, 정액이나 땀을 닦지도 않은 채 몇 시간 동안 침대에 누워 이야기를 했다. 로넨은 길보다 키가 작았지만 날씬하고 피부가 가무잡잡했다. 로넨의 몸은 거식증에 걸린 무용수의 몸처럼 보였다. 처음 몇 번 섹스를 한 후 오르나는 로넨에게 그렇게 말해줬다. 로넨의 머리 스타일은 그들이 처음 만났을 때 이래로 거의 변하지 않았다. 로넨은 길고 검은 머리를 목 뒤로 넘겨서 포니테일로 묶고 다녔다. 그러다 3년 전부터 새치가 나기 시작했다.

6월이 끝나고 여름 방학이 시작됐다. 에란이 친구들 모두가 참여하는 학교 캠프에 보내달라 하자 오르나는 허락했다. 생일 파티 덕에 에란의 사교적 위상이 높아졌다. 어느 날 오후에는 로이라는 반 친구를 집으로 데려오기도 했다.

캠프까지 걸어서 에란을 데려다주고 돌아온 후에는 아침 시간이 더디고 길게 느껴졌다. 오르나는 대학 입학 자격시험 문제 답안을 채점하면서 에어컨을 켰다가 너무 추워지면 껐다. 12시에는 점심을 만들어 먹었다. 슈퍼마켓 근처를 지나갈 때면 오르나는 공짜 신문을 집어 들고 광고를 훑어보면서 아르바이트나 보수가 더 좋은 교사직이 있나 살펴봤다. 물론 진짜로 직장을 떠나고 싶은 마음은 추호도 없었고, 교장에 지원할 계획도 전혀 없었다. 외국 여권 신청 서비스를 제공하는 변호사 광고들 중에서 길 함트자니의 광고는 보이지 않았다.

길은 외국으로 자주 출장을 갔고 두 사람이 만나는 횟수는 전보다 줄어들었다. 7월 첫 주에는 부쿠레슈티로 사흘간 출장을 갔고, 두 번째 주에는 불가리아로 나흘간 출장을 갔다. 데이트와 전화 통화는 줄어들었지만 그게 누구 탓인지는 분명하지 않았다. 어쩌면 두 사람 모두의 탓이었을 것이다. 그러나 그들이 어떤 결정을 내린 것도 아니었고, 서로 잘 안 맞는 듯하다는 말을 꺼낸 것도 아니었다.

주변 사람들 대부분이 떠날 예정이거나 떠날 계획 중이었다. 소피와 이트직은 미국 동부 쪽으로 3주간 여행을 갔다. 태국으로 휴가 여행을 떠나는 아래층 이웃은 오르나에게 화분에 물 주는 일을 부탁했다. 에란의 치료사 역시 긴 여름휴가 여행을 계획하고 있었다. 오르나는 치료사가 떠나기 전에 그를 만났다. 그는 지난 일 년 동안 학교와 집에서의 에란의 상태를 요약한 다음, 아직 갈 길이 멀지만 그래도 에란이 잘 대처하고 있다고 말했다. 에란은 자신이나 자신의 문제 때문에 아빠가 떠난 것이 아니라 새 아내와 새 직업, 새 나라와 새로운 생활을 선택했기 때문에 떠났고, 멀리서나마 여전히 자신을 사랑한다는 것을 이해했다. 에란의 생일이 지난 지 한 달이 넘었지만 오르나의 메시지에 대해 로넨은 아무런 답도 하지 않았고, 에란은 아빠 이야기를 전혀 하지 않았다. 에란은 오르나가 사준 공책에 상당히 규칙적으로 글을 써서 상담 시간에 가져왔다. 에란은 나이에 비해 놀라울 정도로 솔직하게 자신의 두려움에 대해 글로 적었을 뿐만 아니라, 학교와 캠프에서 친구들과 보내는 행복한 순간들에 대해서도 적었다. 여전히 다른 아이들과 살짝 떨어져서 거리를 두고 지냈지만 에란은 관찰력이 뛰어나고 통찰력이 있는 아이였다. 보고 느끼는 것을 말로 표현해내는 에란의 뛰어난 능력이 나날이 발전하고 있었다. 상담이 끝날 무렵 치료사는 오르나에게 데이트하고 있는 남자에 대해 물었다. 오르나 자신이 길에 대해 언급하기도 했지만, 에란이 치료사에게 엄마가 가끔 만나는 '친구'에 대해 이야기해줬다고 했다. 오르나는 당황했다. 치료사에게 알리는 것이 반드시 이행해야 할 의무라도 되는 양 오르나는 그동안 있었던 일을 말하지 않은 데 대해 사과했다. 그리고 한 번 외박을 하면서 어머니에게 에란을 맡긴 적이 있다고 시인했다. 놀랍게도 치료사는 이것을 긍정적인 요소로 간주했다. 치료사는 오르나에게 에란과 이야기를 더 많이 나누면서 엄마가 밖에 놀러 나가기도 하고 친구와 여행도 갈 것이라고 말해주라고 했다. 그러면 에란은 엄마 또한 아빠처럼 새로운 삶을 시작하고 있다고 생각할 수 있다는 것이었다. 오르나가 에란에게 모든 것을, 전부가 아니더라도 거의 모든 것을 이야기해주면 에란은 아빠의 새 삶에는 이미 자기 자리가 없는 듯하지만, 엄마의 새 삶에 대해서는 자기 자리가 없을까봐 두려워하는 일은 없을 것이라고 했다. 치료사가 혹시 에란과 길 두 사람을 만나게 해줄 계획이 있느냐고 물었을 때, 오르나는 즉시 말했다. "누구요? 에란과 길을요? 절대 아니에요." 오르나는 설사 길과의 관계가 지속된다 해도, 적어도 지금은 절대 그럴 수 없을 거라고 생각했다.

오르나의 어머니는 길에 대해 꼬치꼬치 캐물었다. 에란을 하룻밤 맡기기까지 했던 터라 어머니의 질문을 더 이상 피할 수가 없었다. 오르나는 어머니에게 그의 이름이 길이고 변호사라고 말해줬다. 길의 사무실과 사는 곳을 비롯하여 딸들과 전 부인에 대해서도 대충 이야기했다. 그러나 어머니가 더 많은 것을 알고 싶어하자 오르나는 항상 그랬듯이 방어적인 태도를 취했다. 어머니가 가장 알고 싶어하는 것이 길이 부자냐 아니냐인 것처럼 느껴졌기 때문이다.

오르나는 외박했던 날 길의 아파트에서 잤고, 함께 영화관과 식당에도 간다고 어머니에게 말했다. 전 부인과는 사이가 좋지만 두 사람이 화해할 가능성은 전혀 없었다.

"그걸 네가 어떻게 알아? 두 사람이 서로 연락은 안 하고 지낸다니?"

어머니가 던진 질문들 때문에 오르나는 길과의 관계가 괜찮은 건지, 길이 최근에 자신을 만나는 것을 시큰둥하게 생각하는 건 아닌지, 아니면 그저 자신의 상상일 뿐인지, 여전히 알 수 없는 이유를 열심히 따져보게 됐다. 소피는 어느 쪽인지 목록을 만들어보라고 했지만 그럴 필요까지는 없을 것 같았다. 그러나 마음속으로는 저울질을 멈출 수가 없었다. 데이트 전에는 길을 만나는 것이 설렜다. 두 사람에게는 이야깃거리가 있었고 호텔에서 보내는 시간도 괜찮았다. 그러나 뭔가 허전한 점이 있어서인지 두 사람의 관계로 인해 절망과 고통과 심지어는 자기혐오에 빠지는 순간들도 있었다. 오르나는 길에게 충분히 끌리질 않았다. 혹시 길이 살을 빼면 마음이 달라질지 모른다는 생각이 들기도 했다. 길의 행동에는 강박증이 의심되는 면이 있었다. 예를 들면, 섹스 직후 오랫동안 샤워를 했고 욕실에 전화기를 들고 들어갔다. 또한 호텔에서는 침대 옆 협탁에, 식당과 카페에서는 테이블에 전화기를 놓고 그 위에 항상 지갑을 올려두는 습관이 있었다.

오르나는 다시는 길의 아파트에 가고 싶지 않았다. 그 이유는 오르나 자신도 설명할 수 없었다.

오르나는 한 번도 길의 사무실에 가본 적이 없었다. 사실 길이 하는 일이 정확하게 무엇인지 알지도 못 했을뿐더러 궁금하지도 않았다. 길의 집에 갔을 때 집 안에서도, 로비에서도 그의 자전거는 보이지 않았다. 그리고 최근 데이트에서 길이 굉장히 거슬리는 말을 했다. 두 사람이 정치적 상황에 대해 이야기를 나누고 있을 때였다. 모두가 지난여름 일어난 전쟁의 경위에 대해 이야기하는 시국이었고, 남쪽 국경 상황이 다시 격화되면서 이스라엘로 로켓이 발사됐기 때문에 사람들은 이번 여름 또 전쟁이 일어나지 않을까 우려하고 있었다. 그런데 길은 이 작은 전쟁들이 오히려 자신의 사업에 도움이 된다는 식으로 말을 했다. "우리 회계사가 맨 처음 그 사실을 알아냈어요. 수입 그래프에 나타나니까요." 그가 설명을 이어갔다. "군사 작전이 벌어질 때마다 늘 그렇듯이 그 뒤론 자격은 있지만 아직 신청을 안 한 사람들이 모두 외국 여권을 취득하려고 달려 나와요. 우리가 다음 전쟁에서 살아남지 못할 경우를 대비해 일종의 차선책을 마련해두거나 아니면 외국 여행을 할 때 유럽 여권을 들고 가면 기분이 더 좋으니까요."

오르나는 길과의 관계가 저절로 시들해질 거라고 생각했다. 그리고 사실 이미 시들해지고 있었다.

오르나는 길이 관계를 지속하기 위해 굳이 애쓰지 않으리란 사실을 감지하고 있었고, 그녀 자신도 관계를 고수할 생각이 없었다. 그리고 어쩌면 그것은 길과의 관계를 끝내는 쪽이 최선임을 보여주는 신호일 수 있었다. 에란의 캠프는 8월 중순에 끝날 예정이었다. 개학 전 2주 동안 저녁에 피곤함을 느낄 수 있도록 시간을 보낼 방법을 찾아야 했다. 그러면 가을이 올 테고 길과의 관계로부터 뭔가를 배우게 될 것이다. 다시 온라인 만남 주선 사이트를 이용하겠지만 이제는 더 노련해질 것이다. 다른 관점에서 프로필을 읽고 사진을 보는 법을 알게 될 것이다. 그리고 누군가를 새로 만나면 그것은 그저 새롭고 두려운 것 이상의 그 무엇이 되리라.

그런데 갑자기 길에게서 더 자주 전화가 오기 시작했다. 그는 2주 동안 사무실 일로 바빴다면서 여행 계획이 있느냐고 물었고, 오르나는 계획이 없다고 대답했다. 에란을 데리고 암스테르담이나 런던, 혹은 조용한 그리스 섬에 일주일 정도 다녀오면 좋겠지만 지금 당장은 돈이 너무 많이 들었다. 그리고 봄에는 에란과 둘이 휴가를 갈 수 있도록 도와주고 어쩌면 함께 갈 것처럼 보였던 어머니가 대축제일(나팔절과 대속죄일)에 크로아티아와 슬로베니아로 패키지여행을 떠날 것이라고 통보하더니 이후로 다시 재정적 도움을 줄 가능성에 대해서는 입도 벙긋하지 않았다. 길이 경비는 자기가 부담할 테니 8월 말에 며칠 동안 함께 여행을 갈 수 있느냐고 물었지만 오르나는 안 된다고 대답했다. 일주일 동안 에란을 두고 떠날 수 없었다. 하룻밤도 힘들었다. 그리고 두 사람의 관계에 대해서도 확신할 수가 없었다. 함께 여행을 가기에는 너무 이른 것 같았다.

길이 물었다. "무슨 말이에요? 뭐가 불확실하다는 거예요?"

"모르겠어요. 당신에게는 확실해요?"

"내게 확실한 건 당신과 함께 있는 시간이 즐겁다는 거예요."

길이 무슨 말을 할 수 있겠는가? 오르나는 주저 없이 길에게 그런 말을 할 수가 없었다. "당신은 나와 함께 있는 게 즐겁지 않아요?"라고 단도직입적으로 묻지 않고 눈치껏 돌려서 말해준 길에게 오르나는 마음속으로 고마움을 느꼈다.

전화 통화를 마치고 몇 분 후 길에게서 문자가 왔다. "그러면 이스라엘에서 주말여행은 어때요? 골란에 있는 B&B에서요. 당신에게도 휴가가 필요해요. 안 그래요? 당신이 괜찮다면 이번 주말에 갈 수 있어요. 정말 그러고 싶어요." 오르나는 고민하며 몇 번이나 메시지를 썼다 지웠다 반복하다가 마침내 답을 보냈다. "이번 주말은 안 돼요."

일주일 후 두 사람은 예루살렘에 갔다.

길이 금요일 아침에 오르나를 태우러 왔다. 에란과 어머니는 반쯤 닫힌 블라인드 뒤에서 오르나가 길의 차에 타는 모습을 창밖으로 내다봤다. 오르나는 어머니에게 길을 집 안으로 들이는 일은 절대 없을 것이라고 못을 박아뒀다. 오르나는 트렁크 대신 중간 크기의 손가방에 세안용품과 화장품, 전화기 충전기, 갈아입을 옷 한 벌, 아침마다 에란과 해변에 갔을 때 읽기 시작한 책 한 권을 넣어 들고 갔다. 가방을 싸기 전 오르나는 예전에 여행 준비할 때 그랬던 것처럼 들고 갈 것들을 침대 위에 펼쳐놓았다. 길의 기아 스포티지는 높고 넓었으며, 안팎으로 놀라울 만큼 깨끗했고 차 안은 에어컨 때문에 추울 정도로 서늘했다. 오르나가 가방을 뒷좌석에 놓자 길이 몸을 옆으로 기울여서 그녀에게 키스했다. 라디오는 클래식 음악 방송에 맞춰져 있었다. 마치 도로 위로 떠오르는 것처럼, 미묘한 침묵 속에서 차가 출발했을 때 정말로 휴가를 가고 있다는 생각이 밀려들었다. 정말 너무, 너무 오랜만에 떠나는 여행이었다.

길은 힌놈 계곡 위 교회에 있는 스코틀랜드 게스트하우스에 방을 예약해놓았다.

오르나는 몇 년 전부터 그곳에 묵고 싶어했었다. 수수하고 실용적인 방들과 주변의 모든 것이 마음에 들었다. 교회 뒤의 그늘진 자갈 안마당에는 여기저기 커피 테이블과 의자들이 놓여 있었고, 입구 옆에 놓인 두 개의 테이블에서는 동예루살렘의 경치가 보였다. 호텔에 일찍 도착했음에도 방은 이미 정돈이 잘 돼 있었다. 그들은 방에 짐을 푼 다음 커피를 마셨다. 고급 호텔이나 부티크 호텔은 아니었지만 평화로웠고 소박한 아름다움이 있었다. 오르나는 자신이 바라던 것이 바로 그런 것이라고 느꼈다.

한낮 기온이 36도까지 올랐지만 두 사람은 계속 밖에서 하루를 보냈다. 야민모쉐와 미쉬케놋 샤나님 문화센터 근처의 역사적인 동네를 산책한 다음 대로를 건너 예루살렘의 동쪽 지역을 산책했고, 점심때에는 택시를 타고 마하네 예후다 시장으로 갔다. 길이 이른 저녁 식사 예약을 해뒀기 때문에 두 사람은 시장가판대에서 뜨거운 치즈 뵈렉(커다란 패스트리 사이사이에 고기나 치즈, 채소를 채운 요리)으로 간단하게 점심을 때웠다. 4시에는 호텔로 돌아와서 섹스를 했다. 이전보다 더 좋았다. 이른 시간이었기 때문일 수도 있었고, 방이 기분 좋게 어둡고 시원했을 뿐만 아니라 해방감 비슷한 느낌이 들었기 때문일 수도 있었다. 식당이 호텔 가까이 있었기 때문에 두 사람은 식당까지 걸어갔다. 그들은 와인 한 병을 다 마셨고 전보다 훨씬 더 솔직하게 이야기를 나눴다. 오르나보다는 길 덕분에 그럴 수 있었다.

길이 에란과 로넨에 대해 묻자 오르나는 로넨이 지난 토요일 드디어 에란에게 전화를 해서 조만간, 어쩌면 초막절(이집트를 탈출한 이스라엘 사람들이 40년 동안 광야에서 장막생활을 한 것을 기념하기 위한 명절) 때 만나러 올 것이라고 말했다고 답했다. 그러나 로넨이 정말로 올 것인지는 두고 봐야 할 일이었다. 또한 로넨이 오는 것이 좋은 건지도 알 수 없었다. 오히려 매우 겁이 났다. 그러나 에란은 아빠를 만날 수 있다는 생각에 신이 나 있었다. 항상 그랬듯이 오르나는 새 학년이 다가오자 두려움을 느꼈다. 에란의 선생님이 누가 될지, 새로운 선생님이 에란을 이해하고 참아줄지 알 수가 없었다. 그러나 지난 일 년 동안의 학교생활과 학교 캠프에 가겠다고 결심한 걸 보고 오르나는 에란이 마음을 열고 친구들을 사귀기 시작했다는 희망을 갖게 됐다.

길은 느긋했다. 하루 종일 일을 하고 온 게 아니라 그런 건지 텔아비브에서 데이트할 때보다 훨씬 더 느긋했다. 다만 오르나는 두 사람이 함께 있을 때 길에게 걸려온 전화가 거의 없었다는 사실이 의아하게 느껴졌다. 호텔로 돌아올 때는 시원하기까지 한 산들바람이 불어왔다. 문득 길이 말했다. "우리가 만난 지 거의 넉 달이 돼가는 거죠?"

"거의라뇨. 넉 달 이상인 것 같은데요."

"그런데 당신은 어떤 생각인지 여전히 나한테 말을 안 하고 있어요."

"뭐에 대해서요?"

"우리에 대해서요. 나에 대해서. 우리 사이에 일어나고 있는 일이나 일어날 일에 대해서요."

오르나는 생각에 잠겨서 조용히 걷다가 말했다. "이런 건 말로 표현하기가 좀 어려워요. 그렇지 않아요?"

길은 그것이 왜 오르나에게 어려운 문제인지, 그것이 얼마나 복잡한 일인지 이해한다는 뜻을 내비치고자 했다. 그리고 자신은 절대 급하지 않다고 말했다. 그 얘길 듣고 오르나는 기분이 괜찮았다. 그러나 오르나가 원한다면 그로서는 계속 지금과 같은 식으로 만날 수 있다는 말을 덧붙였을 때, 그녀는 그 말이 어쩐지 좀 거슬렸다. 마치 무슨 일자리 제의처럼 들렸다.

밤에 다시 섹스를 했지만 이번에는 더 짧았다. 섹스 직후 길은 서둘러 샤워실로 들어갔다. 그날만 벌써 두 번째였다. 그런 다음 차 트렁크에 두고 온 게 있다면서 나갔다가 20분 넘게 있다 돌아왔다. 그때쯤 오르나는 거의 잠이 들어 있었다.

아침이 되어 오르나는 샤워하는 물소리에 잠이 깼다. 그리고 그가 먼저 일어났음을 깨달았다. 길이 이번에는 전화기를 침대 옆 협탁 위 지갑 밑에 두고 갔다. 욕실에 가져가는 것을 깜박했거나, 오르나가 자고 있다고 생각했기 때문이었을 것이다. 오르나는 전화기를 집어 들었다가 비밀번호 없이 열어볼 수 있다는 것을 알고 재빨리 손가락으로 앱을 넘겼다. 잠깐 와츠앱을 열어봤지만 특별한 무언가가 눈에 띄진 않았다. 물소리가 꺼졌을 때 오르나는 재빨리 전화기를 제자리에 돌려놓았다.

사흘 후에 오르나는 아내와 함께 있는 길을 만났다.

6

여름휴가 마지막 날인 화요일이었다. 새 학년 시작을 앞두고 오전에는 학교 직원회의가 있었다. 오르나는 에란을 함께 데려 갔다. 회의 동안 에란은 사무실에서 태블릿을 가지고 놀았다. 새 학년의 시간표는 지난해와 거의 비슷했다. 오르나는 회의가 끝 나면 텔아비브에 가서 여름의 마지막 날을 재미있게 보내게 해 주겠다고 에란에게 약속했다. 두 사람은 텔아비브 박물관에서 열리는 공예 워크숍에 참석했다가 맥도날드에서 점심을 먹고 디 젠고프 센터 몰에서 영화를 보기로 했다.

오르나와 에란이 에스컬레이터를 타고 3층에 도착해서 매표 소를 향해 왼쪽으로 돌자마자 길이 보였다. 길은 두 소녀와 함 께 주스 판매대 앞에 줄을 서 있었다. 오르나는 그들이 길의 딸 인 노아와 하다스라는 것을 금세 알아차렸다. 오르나는 그냥 돌 아설지, 아니면 못 본 척 아무 말 없이 지나갈지 잠깐 고민했다. 길은 계산대 앞의 코걸이를 한 젊은 여직원에게 집중하고 있었 던 터라 오르나를 못 본 것 같았다. 그러나 모르는 척한다는 게 오히려 바보짓 같았다. 그냥 자연스럽게, 크게 법석 떨지 말고,

딸들과 함께 있는 길을 에란에게 소개해주는 편이 좋겠다는 생각이 들었다. 오르나는 에란에게 속삭였다. "저기 누나들이랑 서 있는 아저씨 보이지? 저 아저씨가 엄마가 전에 얘기했던 그 친구, 가끔 만나는 아저씨야." 오르나가 길을 발견하고 에란과 함께 그의 일행들 뒤로 가서 막 아는 체를 하려던 순간 길 옆에 한 여자가 나타났다. 아니 어쩌면 전부터 거기 있었는지도 모른다. 그러나 오르나는 두 사람을 연결해서 생각해보지 않았기 때문에 그녀를 알아보지 못했다.

오르나가 "안녕, 길." 하고 인사하자 길이 그녀 쪽으로 몸을 돌렸다. 놀란 것 같았지만 그렇다고 기겁을 하는 정도는 아니었다. 예루살렘에서 주말을 보낸 이후로 두 사람은 통화를 하지 못했다. 오르나는 새 학년 준비로 바빴고 길은 사흘 동안 출장을 갈 것이라고 말했었다. 출장이 정확하게 언제인지는 기억나지 않았다. 그러나 두 사람은 이번 주말에 만날 계획이었고, 예루살렘을 다녀온 뒤 오르나는 길을 만날 날을 고대하고 있었다. 만약 길이 에란이 보는 앞에서 입술이나 뺨에 키스하려고 했다면, 오르나는 뒤로 물러섰을 것이다. 그러나 어딘가 석연찮은 길의 반응에 오르나는 굳어버렸다. 길은 쌀쌀맞고 냉담하기조차 했다. 에란을 재빨리 훑어볼 때도 그의 표정은 변하지 않았다. 오르나가 "얘가 에란이에요."라고 말하자 길은 "만나서 반갑다, 에란." 하고 인사했다. 그런 다음 딸들 쪽으로 몸을 돌리고 덧붙였다. "이분은 오랜 고객인 오르나 아즈란이셔."

처음에는 길이 딸들 때문에 그렇게 말했다고 생각했다. 두 사람 모두에게, 특히 에란에게 다정하게 대하려고 애쓰는 그 여자가 없었다면 오르나는 계속 그렇게 생각했을 것이다. "만나서 반가워요." 그녀는 미소를 지으며 말했다. "이 사람 아내인 루스예요. 영화 보러 오셨나 봐요?"

에란은 꼼짝도 하지 않고 영화를 봤다. 길에 대해 생각하자 오르나의 마음속에서 분노와 상처 입은 자존심이 요동쳤다. 이후로 한동안은 속이 상했지만 그렇다고 줄곧 그런 것은 아니었다. 그런 기분은 파도처럼 밀려왔다가 다시 잠잠해졌다가 왔다 갔다 했다. 넉 달에 걸쳐 길은 오르나를 속여왔다. 길이 정말로 결혼생활을 유지하고 있었던 걸까? 그런 것 같았다. 물론 루스가 길의 전 부인이고, 이전부터 습관이 됐기 때문에, 혹은 낯선 사람들에게 굳이 자신을 "그의 전 부인"이라고 소개할 필요가 없기 때문에 그냥 길의 아내라고 말했을 가능성도 있었다. 그러나 설사 그렇다 해도, 왜 길은 오르나를 "오랜 고객"이라고 소개했을까?

오르나는 에란에게 아이스크림을 먹지 말고 빨리 가자고 재촉하며 집에 가서 TV를 보게 해주겠다고 약속했다. 운전 중에는 집중력을 잃지 않도록 길에 대해 가급적 생각하지 않으려고 애썼다. 오후 시간이라 텔아비브에서 홀론까지는 차가 막혔다. 뒷좌석에 앉은 에란이 자꾸 말을 걸어와서 오르나는 라디오를 켰다. 에란은 길에 대해 아무 말도 하지 않았다. 길을 만난 후 오르나에게 무슨 일이 일어났는지 눈치채지 못한 것 같았다. 집에 도착하자 오르나는 에란에게 TV를 켜주고 나서 마치 급하게 해야 할 일이 있는 것처럼 거실에 있는 컴퓨터를 켰다. 그러나 사실 딱히 뭘 해야 할지 알 수가 없었다. 오르나는 만남 주선 사이

트로 들어가서 길의 프로필을 열고 그것을 노려봤다. 길에게서
는 아직 전화도, 문자도 오지 않았다. 여전히 가족과 외출 중일
수 있었다. 오르나는 평소보다 한 시간 이른 7시 반에 에란과 저
녁 식사를 하고 샤워를 마쳤다. 오르나는 에란에게 책을 두 쪽만
읽어주고 피곤하다며 혼자 잘 수 있겠냐고 물었다.

소피는 아직 미국에서 돌아오지 않았고 어머니에게는 절대 말
할 수 없었다. 고민이 생기면 아직도 본능적으로 로넨과 상의하
고 싶은 마음이 들었지만, 그건 말도 안 되는 일이었다. 로넨은
어쨌든 전화를 받지도 않을 것이다.

오르나는 침대에 들어가 누웠다. 질식할 것 같았다. 로넨이 떠
난 후 처음 며칠 동안 밤에 그랬던 것만큼 무서웠다. 그녀는 침
실의 불을 켜지도 않았고 일어나지도 않았다. 잠이 들 때까지 두
려움이 사라지지 않았다. 이해가 안 되는 일들이 너무 많았다.
두 사람이 만날 때마다 길은 느긋했고 따로 아파트도 얻어서 살
고 있었다. 그는 오르나가 전화할 때마다 항상 받았고 그녀가 원
할 때마다 언제든지 항상 자유롭게 그녀를 만났다. 호텔에서 함
께 여러 밤을 보냈고, 예루살렘에서는 주말을 함께 보냈다. 또한
그는 전혀 비밀스럽게 행동하지 않았다. 이 모든 정황은 길이 유
부남일 것이라는 가능성과 맞아떨어지지 않았다. 새벽 5시 15분
쯤 잠에서 깨어 확인해봤지만 길이 보낸 메시지도, 부재중 전화
도 없었다. 이제 오르나는 길이 절대 연락하지 않으리란 걸 분명
히 깨달았다. 길은 해명 전화도 없이, 한마디 말도 없이, 오르나
의 삶에서 그냥 사라질 계획인 것 같았다.

금요일에 새 학년이 시작됐다. 오르나는 걸어서 에란을 학교까지 데려다주고 벨이 울릴 때까지 함께 있다가 차를 몰고 출근했다. 처음 며칠 동안 오르나에게서 떠나지 않았던 감정은 두려움이었다. 수치심이 들진 않았다. 배신당했다는 느낌도 없었다. 사실 길이 오르나에게 빚진 것은 아무것도 없었다. 극도로 폭력적인 행동의 피해자가 되기라도 한 듯 점점 더 커진 것은 두려움뿐이었다.

저녁이면 오르나는 현관문을 잠그고 창문을 닫았는지 세 번이나 확인했다. 에란이 잠들고 나면 그녀는 어머니에게 안부 전화인 것처럼 전화를 걸었다. 오르나는 소피에게만 이 일을 털어놓았는데 미국에서 돌아온 소피가 며칠 후 전화를 했고, 그녀와 나눈 이야기가 오르나에게 도움이 됐다. 그러나 그 도움은 전혀 예상치 못한 방식으로 이루어졌다. 두 사람은 월요일 오전 홀론에 있는 워터파크 근처의 카페에서 만났다. 소피가 주말에 디즈니랜드에서 놀이기구를 타기 위해 길게 줄을 서느라 기진맥진했던 일과 마이애미의 호텔 이야기를 할 때 오르나는 참을성 있게 기다렸다. 그러다 소피가 데이트하는 남자와 어떻게 돼가고 있느냐고 물었을 때 오르나는 "별로 안 좋아. 유부남인 것 같아."라고 털어놓았다.

소피는 분개했다. 그녀는 길이 유부남이고 몰에서 만난 여자가 길의 아내라는 것에 대해 눈곱만큼도 의심하지 않았다. 소피는 아무 대응도 하지 않는 오르나를 이해하지 못했다. "내가 어떻게 해야 하는데?" 오르나가 묻자 소피가 말했다. "어떻게 해야 하느냐고? 경찰서에 가거나 적어도 페이스북에 뭔가 글을 올려야지, 무슨 말이야?" 왜 경찰서를 가느냐는 오르나의 질문에 소피가 대답했다. "왜냐하면 그건 강간이니까. 강간이나 다름없어. 분명해. 그가 널 속인 목적은…… 왜 그런지 이유는 너도 잘 알 거야. 네가 동의했건 안 했건 상관없어. 그가 정말 어떤 인간인지 몰랐으니까. 너한테 조종사라고 말했건, 억만장자라고 말했건, 결과적으로는 마찬가지였을 거야."

그러나 오르나는 자신이 소피와 같은 기분인지 확신할 수가 없었다. 소피가 자신과 길의 관계를 제대로 이해한 것인지도 확신할 수 없었다. 더 중요한 것은, 이것이 문제가 아니라는 거였다. 오르나가 두려움을 느끼는 것은 이 때문이 아니었다. 강간당했다는 생각도 들지 않았다. 소피의 말처럼 길은 자신을 속인 쓰레기 같은 인간이었다. 물론 그것은 분명한 사실이었다. 그러나 길은 오르나에게 억지로 강요한 적이 없었다. 그녀 쪽에서 나서지 않았다면 오늘까지도 두 사람은 섹스를 하지 않았을지 모른다. 그저 저녁이나 먹고, 영화나 봤을 것이다. 길이 정말로 오르나에게 원했던 것은 무엇일까? 길은 그녀에게 재촉하지도 않았고, 구애하지도 않았다. 오르나는 그저 사이트를 통해 서로 연락하게 된 사람이었고, 설사 그녀가 사라졌어도 길이 그녀에게 전화를 걸진 않았을 것이다. 그렇다면 그런 일을 벌인 이유가 무엇이었을까? 그리고 만약 길이 오르나에게 거짓말을 했다면, 거짓말을 한 이유는? 딸들이 자기 집에 와서 자고 간다거나 합의 이혼 같은 이야기들은 왜 꾸며내서 한 것일까? 오르나는 자신이 느끼는 두려움의 원인은 다른 데 있다고 생각했다. 어쩌면 그것은 로넨과의 관계에서 일어났던 일과 연관됐을 수 있었다. 그동안 오르나가 내내 억누르며 미뤄놓았던 두려움의 정체는 그녀가 자신에게 일어난 일을 절대 극복하지 못하고 다른 누군가를 결코 만나지 못하게 되리라는 불안감이었다. 오르나는 로넨이 길보다 훨씬 더 나쁘다고 생각했다. 로넨은 오르나뿐만 아니라 에란을 배신했고, 배신도 모자라 에란을 버렸다. 그렇다고 로넨을 고소하러 경찰서에 갈 수는 없었다. 자신이 단체 관광단을 인솔하고 해외여행을 가면 두 사람이 멀어지는 것이 아니라 오히려 그리움이 커져서 더 가까워질 수 있다는 로넨의 말은 거짓말이 아니었던가? 루스에 대해 털어놓는 데 몇 주, 아니 몇 달이 걸리지 않았던가? 두 사람 사이에 에란이 있다는 이유만으로도 로넨에게는 길과 달리 그녀에게 사실을 말해줄 의무가 있었다.

오르나가 길을 고소하지 않겠다고 하자 소피가 말했다. "널 이해할 수가 없어. 이런 일을 벌였는데도 그냥 빠져나가게 내버려두는 이유가 뭔데? 게다가 이런 짓을 한 게 처음은 절대 아닐 거야. 그리고 어쩌면 마지막이 아닐지도 몰라." 오르나가 대답했다. "그러는 건 내 성격에 안 맞아. 그렇게 오랫동안 날 봐와놓고도 몰라서 그래?"

소피가 말했다. "그러는 게 네 성격이면 좋겠다." 그런 성격이었다면 로넨이 떠나지도 않았을 거라는 말을 소피가 에둘러 표현하는 것이라고 오르나는 생각했다. 그러나 소피의 속뜻은 그게 아니었을 것이다.

경찰서로 가는 대신 오르나는 9월 초 어느 저녁 길에게 문자메시지를 보냈다. "사과할 계획은 없어요? 설명할 계획은요?" 그가 메시지를 읽은 것은 분명했지만 답이 오진 않았다.

7

여러 날이 지나고 어느덧 9월 중순이 됐다. 모두가 여름휴가 여행에서 돌아와 10월의 초막절을 보내기 위해 다음 여행을 계획하고 있었다. 에란의 새 학년은 지난해보다 더 불안정하게 시작됐다. 에란이 아침에 침대에서 나오려 하지 않는 날이 종종 생겼다. 4학년에서 5학년으로 올라가는 과정은 복잡했고, 그만큼 수업 시간뿐만 아니라 집에서도 더 많이 집중하고 노력해야 했다. 선생님들도 인내심에 한계를 느끼는 것 같았다. 오르나는 에란의 새 선생님을 만났다. 그녀는 많은 학생들이 5학년 초에는 힘들어한다며 오르나를 안심시키려고 애썼다. 그러면서 선생님들 모두가 관심을 가지고 주시하고 있기 때문에 걱정할 필요가 전혀 없다고 말했다. 그러나 그 격려의 말 속에 오르나 자신의 훈육 방법이 잘못됐다는 비판의 어조가 숨어 있을 뿐만 아니라 에란을 병원에 데려가서 진단받게 해야 한다는 뜻이 내포되어 있는 것처럼 느껴졌다. 물론 아닐 수도 있었다.

에란의 치료사 또한 어려움을 감지했다. 그는 그것이 가정 문제에 대한 때늦은 반응일 수 있다고 생각하고, 치료를 일주일에 두 번으로 늘리는 게 어떻겠느냐고 물었다. 그러나 오르나는 어머니에게 치료비를 더 내달라고 부탁할 수가 없었다. 치료사는 길에 대해 묻지 않았고, 오르나도 그에 대해 언급하지 않았다. 어머니가 데이트하는 변호사에 대해 물었지만, 오르나는 그 물음을 간단하게 일축해버렸다. "별 볼 일 없이 끝났어요."

길의 프로필은 수정사항 없이 여전히 만남 주선 사이트에 올라와 있었다. "42세에 한 번 이혼함."

오르나는 사이트에 자주 접속하지는 않았다. 이제 그런 일에서 손을 뗐다고 느꼈고, 그곳에서 누군가와 다시 교제를 시작하는 일은 없을 것임을 잘 알고 있었기 때문이다. 오르나는 프로필을 삭제했다.

소피는 자신이 페이스북 계정을 만들어보겠다고 제안했다. 페이스북에서는 친구들끼리 네트워크가 형성돼 있기 때문에 모든 것이 더 투명해서 거짓말하기가 훨씬 더 어려웠다. 그러나 오르나는 반대했다. 페이스북을 통해 학생들과 학부모들을 불필요하게 만날 수 있다고 많은 동료 교사들이 알려줬기 때문이다. 오르나는 공개적으로 연애를 하고 싶지도 않았다. 오르나가 만남 주선 사이트에 들어가서 길의 프로필을 본 것은 혹시라도 그가 신상정보를 수정해놓았는지 알고 싶은 순수한 호기심 때문이었다. 한번은 오르나 자신이 가짜 이름과 가짜 사진으로 새 계정을 만들어서 길에게 접근한 다음 그의 반응을 한번 살펴볼까 생각한 적도 있었다. '길이 똑같은 방식으로 대화를 이어갈까? 거의 여섯 달 전 자신에게 말했던 것과 똑같은 이야기를 반복할까?' 그러나 오르나는 길이 자신의 문체를 금세 알아챌 거라고 생각했다. 길의 아파트에 가서 잠복을 한다는 것도 사실 아무 의미가 없었다. 실제로 그렇게 한번 해볼까 생각해본 적은 있었다. (길의 아파트 주소가 정확하게 기억나진 않지만 찾아갈 수 있을 것 같았다.) 딱 한 번 길의 집에 갔을 때 정확히 꼬집어 말할 수는 없지만 뭔가 이상한 느낌이 들었었다. '그때 기분이 어땠지? 길의 집이 아닌 것 같은 느낌이었나? 아무도 살고 있지 않는 것 같은 느낌도 들었어.' 현관문에는 문패도 없었고 아파트 호수만 적혀 있었다. 냉장고에도 먹을 것이 하나도 없었다. 길은 거의 항상 밖에서 밥을 먹는다고 해명했다. 그러나 딸들이 가끔 저녁을 먹으러 온다고 말하지 않았던가? 욕실 세면대에 놓인 비누는 몇 주 동안 쓰지 않은 것처럼 까맣게 말라 있었다. 그런데 길은 손을 자주 씻는 사람이었다. 그 당시 오르나가 알아차린 또 다른 이상한 점들도 있었다. 예를 들면, 길이 탄다는 레이싱 바이크는 아파트 안에서도, 아래층에서도 보이지 않았다.

길의 아파트에 갔던 그날 저녁을 떠올리자 며칠 만에 처음으로 다시 분노가 치밀었다. 그러나 이번에는 두려움이 아니라 형사 같은 호기심이 뒤따랐다. 오르나는 길에게 문자를 보냈다. "주변 사람들이 경찰서에 고소장을 제출하거나 당신이 밖에서 무슨 짓을 하고 다니는지 당신 아내에게 알려주라고 조언을 하더군요. 만남 주선 사이트에 당신 이야기를 써서 올리라고도 하고요. 아직 그렇게 하진 않았어요. 해명하고 싶은 생각은 없나요?"

오르나는 자신이 그렇게 확고한 어조로, 은연중에 협박하는 투로 말할 수 있다는 사실에 놀랐다.

길은 오르나의 메시지를 확인하고 몇 분 후에 답장을 보내왔다. "안 그래서 다행이에요. 고마워요. 전화해도 돼요?"

잠깐 동안 두려움이 되살아났다. 오르나는 길의 목소리를 듣고 싶지도 않았고 그에게 자신의 목소리를 들려주고 싶지도 않았다. 거의 밤 11시였고 다음 날 아침 일찍 수업이 있었다. 오르나는 길에게 문자 보낸 것을 후회했다. 오르나는 전화하지 않는 게 좋겠다고 말했다. 길은 해명하고 싶었지만 오르나가 사이트에서 프로필을 삭제했기 때문에 채팅으로 메시지를 보낼 수가 없었다고 말했다. 오르나는 이 말을 듣고 길이 만남 사이트에서 자신을 찾아봤고, 두 사람이 헤어진 이후 그녀의 심경이 어땠을지 완전히 무관심하지는 않았다고 결론을 내렸다.

"그렇다면 문자로 해명해봐요." 오르나가 문자를 보내자 길이 "좋아요."라고 답했다. 그런 다음 덧붙였다. "그런데 시간이 조금 걸릴 거예요."

오르나는 주방과 거실을 청소했다. 샤워할 때는 전화기를 욕실 세면대 안에 놓고 열기와 수증기를 막기 위해 수건으로 덮어뒀다. 예루살렘으로 주말여행을 갔을 때 가져갔던 책을 들고 침대 속에 들어갔을 때 길에게서 세 개의 긴 문자 메시지가 왔다. 하나로는 부족했던 모양이었다.

"미안해요. 그런 일이 일어나서 정말 참담해요. 내가 저지른 일을 절대 용서할 수 없다는 걸 알아요. 그래서 디젠코프 센터에서 당신을 우연히 만난 이후 해명조차 할 수가 없었어요. 나와 아내는 사실 이혼한 게 아니라 별거 중이에요. 만남 주선 사이트에서 당신을 만났을 때는 아내와 내가 다른 사람을 만날 수 있고, 곧 이혼하게 될 거라는 점을 서로 합의해둔 상태였어요. 아직 정식으로 이혼하지 않은 남자와 데이트하는 것을 여자들이 주저한다는 점을 알고 있었기 때문에 프로필에 별거 중이라는 사실을 밝히지 않았고 당신에게도 말하지 않았어요."

"당신을 만나 데이트를 시작하고 나서 몇 주 후에 아버지의 건강이 악화됐고 얼마 뒤 세상을 떠나셨어요. 나는 공황 상태에 빠져서 아내와 딸들이 있는 집으로 들어갔고 다시 잘해보기로 약속했어요. 물론 진심으로 원한 것은 아니었어요. 내가 그랬던 이유는 당신이 우리 두 사람의 관계에 대해 확신을 갖지 못하고 있다는 느낌을 받았고 또 당신이 우리 관계를 끝낼 것이라고 생각했기 때문이었어요. 물론 당신에게 모든 것을 정직하게 이야기했어야 했어요. 정말 부끄럽고 두려웠어요. 당신을 포기하는 게 나한테는 힘들었어요. 당신에게 상처줬다는 걸 알고 있고 그 점에 대해 다시 사과할게요. 당신이 내 아내에게 알리거나 다른 식으로 이야기를 퍼뜨린다 해도 이해할 수 있어요. 오히려 당신이 그렇게 해주길 바라고 있는지도 몰라요. 그러면 거짓된 삶을 멈추고 이 결혼을 완전히 끝낼 수 있을 테니까요."

"당신이 보고 싶어요. 당신이 언젠가는 좋은 사람을 만나길 빌어요. 당신 삶에 들어갈 그 사람이 진심으로 부러워요. 그 사람이 내가 되진 않을 거라는 걸 알아요. 내가 한 행동 때문뿐만 아니라 당신을 처음 만났을 때부터 설사 내가 정말로 이혼을 했다 해도 당신이 절대 나와 함께 살기로 결정하지는 않을 거라는 느낌을 받았으니까요."

오르나는 길이 보낸 메시지를 그날 밤 침대 속에서 두 번 읽었다. 그리고 에란이 깨기 전에 아침에 한 번 더 읽었다. 그의 말은 한마디도 믿을 수가 없었다. 그의 행동에는 메시지로는 설명이 안 되는 점이 너무 많았다. 그럼에도 불구하고 길의 변명 덕분에 적어도 벌어져 있던 상처의 일부는 봉합됐다. 그 모든 이야기에 대한 그녀 자신의 반응이 옳았다.

아침나절 오르나는 커피를 홀짝이며 길에게 답장을 쓰기 시작했다. 그러나 어떻게 써도 제대로 써진 것 같지가 않았다. 그래서 오르나는 그날도, 그다음 날도, 계속해서 메시지를 보내지 않았다. 마침내 오르나가 메시지를 보냈을 때는 그녀의 상황이 달라져 있었고, 많은 것이 변한 뒤였다.

8

　나팔절(새해를 기념하는 유대교의 4대 절기 중 하나) 일주일 전 로넨에게서 스카이프로 연락이 왔다. 7시를 막 지난 때여서 오르나와 에란은 저녁을 먹고 있었다. 누군지 확인하고서 오르나는 에란을 컴퓨터가 있는 곳으로 불러 직접 전화를 받으라고 말했다.

　에란과 로넨이 통화한 시간은 고작 몇 분에 불과했지만 그동안 오르나는 주방에서 초조하게 기다렸다. 에란의 목소리는 거의 들리지 않았다. 에란은 로넨과 항상 조용히 이야기를 나눴다. 에란은 주방으로 와서 아빠가 엄마와 이야기를 나누고 싶어한다고 전했다. 스크린에 보이는 로넨을 쳐다보는 것이 오르나에게는 힘들었다. 로넨이 "안녕, 오르나." 하고 인사했다. 로넨은 어떻게 이야기할지 미리 연습한 것 같은 미소를 지었다. 그는 에란이 잠든 후에 따로 이야기를 나눌 수 있겠느냐고 물었다. 오르나가 좋다고 하자 로넨은 고맙다고 말했다. "그럼 두 시간 후에 전화할게. 그래도 괜찮지?"

　오르나가 식탁으로 돌아왔을 때 에란이 말했다. "아빠가 초막절 때 오신대요. 엄마한테 말했어요?"

10시에 로넨에게서 다시 전화가 왔다. 로넨이 시간을 정확하게 지켰다는 사실을 통해 오르나는 그가 별로 반갑지 않은 말을 하려고 한다는 것을 알 수 있었다. 처음에는 화면으로 보이는 방이 사무실인지, 아니면 집인지 알 수가 없었다. 로넨 뒤로는 아무것도 없이 횅한 흰 벽이 보였고 화면의 위쪽 오른편에는 둥근 종이 등갓이 보였다. 그들이 통화하는 동안 일고여덟 살가량 된 금발의 여자아이가 방으로 걸어 들어와서 오르나에게는 잘 들리지 않는 소리로 무슨 말을 했다. 로넨은 아이에게 영어로 대답했다. "토마스에게 내가 10분 후 간다고 전하렴, 알았지?" 아이는 연푸른 빛깔의 커다란 눈으로 오르나를 잠깐 바라보다가 화면 밖으로 사라졌다.

그들은 2주 반 후인 대속죄일(유대 달력으로 새해의 열 번째 되는 날로, 유대인의 가장 큰 명절) 이브에 올 예정이었다. 여기서 그들이란 로넨과 루스, 그리고 아까 화면에 보인 상의를 벗은 금발의 여자아이를 포함해 루스의 네 아이들 모두를 의미했다. 여자아이의 이름은 줄리아였다. 그들은 로넨의 부모님이 거주하는 모샤브에 집을 얻어서 한 달가량 머물 예정이었다. 로넨은 모두에게 쉽지 않겠지만 루스와 아이들뿐만 아니라 자신에게 있어서 방문의 주된 목적이 에란과 시간을 보내며 친해지는 것이라고 말했다. 부모님과 다른 가족을 만나는 일은 부차적인 것일 뿐이었다. 로넨은 이 문제를 어떻게 풀어나가야 할지 몰라서 오르나와 상의하려던 참이었다. 물론 처음에는 로넨과 에란 그리고 오르나, 이 세 사람이 적어도 한두 번은 함께 만나게 될 터였다. 그러나 나중에 방학이 되면 에란을 데려가서 며칠 동안, 어쩌면 초막절 내내 모샤브에서 루스와 그들의 아이들과 함께 지냈으면 한다는 게 이야기의 골자였다. 그들이 대축제일에 오는 이유는 바로 그 때문이었다. 에란을 위해서 온다는 것이었다.

오르나는 로넨에게 그다운 발상이라고 말했다. 표면적으로는 에란을 위해서 오는 거라고 했지만 항공권을 구매하기 전 오르나와 에란에게 날짜가 괜찮은지 물어보지도 않았다. 초막절 때 두 사람이 다른 곳으로 여행 갈 계획이 있었다면 어쩌려고 그랬단 말인가? 미리 물어볼 생각을 왜 못 한 것일까?

로넨은 방어적이 됐다. "그렇지만 당신이 어디 갈 건 아니잖아, 그치?" 그가 물었다.

오르나는 중요한 건 그게 아니라고 말했다. 따져봐야 할 것도 많았고 에란에게도 준비가 필요했다. 이렇듯 촉박하게 로넨에게 떠맡기고 말 일이 아니었다. "내 말은 당신이 지금 그 애 생활이 어떤지 눈곱만큼도 아는 게 없다는 거야." 오르나가 덧붙였다.

로넨은 오르나가 진정하기를 기다렸다. "상황이 과열되는 것"을 로넨은 견딜 수 없어했다. 로넨의 집에서는 모두가 조용했고 싸움도 전혀 없었다. 잠시 후 로넨이 조용히 말했다. "오르나, 지난 몇 달 동안 내가 제대로 처신하지 못했고, 모든 것을 당신 혼자 감당해야 했다는 거 잘 알아. 하지만 나는 에란과 새로 시작하고 싶어. 그 애한테, 그리고 나한테도 중요해. 찬찬히 생각해보고 우리가 도착하기 전에 다시 이야기 나누기로 해. 에란에게는 모샤브에 대해서 아무 말도 하지 않았어. 당신이 그건 안 되겠다 하면 에란은 내가 매일 홀론으로 가 당신 집에서 볼게, 괜찮지?"

오르나는 길과 그의 아내를 만났던 날 목을 죄어왔던 것만큼 강한 두려움을 느꼈다. 똑같은 분노가 치밀었다. 그러자 그때 자신이 실제로 화를 냈던 대상은 길이 아니라 로넨이지 않았을까 하는 생각이 들었다. 어쩌면 오르나가 불안감을 느꼈던 것은 길이 거짓말을 했다는 사실 때문이라기보다 그 비참한 관계를 통해 자신의 운명과 인생을 알 수 있었기 때문이었다. 오르나는 늦게 잠이 들었고, 꿈을 꿨지만 무슨 꿈을 꿨는지는 정확하게 기억나지 않았다. 그러나 로넨과 함께 있었던 그 금발의 여자아이가 꿈에 나왔다. 아이는 완전히 벌거벗고 있었다. 신속하게 에란의 치료사를 만나야 했지만 그가 무슨 말을 할지 알고 있었기 때문에 오르나는 다음 날 아침 전화를 걸지 않았다. 대신 로넨의 방문이 임박해오고 있다는 데 따르는 초조함을 혼자 마음속으로 삭였다. 산에 피부가 녹아내리듯이 마음이 타들어갔다. 그러다에란의 상담일이 다가왔다. 분명히 에란이 치료사에게 무슨 말을 할 것이라는 생각이 들었기 때문에 더 이상 선택의 여지가 없었다.

오르나의 생각은 틀리지 않았다.

치료사는 모든 일을 천천히, "한 단계씩" 해나가야 한다고 말했다. 물론 그는 로넨의 방문에 대해 에란과 이야기를 나누고 에란의 기분이 어떤지 듣고 싶어했다. 그러나 전반적으로는 로넨의 방문을 "매우 긍정적인 발전"으로 간주했다. "로넨은 에란의 삶 속으로 다시 들어오고 싶어해요. 진심으로 노력해보기 위해 짧은 기간이지만 이스라엘에 와서 지내려고 하는 거예요. 자신의 새 삶과 새 가정에도 에란의 자리가 있다는 것을 보여주고 싶은 거죠. 나는 그런 일이 언젠가 일어나기를 바랐고, 당신이 원했던 바도 바로 그런 것 아니었어요, 오르나?" 치료사가 물었다.

오르나는 진료실이 마음에 들지 않았다. 모자이크 무늬 바닥과 화려한 카펫, 벽에 걸린 그림들, 작은 나무 선반에 꽂힌 책들, 빨간색과 파란색 자수 쿠션들이 놓여 있는 소파 모두 마음에 들지 않았다. 전기요금이 공짜라도 되는 것처럼 4월부터 10월까지 계속 켜놓은 에어컨도 싫었다. 이 모든 것이, 그가 내뱉는 모든 그럴싸한 말들이 그녀가 살면서 겪는 어려움들과 얼마나 아득하게 동떨어져 있는지…… 오르나는 화가 나서 이성을 잃었다. "내가 이런 걸 바랐던 건지 모르겠어요. 당신은 그랬을지 모르지만요. 그리고 나는 그 일이 이런 식으로 일어나길 바라진 않았어요. 로넨이 지금 무슨 꿍꿍인지 알아요?"

로넨은 오르나를 빼고 자신의 '새 가족'과 에란이 잘 어울리기를 원하고 있었다. 그는 에란이 오르나와 떨어져 그들이 빌린 모샤브의 집에서 며칠 동안 함께 지내기를 원했다. 로넨은 에란이 루스의 아이들과 같은 방에서 함께 자고 아침에 함께 일어나기를 원했다. 루스가 아이들을 깨워서 아침을 만들어주고 나면 모두 밖으로 나가서 셔츠를 벗고 놀 것이다. 그렇다면 그동안 오르나는 어디에 있을까? 혼자 집에 있어야 할까?

치료사가 말했다. "그렇지만 그 문제는 당신이 이혼하기로 결정한 순간부터 분명했잖아요. 안 그래요, 오르나? 그건 기정사실이에요. 에란에게는 집이 둘이에요. 하나는 여기 있는 당신 집이고 하나는 어딘가에 있는 아버지 집이에요. 다른 방법이 없어요."

그러나 오르나는 그 일만큼은 피하고 싶었다. 아니, 피해야만

했다. 에란이 엄마의 집 말고 다른 집을 갖지 않길 바랐다. 이런 그녀의 마음을 이해하기가 그렇게 어렵단 말인가? 로넨과 이야기를 나눈 후 오르나는 에란이 새 가족과 지내도 되겠냐고 묻는 꿈을 계속해서 꿨다. 꿈에서 에란은 모샤브에 다녀온 후 루스와 로넨과 아이들과 함께 네팔에 가도 되느냐고 물었다. 컴퓨터 화면에 나왔던 금발 여자아이와 손을 잡고 영영 떠나버린 에란을 다시 못 보게 되는 꿈도 꿨다.

치료사는 오르나를 안심시키려 애썼지만 소용이 없었다. "에란이 당신을 포기할 가능성은 절대 없어요."라고 그가 말했지만 오르나에게는 이 말이 "에란이 당신도 포기할 가능성은 절대 없어요."로 들렸다. 그러나 로넨이 그렇게 만든 거라면 에란이 로넨을 포기해서는 안 될 이유가 어디 있겠는가? 상담 시간이 끝날 무렵 치료사가 말했다. "작년에는 로넨이 나쁜 아버지였어요. 아주 나빴어요. 그렇지만 당신이 그 자리에 앉아서 이전의 8년 동안은 아주 헌신적인 아버지였다고 여러 번 나한테 말해줬잖아요. 로넨은 지금 다시 좋은 아버지가 되려고 애쓰고 있어요. 그런 일이 일어나면 에란에게 좋지 않겠어요? 안 그래요? 부모들에게도 위기가 있어요. 로넨이 위기를 극복했을 수도 있어요. 에란을 위해서 로넨에게 바로잡을 기회를 줘야 해요. 우리는 신중을 기할 거예요, 오르나. 에란에게 상처줄 일은 절대 안 할 거예요. 그리고 이 모든 일에 당신 혼자가 아니라는 걸 잊지 말아요. 내가 옆에 있잖아요."

그러나 오르나는 혼자였다. 완전히 혼자였다. 오전에는 에란과 단둘뿐이었다. 오르나는 늦게 잠자리에 들었다가 이미 피곤

한 상태로 허둥지둥 일어났기 때문에 아침이면 더 정신이 없었다. 담요를 덮고 있는 에란의 마른 등을 쓰다듬으며 "잘 잤니, 에라니?"라고 속삭일 때마다 오르나는 그것이 마지막 아침 인사가 될지도 모른다는 생각을 했다.

에란은 하루하루 날짜를 세고 시간을 계산하면서 신나했다. 그리고 그런 흥분 상태가 에란에게 뭔가 좋은 효과를 끌어내고 있다는 것이 드러나 보였다. 에란은 학교에 가는 게 아니라 언제든 공항으로 로넨을 마중 나가는 것처럼 재빨리 일어나서 옷을 입고 정리를 했다. 마치 로넨이 공부하는 모습을 지켜보고 있기라도 하듯 에란은 몇 초마다 벌떡벌떡 일어서지도 않고 열심히 숙제를 했다. 오르나가 에란에게 선물해준 공책은 아빠의 방문을 위한 준비 공책으로 바뀌었다. 매일 저녁 에란은 아빠가 올 때까지 며칠, 몇 시간이 남았는지 공책에 적곤 했다. 오르나는 아들과 둘만의 시간이 얼마 남지 않은 것처럼 오후 내내 에란과 함께 시간을 보냈고, 에란이 잠자리에 들고 나서야 다음 날 수업 준비를 했다. 그러나 그때도 집중할 수가 없었다. 로넨과 루스와 그녀의 아이들이 오르나 자신의 집에서 에란의 장난감을 가지고 놀고 있는 모습이 계속 상상됐다. 그것은 그들 모두가 모샤브에서 호스로 물을 뿌리며 뛰어노는 모습이나, 해먹에 흔들거리며 누워 있는 모습, 풀밭에서 저녁을 먹는 루스와 아이들에게 로넨이 기타를 쳐주고 있는 모습을 상상하는 순간들에 비하면 오히려 참을 만했다. 이 모든 것을 누르고 오르나가 이길 수 있는 승산이 있을까? 질투와 불안으로 미쳐버리지 않고서 에란이 떠나 있는 시간을 어떻게 견딜 것인가?

어느 날 저녁, 소피와 와츠앱으로 메시지를 주고받다가 오르나는 길의 마지막 문자 메시지를 보게 됐다. 불현듯 그 문자에 답을 보낼 수 있을 것 같은 기분이 들었다. 오르나는 메시지를 썼다. "당신의 황당한 설명은 전혀 설득력이 없어요, 길. 내가 다른 사람이었다면 벌써 오래전 당신 아내에게 모든 걸 이야기했을 거예요. 아직 그럴 가능성도 없지 않아요. 당신이 원하던 대로 당신 결혼이 무너져 망가지길 빌어요. 당신이 당신 자신과 다른 사람들에게 더 이상 거짓말할 필요가 없도록요."

9

이후 두 사람이 만났을 때는 오전이었다.

길은 근무 시간 중에 만나기가 곤란하다고 말했지만, 오르나는 에란과 보내는 저녁 시간을 포기하거나 어느 누구에게도 길과 다시 만날 것이라고 말하지 않을 작정이었다. 저녁에 외출하려면 베이비시터를 구하거나 어머니에게 부탁해야 했다. 어머니는 오르나에게 질문을 해댈 것이 분명했다. 그래서 그들은 오르나가 수업이 없는 월요일 10시 반, 대속죄일 이브 이틀 전에 만나기로 했다. 길은 호텔 로비에서 기다리고 있었다. 오르나는 거의 20분이나 늦었지만 길에게 메시지를 보내지 않았다. 길은 오르나의 의향을 알 수 없어서 방을 예약하지 않았다고 말했다. 오르나가 "방이 있는지 알아봐요."라고 말하자 길은 프런트 데스크로 가서 낮은 목소리로 이야기를 나눴다. 두 사람은 서로 한마디도 하지 않은 채 작은 엘리베이터를 타고 3층으로 올라갔다. 방에 도착하자마자 길은 욕실로 갔다. 오르나는 책상 앞에 놓인 나무 의자에 앉아서 기다렸다. 길은 무슨 말을 해야 할지 몰라서 우물쭈물하는 듯하더니 마침내 "어떻게 지내요?"라고 물었다.

오르나는 로넨의 방문에 대해 아무 말도 하지 않을 계획이었다. 그녀는 로넨을 만나기 전에 잠깐 만났던 남자를 떠올렸다. 그는 오르나보다 열다섯 살이나 연상이었다. 오르나는 스물두 살 때 아르바이트로 비행기 승무원 일을 했는데, 이갈은 그녀가 몸담고 있던 항공사의 객실승무팀 사무장이었다. 미혼이었던 그는 몸에 털이 많았고 입 냄새도 심했다.

"우리가 왜 여기서 만나고 있는지 설명해줄래요? 나한테 다시 한번 기회를 주기로 결정한 건가요? 아니면 다른 이유 때문인가요?"라고 길이 물었을 때 오르나가 대답했다. "정확히 무엇에 대한 기회요? 당신이 아내에게 계속 거짓말을 하도록 놔두기로 했어요. 지금은요."

둘 다 섹스를 원하는 시늉도 없이, 왜 그러는지 이해하는 척하지도 않으면서 그들은 섹스를 나누었다. 길은 발기가 잘 안 돼서 오르나의 몸 안으로 간신히 들어왔다. 그러고는 재빨리 오르나의 몸 밖에서, 침대 위에 사정했다. 오르나가 그렇게 하라고 요구했기 때문이다. 길은 이번에는 샤워하러 가지 않았다. 어쩌면 침대 협탁 위 갈색 지갑 밑에 전화기를 놔둔 채 오르나를 혼자 두고 가기가 무서웠는지 모른다. 길이 오르나보다 먼저 옷을 입고 말했다. "당신이 나한테 원하는 게 정확히 뭔지 모르겠어요, 오르나. 그래도 당신을 다시 만나게 돼서 좋아요." 오르나는 질문으로 대답했다. "그런데 오늘은 당신 아내에게 뭐라고 말할 거예요?"

길은 아무 말도 하지 않았다.

"아직 이혼하지 않았죠? 이혼했어요?" 오르나의 질문에 길은

"아직 안 했어요. 그렇지만 할 거예요."라고 대답했다. 오르나가 웃으면서 말했다. "나 때문은 아니길 빌어요." 이 모든 상황이 그녀로 하여금 이갈이라는 남자와의 만남을, 그와 같이 있을 때면 몸속에서, 몸 위에서 혐오감이 느껴졌던 일을 생생히 떠올리게 했다. 다 잊었다고 믿었던 모든 일이 하나도 변하지 않은 채 다시 되살아나고 있는 것 같았다.

오르나가 길에게 물었다. "그런데 물어볼 게 있어요. 내가 그 때 가봤던 그 아파트 말이에요. 당신이 계속 거기로 가자고 했잖아요. 진짜 당신 아파트 아니죠? 당신 거예요?" 길은 맞는다고 했다. 그러면서 루스와 별거하고 있을 때 그 집을 빌렸고, 집으로 들어간 후에도 화해가 오래가지 못하리란 걸 알았기 때문에 계속 그곳을 놔두기로 했다고 말했다.

오르나는 길이 틀림없이 거짓말을 하고 있고, 다른 방도가 없기 때문에 거짓말을 계속할 것이라고 생각했다. 그러나 지금은 오르나가 유리했고 그녀에게 힘이 있었다. 로넨의 방문 일자가 다가오면서 자신이 너무 약하게 느껴졌던 그 시기에 오르나가 길을 찾은 이유는 아마도 그 때문이었을 것이다. 오르나는 자신이 길에게 공갈 협박을 할 수도 있다는 생각을 즐겼다. 아내와 딸들에게 알리지 않는다는 조건으로 길에게 터무니없는 액수의 돈을 요구할 수도 있었다. 길에게 그 정도의 돈은 분명히 있었다. 5천만 원이 아니라 5백만 원을 요구한다면 길은 오르나에게 그 돈을 주려고 할 것이다. 그 정도라면 결혼생활이 깨지는 것을 원치 않는 상황에서 결혼생활을 깨뜨릴 위험을 무릅쓰면서까지 거부할 만큼의 액수는 아니었다. 훨씬 더 좋은 방법도 있었다. 로넨이 왔을 때 길에게 남자친구인 척해달라고 요구할 수도 있었다. 로넨이 방문했을 때 길에게 그녀 집으로 와서 남자친구 노릇을 하고, 에란을 데리러 갈 때 모샤브까지 빨간색 기아 스포티지로 태워다달라고 부탁할 수도 있었다.

오르나는 호텔에서 집으로 돌아가는 길에 묘한 우연의 일치를 찾아냈다. 길의 아내와 로넨의 독일인 아내 모두 루스였다. 로넨의 독일인 아내인 첫 번째 루스는 네팔에서 로넨을 만나 사랑에 빠졌고, 오르나에게서 로넨을 빼앗아갔다. 루스는 로넨과 새로운 가정을 꾸림으로써 오르나의 가정을 파괴했다. 오르나는 사진으로만 봤던 그녀를 곧 만나게 될 것이다. 로넨과 스카이프로 통화 중일 때 그의 옆으로 재빨리 지나가는 그녀의 모습을 두 번 본 적이 있었다. 두 번째 루스인 길의 아내에게는 오르나가 "파괴자"의 역할을 맡았다. 그러나 첫 번째 루스와 오르나는 완전히 달랐다. 길과 루스의 결혼은 이미 오래전에 끝난 것이 분명했고, 오르나는 길과 새 가정을 이룰 계획이 전혀 없었다.

두 사람이 호텔에서 만난 날 저녁 길이 전화를 했지만 오르나는 받지 않았다. 길은 다음 날 다시 전화해서 "어제 만나서 반가웠어요, 오르나. 아직도 나한테 화가 나 있는 걸 이해해요."라고 말했다. 오르나는 자신도 상상하지 못했던 어조로 대답했다. "길, 당신과 나는 더 이상 가장할 필요가 없어요. 그냥 만나요. 그래요, 만나요. 싫증 날 때까지요. 그러다가 그만두면 돼요. 나한테 전화할 필요도 없어요. 알았어요? 친절하게 굴 필요도 없고요. 당신과 나는 이제 구애 단계는 지났어요."

로넨이 도착했고 대속죄일이 지나자마자 에란은 창가에서 아빠를 기다리고 있었다.

밤 10시가 다 된 늦은 시간이었지만 두 사람은 만남을 미루고 싶어하지 않았다. 로넨은 아버지의 픽업트럭을 운전하고 왔다. 에란은 차에서 내리는 로넨을 보고 현관문으로 뛰어가 잠금장치를 연 다음 아래층으로 달려가지는 않고 문간에 머물러 있었다. 계단통에 불빛이 들어오자 오르나는 두 권의 교재와 컴퓨터를 펼쳐놓고 책상 앞에 앉아 있다 일어섰다. 그녀는 에란 뒤에 어색하게 서 있었다.

로넨은 에란을 껴안은 다음 공중으로 높이 들어 올렸다. 그리고 오르나로부터는 분명 적당히, 아니면 정중하게 거리를 두고 있었다. 두 사람은 포옹이나 키스를 하지 않았다. 악수조차도 하지 않았다. 그저 서로 약간 떨어져 선 채 오르나는 양손을 호주머니에 넣고 있었고, 로넨은 오랜 여행에서 함께 집에 돌아온 것처럼 에란의 작은 손을 잡고 있었다. 로넨이 "만나서 반가워, 오르나. 좋아 보여."라고 인사하자 오르나는 "고마워."라고 대답했다. 로넨은 오르나가 기억하고 있는 것보다 더 나이 들어 보였다. 검었던 머리는 약간 더 희끗해졌고, 갑자기 키가 작아진 듯 보였다. 로넨이 오르나보다 1센티 정도 더 작았기 때문일 수도 있고, 길보다 적어도 10센티 정도 작았기 때문일 수도 있었다.

에란은 아직 로넨의 손을 놓지 않고 있었다. 집 안에 바뀐 것이 있는지 살펴볼 수 있도록 에란은 로넨에게 아파트를 구경시켜줬다. 사실 에란만 알 수 있는 사소한 점들을 제외하고 바뀐 것은 거의 없었다. 로넨은 오르나와 함께 12년 전에 샀던 집을 돌아다녔다. 그러나 이제 이 집은 더 이상 로넨의 집이 아니었다. 오르나는 어머니의 도움으로 로넨에게서 이 집을 샀다. 로넨은 처음 보는 것처럼 집을 둘러봤다.

예전에는 이 아파트에 있던 모든 것이 그의 것이었지만, 이제는 그렇지 않았다. 파란 포마이커 식탁에서 로넨은 10년도 넘게 아침마다 커피를 마셨다. 그리고 매일 저녁 거실의 녹색 소파에 앉았었다. 한 번도 수리한 적이 없었던 욕실의 낡은 거울 앞에서 그는 하루에 두 번 양치질을 했었다. 오르나 역시 로넨의 것이었지만 지금은 아니었다. 에란만이 여전히 예전처럼 그의 것이었고, 그 사실만큼은 분명했다. 로넨이 옛집에서 새 가정과 새 삶 속으로 가져가고 싶어한 것은 에란뿐이었다.

오르나가 로넨에게 커피를 마시겠냐고 묻자 그는 "아니, 고맙지만 됐어. 이제 커피는 안 마셔. 그냥 따뜻한 물이나 줘. 혹시 있으면." 하고 말했다. 오르나는 새 정수기에서 받은 뜨거운 물을 새 잔에 부었다. 로넨이 예전에 커피를 마셨던 잔에 물을 주면 옛날 일을 회상하게 만들려는 의도가 있는 것처럼 보일 수 있었기 때문이다. 오르나가 물을 들고 에란의 방으로 갔을 때 두 사람은 침대 위에 나란히 앉아 있었다. 에란은 생일날 외할머니로부터 선물받은 드론과 반 친구들로부터 받은 모형 자동차들을 로넨에게 보여주고 있었다. 오르나는 따뜻한 물 잔을 로넨의 발 옆 바닥에 놓고 단둘이 시간을 보낼 수 있도록 방을 나왔다. 두 사람을 바라보는 것이 너무 고통스러웠기 때문이다. 두 사람이 에란의 방에 머무는 동안 오르나는 어떻게 시간을 보내야 할지 알 수가 없었다.

소피에게서 메시지가 왔다. "로넨이 아직도 거기 있는 거야?"

오르나는 그렇다고 답을 보냈다.

"잘 견디고 있어? 내가 건너갈까?"

"지금은 잘 견디고 있어. 나중에 어떻게 되는지 두고 보자."

두 사람이 다시 손을 잡고 방에서 나왔을 때 로넨이 에란을 재워주겠다고 했지만 에란은 아직 피곤하지 않다고 말했다. 그러자 로넨이 말했다. "그러면 네 방에서 잠깐 기다려줄래? 엄마하고 이야기를 좀 나누고 싶어." 로넨이 처음 루스에 대해 털어놓을 때처럼 진지한 대화를 나눌 때 그랬듯이 두 사람은 식탁에 앉는 대신 컴퓨터 맞은편의 거실에 나란히 앉았다.

"지난번 여행 때 나한테 일이 좀 생겼어, 오르나. 당신한테 어떻게 설명해야 할지 모르겠어. 그런 일이 일어나리라고는 생각지도 못 했어. 그런데 일이 벌어지고 말았어." 그때는 그가 그렇게 말했었다.

지금은 이렇게 말했다. "너무 늦은 시간인데 그래도 올 수 있게 해줘서 고마워. 에란과 이런 시간을 가질 수 있게 해준 것도 그렇고 전부 다 고마워. 정말 고맙게 생각해, 오르나. 내가 이걸 당연하게 받아들이고 있진 않아. 지난 몇 달 동안 심각한 위기를 겪었어. 그래서 사라졌던 거야. 내가 옳은 일을 한 것인지, 내가 있을 곳이 그곳인지 확신할 수가 없었어. 돌아올까도 생각해봤지만 당신을, 당신이나 에란을 돌게 만들고 싶지 않았어. 그리고 결국에는 그곳에서 모든 일이 잘 해결됐어. 지금은 행복해. 그리고 가능하면 최대한 다시 란란의 삶의 일부가 되고 싶어."

오르나는 냉정함을 유지했다. 이미 고함을 지를 만큼 다 질렀고, 욕도 할 만큼 다 했으며, 눈물도 흘릴 만큼 다 흘렸다. 모든 것이 다 지나갔다. 에란이 자기 방 문간에 서서 두 사람의 말을 듣고 있었다.

모샤브까지 차를 타고 가는 데 두 시간 이상이 걸리기 때문에 오르나는 로넨이 하룻밤 자고 가게 해달라고 부탁하지 않을까 생각했지만 그는 이렇게 말했다. "당신만 괜찮다면 내일도 오고 싶어. 오후쯤에. 그다음엔 당신이 허락해준다면 루스와 아이들과 함께 들러서 란란에게 모두를 소개해주고 싶어. 모든 게 잘되면, 전에 얘기했던 대로 학교 방학 때 란란을 모샤브로 데려가서 우리와 함께 지내게 하고 싶어. 그래도 괜찮을까? 아이들이 란란을 정말로 만나고 싶어해. 그러면 란란에게도 좋을 것 같아."

오르나가 말했다. "내일부터 한번 시작해보고 어떻게 되는지 보도록 해, 됐지? 모샤브에 대해 아직 이야기하진 않은 거지? 했어?" 로넨은 고개를 저으며 말했다. "물론 안 했어."

두 사람은 잠시 아무 말 없이 앉아 있었다. 오르나는 소파 위에 꼬고 앉은 로넨의 다리를 빤히 쳐다봤고 로넨은 오르나의 눈을 유심히 살폈다. 두 사람 뒤에서 에란의 목소리가 들려왔다. "엄마, 아빠. 들어가도 돼요?"

10

    루스는 키가 크고 체격이 좀 있었다. 창백한 근육질 다리에 손발은 두툼했다. 금발에 아주 예쁜 편은 아니었지만 무시할 수 없는 존재감이 있었다. 농부처럼 보이면서도 육감적이고, 어쩌면 어머니 같은 느낌이 났다. 물론 이스라엘의 어머니들은 다르게 생겼다. 임신한 그녀의 배는 남산만 했다. 로넨이 왜 그녀에게 끌렸는지 알 것 같았다. 그러나 로넨이 연하라 해도 루스가 왜 로넨에게 끌렸는지는 이해가 잘 되지 않았다. 오르나는 네팔의 집에서 벌거벗은 채 이 방 저 방 돌아다니는 루스의 모습을 잠깐 상상해보지 않을 수가 없었다. 에란은 다른 손님들보다 루스에게 관심을 덜 보였다. 루스는 로넨과 네 아이들 뒤에 서서 맨 나중에 들어왔다. 각각 열네 살과 열여섯 살 정도 돼 보이는 두 남자아이는 진짜 청년 같았다. 커트와 토마스였다. 아직 네 살이 안 된 꼬마 피터는 루스에게 찰싹 달아붙어 있었고, 오르나가 스카이프에서 봤던 여자아이 줄리아는 그때보다 조금 더 자라서 에란의 나이쯤 돼 보였다. 줄리아는 호기심이 많고 활발한 아이여서 다른 아이들보다 덜 수줍어했다. 거실로 갑자기 들어와서는 자기가 아는 게 있나 찾기라도 하듯 이리저리 둘러보는 줄리아를 에란은 눈으로 쫓았다.

오르나는 손님들에게 친절하게 대하는 편이었지만 이들 두 여자 사이에는 어떤 예의상의 말도 오가지 않았다. 오르나는 루스에게 자리를 권하거나 마실 것을 권하지도 않았다. 더 이상 자기집이 아니었기 때문에 로넨도 선뜻 나서지 못했다. 루스는 거실구석에 서 있었고 어린 피터는 그녀의 다리에 매달려 있었다. 루스가 오르나의 집에 오고 싶어하지 않았다는 것이 훤히 보였다. 장성한 두 아들도 그런 것 같았다. 로넨이 에란에게 루스를 소개하자 루스는 미소 띤 얼굴로 손을 내밀며 영어로 말했다. "안녕, 에란. 만나서 반가워." 그러나 그녀는 에란의 관심을 끌거나 말을 더 붙여보려고 애쓰지 않았다. 분명 에란의 환심을 사려고 애쓰는 모습은 아니었다. 루스는 에란이 거실에 있을 때 눈으로만 아이를 쫓았다. 지금은 에란과 친해질 수 있는 때가 아니라는 것을 알고 있지만 앞으로 보낼 며칠간의 계획을 짜고 있다는 듯이. 로넨은 줄리아에게 장난감을 보여주라며 에란과 줄리아를 데리고 에란의 방으로 간 다음 루스를 불렀다. 루스는 꼬마 피터를 데려갔다. 아마도 루스는 에란과 이야기를 나누거나 함께 놀 것이다. 오르나가 확인할 길은 없지만 말이다.

방문에 대비해 준비를 해왔음에도 불구하고 오르나는 지금 이상황을 어떻게 헤쳐나가야 할지 막막했다. 어쩌면 처음부터 에란을 데려가게 하는 편이 더 나았을지도 몰랐다. 그들은 어색하고 조심스러워했다. 오르나에게 자신들의 방문이 어떤 의미인지 파악하고 있는 것이 분명했다. 그들은 줄리아를 제외하고는 거의 돌아다니지 않았다. 그러나 그럼에도 불구하고 다섯 사람, 아니 로넨까지 여섯 사람이 함께 있었기 때문에 그들은 독일어로 서로 속삭였다. 그들이 오르나의 집에 와 있는 것 자체가 공격적이고 폭력적이었다. 오르나가 두려움에 떨며 상상했던 것보다 훨씬 더 그랬다. 그들의 존재가 집을 꽉 채웠고, 집을 점령했다. 집이 그들 차지가 돼버렸기 때문에 오르나는 사라지고 싶었지만 갈 곳이 없었다. 침실에 들어가서 처박혀 있고 싶지는 않았다. 그렇게 하면 너무 약해 보이고 굴욕적으로 보일 것이다. 그래서 오르나는 빼앗긴 에란의 방에 가까이 가지 않으려고 거실로 에란을 불렀다. 에란은 오르나가 몇 번이나 부른 다음에야 방에서 나왔다. 오르나는 에란에게 장을 보러 반시간 정도 나갔다 올 테니 아빠와 — "아빠와 아빠 가족"이라고 말할 뻔했다 — 함께 있으라고 말했다. 에란은 고개를 끄덕이며 엄마가 왜 굳이 자기를 불러서 이런 이야기를 하는지 알 수 없다는 표정을 지었다. 에란은 오르나가 나가는 것에 대해 전혀 신경 쓰지 않는 듯 보였다. 오르나는 괜찮으냐고 묻는 로넨에게 에란한테 했던 말을 다시 해주고 거리로 나섰지만 할 일이 없었다. 그녀는 잠깐 걷다가 벤치에 앉았다.

　그 순간에는 어머니조차 약간의 위로가 될 수 있었겠지만, 어머니는 슬로베니아와 크로아티아에서 패키지여행 중이었다. 대부분의 70대 노인들처럼 로밍 서비스 신청을 거부한 어머니는 호텔에서 와이파이가 될 것이라 여기고 저녁에만 연락할 수 있다고 했다. 오르나는 로넨과 그의 가족이 와서 에란을 모샤브에 데려가면 혼자 어떻게 지낼 수 있을지 모르겠다는 말을 어머니에게 넌지시 비췄지만, 여행 경비를 이미 지불한 상태라 여행을 취소할 수 없었고 또한 어머니가 여행을 취소한다고 해서 도움이 될 것 같지도 않았다. 그런데 아니었다. 오르나는 전화를 켰다가 도로 껐다. 제자들처럼 보이는 여학생 무리가 멀리서 비명을 지르며 걸어 내려오더니 건물 안으로 사라졌다. 오르나는 커트와 토마스가 먹을 것이 있는지 보려고 냉장고를 여는 모습을 상상했지만 그런 일은 일어나지 않을 것 같았다. 그들은 매우 정중했고 설사 그들이 그러고 싶어해도 루스가 절대 그렇게 하지 못하게 할 것 같았다. 몇 분 후 로넨에게서 전화가 왔다. 그는 오르나가 집을 비운 것이 몹시 마음에 걸린다면서 에란을 데리고 나가 텔아비브 구경을 시켜준 다음 저녁을 먹고 와도 되느냐고 물었다. 오르나는 에란을 바꿔달라 하고는 에란에게 가고 싶으냐고 물었다. 에란은 그렇다고 대답하면서 오르나도 함께 가자고 했다. 오르나는 그럴 수 없다고 말했다. "그래도 가도 싶니?" 에란은 잠깐 동안 생각해보더니 그렇다고 했다. 로넨은 오르나에게 열쇠를 가지고 나갔는지, 문을 잠가야 하는지 묻고는 정확히 5분 후 떠나겠다고 말했다. 오르나는 그곳에 어떻게 갈 것인지 물었고, 로넨은 모두 탈 수 있도록 밴을 가져왔다고 말했다. 그는 오르나가 괜찮다고 하면 9시나 10시쯤, 혹은 그녀가 원하는 시간에 에란을 집에 데려다주겠다고 했다.

오르나가 집으로 돌아갔을 때 그들은 떠나고 없었다. 집을 어질러놓진 않았지만 그들이 아직도 거기 있는 것처럼 느껴졌다. 반쯤 남은 물 잔들이 싱크대에 놓여 있었고, 거실 소파에는 에란의 빨간 고무공이 놓여 있었다. 벽이 독일어로 말하는 것 같아서

벽 사이로 움직일 공간도, 숨 쉴 공기도 없는 것 같았다. 오르나는 에란이 차 안에서 누구 옆에 앉아 있는지 로넨에게 전화를 걸어서 묻고 싶었다. 그들이 에란을 예쁜 여자아이와 루스 사이에 앉혔을 것 같았다. 몇 시간이 비었기 때문에 오르나는 길에게 전화를 걸어서 집으로 오라고 했다. "진심이에요? 집에 에란이 없어요?" 길이 묻자 오르나가 대답했다. "지금 와요. 에란은 외출했다가 9시에 돌아올 거예요."

길은 올 수 있는지 몇 분 후에 전화로 알려주겠다고 했지만 결국 못 온다고 전화를 했다.

다음 날 치료사의 진료실에서 오르나는 울음을 터뜨렸다. 치료사는 로넨이 에란을 모샤브에 데려가기 전에 오르나와 로넨을 함께 만나고 싶어했다. 그가 로넨의 전반적인 행동과 오르나에 대해 로넨에게 해주는 말을 듣고 오르나는 깜짝 놀랐다. 치료사가 오르나 자신의 편이라고 느껴진 것은 처음이었다. 그는 에란이 겪고 있는 일뿐만 아니라 오르나가 겪고 있는 일도 잘 이해하고 있었다. 상담이 진행되는 처음 십 분 동안 그는 로넨을 나무랐다. 그는 에란이 아빠와 떨어져 산 것 때문이 아니라 아빠가 사라져버린 것 때문에 정말로 힘든 한 해를 보냈다고 말했다. 또한 배우자와 이혼하는 것은 가능하지만 아이와는 이혼할 수 없다는 것을 로넨이 알아야 한다면서, 부모로서 로넨이 책임감이 있는 사람인지 한 해 동안 심각하게 의심하게 됐다고 말했다. "에란에게는 다행히 오르나 같은 어머니가 있어요. 오르나는 자기 자신의 슬픔과 개인적인 위기에도 불구하고 에란이 처한 위기에 잘 대처해왔어요. 배우자와의 싸움에 아이를 끌어들이고 싶은 유혹을 누구나 느껴요. 사실 이런 유혹에 많은 부모들이 굴복하죠. 오르나는 그런 유혹을 물리치고 에란을 잘 돌봐왔고, 언젠가는 아빠가 에란의 삶 속으로 되돌아오고 싶어할 거라는 믿음을 심어주려고 애썼어요. 내가 아는 대부분의 어머니들은 아마 다르게 행동했을 거예요. 당신이 그 점을 알아주면 좋겠어요."

로넨은 오르나를 쳐다보며 잘 알고 있다고 말했다. 그는 에란에게 있어 오르나가 어떤 엄마인지 누구보다 더 잘 안다고 말했다.

로넨이 루스에 대해 털어놓으며 이혼을 요구했을 때 처음 몇 주 동안 그랬던 것처럼, 오르나는 로넨을 때려주고 싶은 격한 충동에 휩싸였다. 로넨의 목을 내려치고 손톱으로 살이 파이도록 꼬집고 싶었지만 오르나는 눈물을 주체할 수 없어서 잠시 방을 나왔다.

오르나가 방으로 돌아왔을 때 세 사람은 에란이 모샤브에서 지내는 문제에 대해 상의했다. 로넨은 부모님과 형이 사는 집 바로 옆에 빌려놓은 집에 대해 설명했다. "에란을 줄리아와 피터와 같은 방에 재울 거예요. 에란이 원하면 옆집 할아버지 집에서 재워도 돼요. 전에 여러 번 자본 적이 있는 익숙한 방에서요. 아니면 내가 에란과 함께 그 방에서 잘 수도 있어요. 에란과 함께 시간을 보낸다는 것 말고는 계획을 많이 짜놓은 상태는 아니에요. 마사다나 사해, 아니면 예루살렘으로 당일치기 여행을 다녀올 수도 있고, 초막절을 보낸 후 에란이 집으로 돌아간 다음에 여행을 갈 수도 있어요."

에란의 치료사가 오르나를 쳐다보며 물었다. "괜찮겠어요?"

오르나가 말했다. "이미 이 문제에 대해서는 이야기를 나눴고, 바로 그것 때문에 여기 모인 거잖아요. 안 그래요? 당신이 그러길 원하고 또 에란이 가고 싶어한다고 생각하잖아요. 그럼 됐어요. 내가 괜찮은지 묻지 말아요. 대답하고 싶지 않아요."

치료사는 다음 날 에란을 만나 방학 계획에 대해 의향을 물어본 다음 최종 결정을 내릴 예정이었다. 그런데도 벌써 결정이 난 것처럼 그는 상담이 끝날 무렵 로넨에게 자기 전화번호를 주면서 질문이 있거나 힘든 일이 생기면 전화하라고 말했다. "여행을 떠나기 전 우리 모두가 에란에게 분명히 해둬야 할 중요한 점은 이사를 가거나 집을 바꾸는 것이 아니라 그냥 아빠와 며칠 함께 지내면서 아빠의 새 가족과 친해지려는 것이라는 점이에요. 어쨌든 아빠의 새 가족이 이제부터는 에란에게도 새 가족이 될 테니까요. 자주 보진 못 하겠지만요." 그는 로넨을 쳐다보며 덧붙였다. "이게 쉽지 않은 일이라는 걸 알아두면 좋겠어요. 에란은 매우 예민한 아이예요. 에란이 당신을 사랑하고 매우 온순하게 대한다 해도 자기 방식으로 당신을 시험할 거예요. 특히 지금은요. 에란에게는 처음으로, 당신이 자기 아버지일 뿐만 아니라 다른 네 아이의 아버지도 되는 거니까요."

두 사람이 막 나가려고 할 때 치료사가 오르나에게 잠깐 더 남아 있어달라고 부탁하자 로넨은 밖에서 기다리겠다고 말했다.

"정말로 괜찮겠어요?" 치료사가 물었다.

오르나는 다시 울 뻔했다. "모르겠어요. 살면서 배워나가겠죠? 그렇죠?"

치료사는 에란이 치료를 받기 시작한 이후 처음으로 오르나의 어깨에 한 손을 얹으며 가까이 다가왔다. 에란이 없는 동안 집에 있을 계획이냐는 질문에 오르나는 아직 생각해본 적은 없지만 아마 그럴 것이라고 대답했다. 그는 그냥 이 문제에서 벗어나 머리를 식힐 수 있도록 휴가를 가는 게 어떻겠냐고 넌지시 제안했다. 오르나는 그가 같이 여행을 떠나자는 말을 하려는 것인가 잠깐 생각했다. 그러나 그건 아니었다. "아니면 당신도 치료를 받아보는 건 어때요? 아직 무슨 치료를 시작한 건 아니죠? 괜찮은 사람을 소개해줄 수 있어요." 그가 오르나의 어깨에서 손을 떼고 물러나며 덧붙였다.

"나중에요." 오르나가 말했다. "지금은 이것부터 잘 해결하고요."

"다 괜찮을 거예요, 오르나. 당연히 잘될 거예요."

11

오르나의 어머니는 밤에 호텔에 도착해 인터넷 접속을 하면 와츠앱으로 슬로베니아와 크로아티아에서 찍은 사진들을 보내줬다. 돛단배가 떠 있는 호수와 푸르른 산들, 그림 같은 도시 속의 번잡한 광장들, 체크무늬 식탁보 위에 놓인 예쁜 접시 안의 맛있는 음식을 찍은 사진들이었다. 사진 속의 집들은 동화에 나오는 집들처럼 빨간색과 파란색, 노란색이었다.

로넨과 루스가 다녀간 간 후 집에 도둑이 든 것 같은 기분이 들었다. 오르나는 집 안에서 평소와 다르게 행동했다. 예전보다 집 같은 느낌이 덜했다. 어쩌면 바로 그런 이유 때문에 길한테 집으로 오라고 했는지 모른다. 한번은 로넨과 그의 새 가족이 에란을 데리고 야르콘 공원으로 밀라노 서커스를 보러 간 날 저녁에, 또 한번은 밤늦게 에란이 방에서 자고 있을 때 길을 불렀다. 오르나는 에란의 방 문을 닫은 다음 길에게 주의를 주고, 아무 소리도 내지 않으려고 조심했다. 그러나 마음속으로는 에란이 잠에서 깨어 길을 발견해주길 바랐다. 에란이 엄마의 침실에서 어떤 아저씨를 봤다고 로넨에게 말해주길 바랐다.

그러나 그런 일은 일어나지 않았다.

길은 어쩔 수 없어서 온 사람처럼 보였고, 얼마 후 곧 떠났다. 오르나가 "루스한테 오늘 저녁에 뭘 할 거라고 말했어요?"라거나 "노아랑 하다스는 잘 있어요? 오늘은 저녁을 먹으러 오지 않았어요?"라고 놀리면 길은 아무런 반응을 보이지 않았다.

길이 오르나의 초대에 응한 이유가 두려움 때문인지, 아니면 동정심 때문인지는 분명하지 않았다. 길은 눈에 띄게 불편해했고 말을 거의 하지 않았다. 길이 정말로 불쌍하게 느껴지는 순간들이 있었다. 두 사람은 오르나와 로넨의 침실, 오르나와 로넨이 썼던 바로 그 침대에서 섹스를 했다. 오르나에게는 그것이 필요했다. 오르나는 섹스를 하는 동안 영혼이 몸 밖으로 빠져나가 바라보듯 자신의 모습을 내려다봤다. 누워 있는 길의 몸 위로 올라가서 방에 없는 누군가를 자극하려고, 아니면 화나게 하려고 애쓰는 것처럼 그녀는 스스로 역겨워하면서도 단호하게 그의 골반 위에서 격렬할 정도로 움직였다. 길이 그곳에 오고 싶지 않았으리란 걸 오르나는 잘 알고 있었다. 이 관계를 끝내고 싶지만 그럴 경우 오르나가 아내와 딸들에게 사실을 폭로하지 않을까 길이 두려워하고 있다는 것을 그녀는 분명히 알고 있었다. 길이 오르나의 집에 온 것은 죄책감 때문이었는지도 모른다. 오르나는 지금 길을 이용하고 있었다. 설사 길 역시 자신을 이용했다 해도 오르나는 길을 이용하는 것이 마음에 걸렸고 그렇게 하는 것이 오래 갈 수 없다는 걸 알고 있었다. 섹스 후 오르나는 길에게 샤워를 하지 말아달라고 부탁했다. 욕실과 에란의 방이 붙어 있어서 물소리에 에란이 깰 수 있었다. 오르나는 길이 샤워를 못 해서 굉장히 찜찜해한다는 것을 알고 있었다. 오르나의 집에 두 번째 왔을 때는 길이 집에 관심을 보였다. 그는 집 안을 돌아다니며 냉장고에 붙은 사진들과 거실에 놓인 라틴아메리카 유물들을 살펴봤고, 블라인드 너머로 밖을 내다보고는 오르나의 컴퓨터 책상 앞에 멈춰 섰다. 길이 호기심을 보였기 때문에 오르나는 그가 가까이 다가올 수 있도록 기회를 줘야 하는 건 아닐까 생각했다.

길은 오르나와 이야기를 나누려고 애썼다. "당신이 무슨 일을 겪고 있는지 말해줄래요? 뭔가 잘못되고 있는 것 같아 보이는데." 그러자 오르나가 말했다. "6개월 동안 날 속인 유부남과 같이 잔다는 사실 말고요?" 길의 얼굴이 시무룩해졌다. 오르나는 그런 식으로 답하면서 길에게 다시 기회를 주지 않은 것을 후회할 뻔했다. 사실 오르나는 길에게 기회를 준 적이 한 번도 없었다. 그녀의 삶에 그가 들어온 것에 대해 처음부터 오르나가 불편해했다는 길의 말은 결국 맞았다. 그러나 오르나는 마음을 가다듬고 오래전 4월 초 하비마 광장에서 첫 데이트를 한 이후 길이 계속 거짓말을 했기 때문에 어쩔 도리가 없었다는 사실을 상기했다. "얼마 동안이나 이런 식으로 계속할 생각이에요?"라고 길이 물었을 때 오르나는 "어떤 식인데요?"라고 반문했다. 길이 말했다. "지금 이렇게요. 화내고 억울해하면서요. 나더러 왜 여기로 오라고 한 거예요?" 오르나는 길을 바라보며 미소 지었다. "더 재미있는 질문은 당신이 얼마 동안이나 거짓말을 계속할 수 있었겠느냐는 거예요. 그렇지 않아요? 내 말은 내가 알아내지 않았다면요. 어때요? 당신 아내에게 우리가 다시 연락한다고 알릴 때가 되지 않았나요?" 오르나가 진심으로 그렇게 말한 것은 아니었다. 왜 그런 말을 했고, 무엇을 얻고 싶은 거냐는 질문을 받았다면 뭐라고 대답해야 할지 알 수가 없었다. 두 사람의 관계를 아는 사람은 거의 없었고, 그들이 다시 만나고 있다는 것을 아는 사람 또한 아무도 없었다. 오르나는 어머니에게도 말하지 않을 작정이었다. 소피가 "그 변호사 사기꾼한테서 연락 온 거 있어?"라며 궁금해했을 때 오르나는 "나한테 연락할 수 없게 수신거부 상태로 만들어놨어. 그게 더 나아."라고 대답했다.

오르나는 휴가를 떠나기 위해 가방을 싸는 대신 에란의 옷가방을 쌌다. 폭염이 예보돼 있었기 때문에 에란이 닷새 동안 입을 여름옷과 쌀쌀한 밤에 입을 긴바지와 긴소매 셔츠를 하나씩 챙겼다. 가을이 됐지만 아직 비는 내리지 않았다. 사해나 수영장에 갈 경우를 대비해서 수영복과 물안경도 넣었다. 수영장에는 꼭 갈 것 같았다. 책 두 권 —『캡틴 언더팬츠』와 비행의 역사에 관한 그림책 — 과 에란이 가장 소중히 여기는 세 개의 모형 자동차도 챙겼다. 로넨이 빌린 집에 장난감이 많이 있어서 너무 많이 가져갈 필요는 없었다. 오르나가 "가방 안에 특별 공책을 넣어줄까?"라고 묻자 에란은 넣지 말라고 했다가 엄마가 실망한 것을 눈치챘는지 마음을 바꿔서 넣어달라고 했다. 떨어져 있는 동안 보고 싶을 거라고 오르나는 에란에게 수도 없이 말해줬다. 에란이 날마다 무엇을 했는지 공책에 적어놓으면 나중에 집으로 돌아왔을 때 함께 읽어보자고도 했다. 그러고는 에란이 떠나 있는 동안 엄마도 일기를 쓰겠다고 말했다. 만약 일기를 쓰게 된다면 '비통함의 기록'이 될 것이라고 오르나는 마음속으로 생각했다.

초저녁에 오르나와 에란은 바닷가로 갔다. 이번 여름에는 해변에 자주 가질 못 했다. 오르나는 싸놓은 가방에서 에란의 수영복을 꺼낸 다음 텔아비브 북쪽에 있는 텔바루크 해변으로 차를 몰고 갔다. 두 사람은 수영 금지구역의 바위 위를 걸으며 모래와 물을 담은 파란 양동이에 조개껍질과 예쁜 돌들, 바다 민달팽이를 집어넣었다. 작은 물고기를 잡기 위해 밀가루를 넣은 두 개의 유리 항아리를 바위 밑에 놓기도 했다. 이후 해가 지고 해변이 한산해지자 두 사람은 큰 수건을 펼쳐놓고 따뜻한 물속으로 걸어 들어갔다. 바다는 검게 반짝거렸고, 오렌지 빛깔의 수평선은 선홍색으로 바뀌었다. 센 해류에 큰 파도 쪽으로 밀려갈 때 오르나와 에란은 꼭 붙어 있다 떨어졌다가 다시 서로에게 매달렸다. 오르나는 물속으로 들어가서 에란의 다리를 감싸 안았다. 그들이 물 밖으로 나왔을 때는 바람이 찼다. 두 사람 모두 몸을 떨었다. 오르나가 에란에게 말했다. "봐, 이스라엘에서는 가장 더운 날에도 엄청나게 추울 수 있어." 오르나는 오렌지색 수건으로 에란의 몸을 감쌌다. 두 사람은 모래 위에 앉아 포도를 먹으며 바다를 바라봤다. 근처의 스데 도브 비행장에서 비행기들이 이륙한 뒤 굉음을 내며 머리 위로 날아갔다. 에란은 신이 났지만 오르나는 이 저녁이 자신에게 꼭 필요한, 인생에서 바랄 수 있는 전부라고 느꼈다. 그러나 마음속에서는 두려움이 점점 더 커지고 있었다. 이렇게 저녁을 보내는 목적은 에란에게 엄마를 잊지 않게 해주려는 것이었다. 에란에게 뭔가 특별한 추억을 만들어주고 싶었다. 에란이 로넨과 보내는 며칠 동안, 지금의 이 시간들이 아이 마음속에 남아서 로넨의 새 가족과 계속 살고 싶다는 생각이 들지 않도록 뭔가를 해주고 싶었다.

다음 날 아침 11시, 로넨이 도착할 시간이 다가오자 에란은 안절부절못했다. 에란이 느끼는 기쁨은 불안감이 전혀 섞이지 않은 순수한 기쁨이었다. 로넨은 오르나를 사무적으로 대했다. 그는 혼자 올라와서 에란의 옷가방을 들고 차로 내려갔다가 돌아와 에란에게 칫솔을 챙겼느냐고 물었다. 로넨은 이미 며칠 동안 "정말로 괜찮겠어?"라는 말을 오르나에게 할 만큼 했기 때문에 이번에는 한마디도 하지 않았다. 오르나가 방에서 에란에게 작별 인사를 하는 동안 로넨은 거실에서 기다렸다. 오르나는 에란에게 언제든지 전화하라고, 불편한 게 있으면 데리러 가겠다고 여러 번 일러줬다. 독일어나 다른 이유 때문에 아이들과 함께 지내는 것이 힘들면 아빠와 할머니, 할아버지에게 말하라고도 시켰다. 오르나는 에란에게 사랑한다고 여러 번 말해준 다음 집에서 기다리고 있겠다고 덧붙였다. 에란은 초조해하며 새로운 모험을 시작하고 싶어서 안달했다. 오르나가 팽팽하게 긴장해 있던 에란의 몸을 놓아주자마자 아이는 엄마의 품을 빠져나가서 로넨을 찾아 거실로 달려갔다. 오르나는 두 사람이 차에 타는 모습을 창밖으로 내다보지 않았다.

그 이후의 시간에 대해서는 아무 계획이 없었다.

증오심이 봇물 터지듯 밀려왔다.

오르나는 집 청소를 하고 할인마트에 가서 쇼핑을 한 다음 약국에 들러 진통제를 사고 근처 서점에서 무라카미 하루키의 『1Q84』 3권을 샀다. 2권은 여름에 읽기 시작해서 며칠 전에야 겨우 끝냈다. 오르나는 잠깐 동안 컴퓨터 앞에 앉았다가 3시가 되자 책을 들고 침대 속으로 들어갔다. '집에 이렇게 혼자 며칠간 있어 본 게 몇 년 만이지?' 에란이 여섯 살 무렵, 로넨이 에란을 데리고 이틀 동안 갈릴리 호수에 갔을 때가 마지막이었다. 그러나 그때는 채점해야 할 시험지가 산더미같이 쌓여 있었다. 오르나는 잠깐 동안 침대에 누워서 오후의 평온함과 창문을 통해 어두운 방 안으로 스며들어오는 어슴푸레한 빛을 즐기며 책을 몇 쪽 읽었다. 소피가 침대에 누워 감상할 TV 시리즈 목록을 만들어줬지만 지금은 책을 읽는 편이 더 나았다. 오르나는 눈을 감았다 떴다가 다시 감았다. 기분 좋은 나른함에 다리 근육이 풀어졌지만 오르나의 생각은 곧장 남쪽의 모샤브로 향했다.

'루스가 현관에서 에란을 맞으며 포옹할 거야. 그런 다음 에란을 닷새 동안 잠잘 침대로 안내해주겠지. 내가 챙겨준 가방에서 옷을 꺼내 옷장에 넣어 정리해주고 에란의 공책도 만질 거야. 줄리아는 맨발에 헝클어진 머리로 웃옷을 벗은 채, 루스와 에란이 옷 정리 마치길 기다렸다가 에란을 데리고 마당으로 나가겠지.'

지난 며칠 동안 오르나는 줄리아 꿈을 두 번이나 꿨다. 꿈속에서 줄리아는 에란과 손을 잡고 걷고 있었다. 에란이 그들 모두를 사랑하게 돼서 그들과 함께 네팔로 떠나고 싶어할지 모른다는 두려움이 밀려왔다. 루스를 뒤에서 껴안고 선 채 마당에서 뛰어노는 에란과 줄리아를 바라보고 있을 로넨이 한없이 미웠다.

오르나는 커피를 타기 위해 일어났다가 소피에게 전화를 걸었다. 소피는 방학 동안 아이들과 할 수 있는 놀잇거리가 동나고 있었던 터라 이트직의 직장 동료들과 함께 토요일에 북쪽의 바니아스 강으로 하이킹을 갈 계획을 짜고 있었다. 소피는 오르나에게 같이 가자고 권했다.

오르나는 길에게 두 번 전화를 걸었다. 전화를 받을 수 있는 상황인데도 길이 전화를 받지 않자 오르나는 짜증이 났다. 드디어 전화를 받은 길이 부쿠레슈티에 출장을 와 있다고 말했다. "진짜로 부쿠레슈티에 있는 거예요?" 오르나가 물었다. "내가 당신과 루스가 사는 집으로 한번 가볼까요? 거기 없는 게 확실해요?" 길은 대답하지 않았다.

그러자 오르나가 말했다. "로넨이 이스라엘에 와 있어요. 전남편 말이에요. 나한테서 에란을 데려가고 싶어 온 것 같아요. 방학이라 에란을 데려갔어요. 살고 싶지 않아요." 길이 말했다. "그런 말을 들으니 안됐네요. 내가 도울 일이 있어요?" 오르나는 웃으며 남자친구 노릇을 해달라고 길을 협박해볼까 궁리했던 일을 떠올렸다. 어쩌면 그렇게 했어야 했는지도 모른다. 로넨이 루스와 함께 찾아왔을 때 길에게 와달라고 부탁했어야 했다. 그러나 오르나는 그것이 터무니없는 짓이란 걸 잘 알고 있었다. 로넨과 그의 새 가족이 집에 왔을 때 길이 와 있었다 해도 오르나의 기분이 나아지진 않았을 것이다. 어쩌면 정반대였을 것이다. 그런 생각은 단지 로넨처럼 자신에게도 누군가가 있어서 로넨을 만날 때 혼자이고 싶지 않다는 소망을 구체화한 것일 뿐이었다.

"출장에서 돌아가면 만납시다, 오르나. 괜찮죠? 로넨의 계획이 무엇인지 나한테 알려줘요. 그러면 어떤 조치를 취할지 함께 찾아봅시다. 알았죠? 이제 끊어야 해요. 업무 회의 중이었어요."

밤에 전화가 울렸을 때 오르나는 로넨과 에란이 다시 전화를 한 것이라고 확신했다. 두 시간 전에 샤워하고 잠잘 준비를 마친 에란과 통화를 했음에도 불구하고 말이다. 그러나 로넨과 에란이 아니라 길에게서 온 전화였다. 에란이 엄마가 없어도, 침대 머리맡에서 책을 읽어주는 엄마 없이도 잠들 수 있었다니 실망스러웠다. 길이 말했다. "생각해봤는데 나한테 좋은 아이디어가 있어요. 내일이나 모레 여기로 오는 게 어때요? 에란이 여행 간 동안 당신도 휴가를 보내요. 집에 돌아가는 비행기 편을 미룰게요. 그러면 내가 부쿠레슈티에 있다는 걸 당신이 믿을 거 아니에요, 안 그래요?"

길은 비행기 요금을 자신이 내겠다고 했다. "한방을 쓰고 싶지 않으면 내가 묵는 호텔에 따로 방을 예약해놓을게요. 원한다면 다른 호텔에 방을 얻어줄 수도 있어요. 공항에서 만나 시내 구경을 시켜줄게요. 같이 다녀도 되고 혼자 다니면서 구경해도 괜찮아요. 원하는 대로 해요." 오르나는 길의 제안을 잠깐 동안 진지하게 생각해봤다. 사실 부쿠레슈티에 못 갈 이유가 없었다. 그러나 에란이 예정보다 일찍 집에 오고 싶어할 수도 있었기 때문에 갈 수가 없었다. 에란과 가까운 곳에 있어야 했다. 게다가 길과의 이런 관계는 청산해야 했다. 길과 함께 루마니아에 가는 것은 정반대되는 행동이었다. 오르나는 예루살렘의 스코틀랜드 게스트하우스에서 보냈던 밤을 기억했다. 길이 유부남이라는 사실을 아직 모르고 있었음에도 불구하고, 오르나가 두 사람의 관계에 뭔가 진척이 이루어질 수 있으리라 생각한 것은 잠깐뿐이었다. 오르나는 두 사람 사이에 아무런 발전도 없을 것임을 잘 알고 있었다. 그때 길이 오르나에게 말했었다. "그런데 당신은 여전히 어떤 생각인지 나한테 말을 안 하고 있어요." "뭐에 대해서요?" "우리에 대해서요. 나에 대해서. 우리 사이에 일어나고 있는 일이나 일어날 일에 대해서요."

다시금 오르나가 말했다. "그런데 사람들한테는 뭐라고 하죠?"

"말하고 싶은 대로 말해요. 우리가 만나고 있다는 걸 아무에게도 말하지 않았다면서요, 맞죠? 그러니까 혼자서 잠깐 여행을 간다고 말해요. 그럼 괜찮지 않겠어요?"

한밤중 꿈속에 금발의 여자아이가 다시 나타났다. 그러나 이번에는 에란 없이 아이 혼자였다. 아침에 일어나자 꿈 전체가 기억나지는 않았다. 여자아이 혼자 수영장에 들어갔다. 수영장 안의 물살이 셌기 때문에 오르나는 아이가 수영을 할 줄 아는지 걱정이 됐다. 아이가 가까이에서 큰 눈으로 오르나를 바라보며 알아들을 수 없는 소리로 무슨 말을 했다. 독일어로 뭔가를 경고하는 것 같았다.

오르나가 잠에서 깬 후 한 시간이 지났을 때 로넨과 약속한 대로 에란에게서 전화가 왔다. 에란은 지난밤 잘 자고 일어나서 아침 식사로 메이플 시럽을 바른 프렌치토스트를 먹고 바로 사막으로 하이킹을 갈 거라고 알려줬다. 에란의 목소리에서 즐거움이 묻어나왔다. 에란은 닷새보다 좀 더 오래 아빠와 함께 지내도 되느냐고 물었다.

12

길은 공항에 나와 있지 않았다. 비행기가 착륙할 때 오르나가 전화기를 켜자 모르는 번호로 문자 메시지가 와 있었다. "일 때문에 아직 시내에 잡혀 있어요. 택시를 타고 호텔로 가요. 여기 일 마치고 전화할게요. 루마니아 돈을 가지고 있지 않으면 공항에서 환전하면 돼요." 로넨의 전화번호로 에란에게서도 메시지가 와 있었다. "엄마, 머찐 여행 잘하고 오세요. 우리는 하라버지와 할머니 집에 갈 꺼예요."

공항 라운지 밖에서는 모든 사람이 담배를 피우고 있었고, 택시에서도 담배 냄새가 났다. 데님 재킷을 가져왔음에도 불구하고 추웠다. 아랍인처럼 보이는 택시 기사는 가는 동안 내내 오르나를 한 번도 쳐다보지 않고 말도 걸지 않았으며 신호등에 걸려 멈춰 섰을 때는 자동차 앞 유리에 부착된 전화기로 문자를 보냈다. 택시는 자동차 수리점들과 떠돌이 개들의 무리를 지나갔다. 요즘 부쿠레슈티에 떠돌이 개들이 많다는 기사를 본 적이 있었다. 오르나는 비행기 승무원으로 일하던 20대 초반 공항에서 호텔까지 밤에 택시를 타고 갔던 일들을 떠올렸다. 키예프에서 다른 두 승무원과 함께 택시를 탔을 때 완전히 술에 취한 기사가 빨간 신호등을 무시하고 시내에서 시속 100킬로로 달리며 그들을 내리지 못하게 한 일이 있었다. 십 년도 더 된 일이긴 하지만 공항에서 부쿠레슈티 도심까지 몇 번 가본 적이 있었는데도, 택시 차창 너머로 보이는 우울한 풍경은 낯설었다. 전에 지나갔던 경로와는 다른 것 같았다. 오르나는 자신이 지금 여기서 뭘 하고 있는 것인가 자문했다. 혹시 택시 기사가 개들이 우글대는 황량한 공장 지역에 자신을 내려놓고 가버리는 것은 아닐까 걱정됐다. 그러다가 택시가 시내로 들어갔을 때는 호텔에 예약도 되어 있지 않고 남은 방도 없는 것은 아닌지 또 걱정이 됐다. 그러나 거리의 모습은 점점 익숙해졌다. 희미하게나마 기억이 났다. 시내 풍경은 자라와 나이키, 스타벅스 같은 상점들이 늘어서 있는 깨끗한 거리에 관광객들로 붐비는 여느 유럽의 도시와 비슷했다. 택시는 파리풍으로 생긴 건물 앞에 멈춰 섰다. 3성급 호텔, 트리아농이었다. 오르나는 처음 와보는 데 같았다.

　파란색 의안義眼에 영어를 유창하게 구사하는 프런트 데스크 직원은 오르나의 예약을 즉시 찾아냈다. "이틀간 머물 예정인 거 맞으시죠?" 직원은 오르나에게 신용카드를 달라고 했다. 예약은 돼 있었지만 숙박요금은 미지불 상태였다. 비행기를 타고 오면서 길에게 신세를 지지 않겠다고 결심했기 때문에 오르나로서는 오히려 이편이 더 좋았다. 직원은 오르나에게 카드 키를 주면서 키를 넣은 작은 종이봉투 위에 인쇄돼 있는 와이파이 네트워크 이름과 비밀번호, 아침 식사 제공 시간에 파란 밑줄을 그어줬다. 오르나가 길 함트자니의 방 호수를 묻자 직원은 컴퓨터로 길의 이름을 찾을 수가 없다고 했다. "언제 오시기로 돼 있나요?"라고 직원이 묻자 오르나는 "이곳에서 며칠 동안 묵었던 것 같은데요."라고 대답했다. 직원은 철자를 바꿔가며 길의 이름을 찾아봤지만 예약 시스템에는 없었다. 오르나는 "괜찮아요. 내가 잘못 알고 있었나 봐요."라고 말했다. 길은 다른 호텔에 묵고 있는 것 같았다. 자신과 함께 있는 모습을 그 호텔 사람들에게 보이고 싶지 않은 것이 분명했다. 이곳에 머무는 동안 내내 길과의 만남을 피하고 싶다는 생각이 갑자기 들었다.

호텔방은 오르나가 기대했던 것보다 훨씬 더 우아했다. 커다란 침대에는 아이보리색 시트 위에 밤색 베드스프레드가 깔려 있었고, 바닥에는 매우 깨끗한 파란 카펫이 깔려 있었다. 검은 원목 책상은 골동품이거나 적어도 골동품처럼 보였다. 침대 위 두 개의 램프와 천장에 설치된 띠 조명이 방을 부드러운 금빛으로 밝혀줬다. 오르나는 파란색 커튼을 열고 조용한 코발세스쿠 거리를 내려다봤다. 그러고는 항상 그랬던 것처럼 호텔방에 들어오자마자 침대 위에 작은 옷가방을 올려놓고 짐을 푼 다음, 다시 창가로 다가가 가로수가 늘어서 있는 거리를 내려다봤다.

와이파이 네트워크에 접속하고 보니 소피에게서 와츠앱으로 메시지가 와 있었다. "사진 좀 보내봐!" 방의 사진을 찍어야 할지 말지 고민이 됐다. 여행 오기 전 모두에게 거짓말을 너무 많이 해야 했다. 오르나는 소피와 에란, 그리고 다음 날 유럽 여행에서 돌아올 예정인 어머니에게 거짓말을 했다. 초특가 2박 3일짜리 여행 코스를 발견했다고만 말했을 뿐, 길이 그곳에 있을 거라거나 그가 비행기 요금을 대신 내줬다는 말은 하지 않았다. 그저 머리를 식히고 휴식을 취하기 위해, 에란이 없는 집에서 벗어나기 위해, 로넨과 에란에게 일어나고 있는 모든 일에서 벗어나기 위해 혼자 가는 것이라고만 말했다. 소피는 좋은 생각이라면서, 이트직이 하이킹을 갔다가 다리를 삐끗하는 바람에 남편한테 아이들을 맡겨놓고 나올 형편이 안 되어 오르나와 함께 갈 수 없는 것을 못내 아쉬워했다. 오르나는 소피에게 파란색 커튼이 프레임처럼 드리워진 조용한 거리 사진과 방 사진을 보냈다. 그러자 즉시 소피에게서 답이 왔다. 지저분한 그릇이 잔뜩 쌓여 있는 싱크대 사진을 대신으로.

오길 잘한 것 같았다.

오르나는 길을 기다리지 않기로 했다. 사실 최대한 그를 피해 볼 작정이었다. 길이 항공권을 구매해줬다는 사실은 무시하기로 했다. 그것은 일종의 보상일 수 있었다. 이스라엘에 돌아가서 갚으면 될 일이었다. 항공권이 60만 원 정도의 적지 않은 금액이었지만 전부 갚기로 결정하고 나자 마음이 홀가분해졌다. 오르나는 자신이 외국의 도시에서 지도 없이도 목적지를 잘 찾아다녔다는 사실을 떠올렸다. 이런 방향 감각이 천성적으로 아름다움에 이끌리는 성격 때문이라고 스스로 생각했지만, 사실은 전 세계 여러 도시에서 수십 번 일박하며 얻어진 결과였다. 그런 덕분에 오르나는 항상 가장 매력적인 거리와 가장 멋진 광장과 가장 예쁜 카페를 찾아냈다. 지금은 구글 맵도 있고 부쿠레슈티 여행자 앱도 있어서 훨씬 더 편해졌지만, 오르나는 그런 앱을 사용하지 않기로 했다. 어디로 갈지 계획도 없이 호텔을 나와 길모퉁이를 오른쪽으로 두 번 돌자 그녀가 찾고자 했던 대로가 나왔다. 3, 4분 후 오르나는 구도심으로 향하고 있었다.

5시였지만 벌써 어둠이 내리는 것처럼 하늘은 흐리고 잿빛이었다. 오르나기 기억하는 부쿠레슈티는 더 지저분하고 가난했다. 투숙객들에게 여권을 프런트 데스크에 맡기라는 히브리어 간판들과 큰 카지노가 딸린 호텔들을 보고 오르나는 깜짝 놀랐다. 눈과 기억력으로, 또는 로넨이 예전에 했던 표현을 빌리면 "영혼으로" 사진을 찍어두는 편을 좋아했기 때문에 오르나는 처음엔 사진을 찍지 않았다. 그러나 로넨의 말이 생각나자 집으로 돌아가서 에란에게 보여주려고 전화기를 꺼내 사진을 찍었다. 짧은 여행을 갔을 때 항상 그랬던 것처럼 오르나는 고급 식당을 찾지 않고 길거리 음식을 찾았다. 돈을 아끼기 위해서라기보다 그런 음식이 소박하면서 가장 맛있었기 때문이다. 그녀는 부드러운 치즈가 가득 든 롤 페이스트리를 파는 노점을 발견했다. 조지아의 힝깔리(고기만두)나 이스라엘의 뵈렉과 비슷한 루마니아식 음식이었다.

8시가 되자 오르나는 호텔방으로 돌아가서 에란이 잠자리에 들기 전 스카이프로 통화하고 싶었다. 그녀는 구도심의 기념품 가게에 들러서 에란에게 줄 전통 목검과 색상이 화려한 피리, 드라큘라 사진이 새겨진 흰색 티셔츠를 샀다. 그러나 티셔츠는 사진이 약간 무서워 보였기 때문에 에란에게 주지 않을 수도 있었다. 호텔에 다가가자 길이 밖에서 기다리고 있었다. 길은 회색 정장을 입고 긴장한 모습으로 서 있었다. 이스라엘에서는 정장을 입은 그의 모습을 한 번도 본 적이 없었다. "당신은 외국에서도 사람을 놀라게 하는군요." 오르나가 말했다. 길은 업무 회의가 예상했던 것보다 훨씬 길어졌다며 사과하고는 오르나가 호텔을 잘 찾아와서 다행이라고 말했다. 그리고 방은 어떠냐고 물었다.

"방은 좋아요." 오르나가 말했다. "어쨌든 당신은 이 호텔에 묵고 있지 않은 거죠?"

이 여행에서 건질 수 있는 것은 이미 다 건진 것이나 다름없었다. 오르나에게 필요했던 건 비행기를 타고 와서 호텔에 체크인한 다음 부쿠레슈티 거리를 잠깐 산책하는 것뿐이었다. 덕분에 오르나는 거리를 헤매지 않고 잘 찾아다닐 수 있는 방향 감각이 여전히 살아 있음을 확인했다. 이제는 예전에 그랬던 것처럼 하룻밤 묵지 않고 다시 비행기를 타고 집으로 돌아간다 해도 아쉬울 게 없었다.

길은 이 호텔에 와본 적은 없지만 현지 변호사의 추천을 받았다고 말했다. 주로 도시 반대편에 있는 관공서에서 회의가 열리기 때문에 그는 그쪽과 가까운 호텔에 묵고 있다고 했다. 그러고는 이곳 호텔에 자기 방을 잡기 전에 지금 그녀가 묵고 있는 방이 마음에 드는지 알고 싶다면서 오르나에게 그와 방을 따로 쓰고 싶은지, 아니면 같은 방을 쓰고 싶은지 의향을 물었다. 오르나는 "여자들을 여기 데려올 때 보통 어떻게 하는데요?"라고 반문했다. 그러나 이렇게 말하고 나자 그동안 좋았던 기분을 길 때문에 망쳐버린 것 같아 스스로에게 화가 났다.

길은 이번에는 미소를 짓지 않았다. "따로 방을 쓰는 게 좋을 것 같아요. 그리고 돌아가면 비행기 요금은 갚을게요." 도시 반대편 호텔에 묵고 있다는 말도 황당했을 뿐만 아니라 이제는 부쿠레슈티에서 그가 하고 있다는 일에 대한 말도 믿기지 않았다. 사실 길이 하는 일에 대해 아는 것이 전혀 없었다. '혹시 아까 봤던 히브리어 간판을 단 카지노들과 길이 무슨 연관이 있진 않을까?' 하는 생각이 들었나. 변호사가 이스라엘인들에게 루마니아 여권을 발급해주기 위해 무엇 때문에 그렇게 자주 부쿠레슈티에 오겠는가? 어쨌든 오르나는 이런 숨바꼭질 같은 게임과 길의 거짓말에 더 이상 신경 쓰고 있을 수가 없었다. 오르나는 에란과 통화하고 싶었다. 그리고 더 이상 길을 만나지 않기로 결심했다.

길이 뭐라도 먹으러 나가지 않겠느냐고 묻자 오르나는 방으로 올라가 전화 통화를 해야 한다면서 그에게 아내한테 전화를 걸어야 하지 않느냐고 말했다. 그러면서 너무 피곤하지 않으면 나중에 만날 수 있을 것이라고 했지만 사실 오르나는 침대에 기어들어가 그냥 자고 싶었다. 그녀는 호텔로 걸어 들어가다가 길이 따라 들어오지 않는 것을 깨닫고 물었다. "아, 함께 호텔에 들어가는 걸 사람들에게 보이고 싶지 않아서 그러는 거예요? 그렇지만 이곳에 당신을 아는 사람은 아무도 없잖아요. 있어요?" 그러자 길이 말했다. "오르나, 그만할 수 없어요? 곧 들어갈게요. 서류를 전해주러 사람이 오기로 돼 있어요." 그러나 오르나가 더이상 그런 말에 관심을 갖지 않는다는 것을 길이 눈치챈 듯했다. 그는 오르나가 호텔 안으로 들어가 보이지 않기를 기다렸다가 그녀의 삶으로부터 사라질 것이다. 그는 옷가방조차 들고 오지 않았다. 오르나는 이스라엘로 돌아가면 이번에는 반드시 이 병적인 관계를 단호하게 잘라내겠다고 결심했다.

길을 놀리긴 했어도 오르나는 그의 거짓말에 정말로 모욕감이나 분노를 느끼진 않았다. 자기혐오 같은 느낌도 없었다. 길에 대해 아는 것이 오르나 자신이 생각했던 것보다 훨씬 더 적었기 때문에 약간의 두려움은 있었다. 그러나 길뿐만 아니라 모든 것으로부터 자유로워진 기분이 들었고, 무슨 일이 일어나건 혼자 힘으로 잘 헤쳐나가며 살 수 있다는 자신감도 생겼다. 에란이 로넨과 더 많은 시간을 보내고 싶다거나 네팔에 가서 로넨과 함께 살고 싶어한다 해도 잘 해결할 수 있을 것 같은 생각이 들었다. 에란에게 간단하고 확실하게 말해주면 될 것이다. "안 돼. 너는 내 아들이니까 네팔에 갈 수 없어. 나보다 너를 더 잘 돌볼 수 있는 사람은 아무도 없어. 내가 너를 포기하지 않을 거니까 너도 나를 포기할 수 없다는 걸 알아둬. 지금은 이해할 수 없겠지만 더 크면 이해하게 될 거야."

오르나는 방에 들어가자마자 스카이프로 에란에게 전화를 걸었다. 로넨이 전화를 받았다. "오르나, 좋아 보여. 즐겁게 지내고 있지? 부쿠레슈티는 어때?" 오르나가 대답했다. "아주 좋아. 에란은 어때?"

이제 막 수영장에서 돌아왔기 때문에 에란은 아직 샤워 중이었다. 로넨은 에란이 곧 나올 것이라고 말했다. 에란이 줄리아와 함께 샤워를 하고 있고, 루스가 두 아이를 씻기고 있다는 것은 굳이 묻지 않아도 알 수 있었다. 몇 분 후 두 아이가 함께 화면에 나타났다. 흠뻑 젖은 갈색 머리에 흰색 수건을 두른 에란이 카메라 맞은편에 오렌지색 팬티만 입고 서 있는 줄리아 뒤로 뛰어갔다.

오르나가 로넨에게 에란과 단둘이 얘기하게 해달라고 부탁하자 로넨은 줄리아의 손을 잡고 방을 나갔다. "잘 지내니, 아가? 정말 보고 싶어." 에란이 대답했다. "좋아요, 엄마. 어디 있어요?"

오르나는 엔진이 두 개 달린 보잉737을 타고 루마니아라고 불리는 나라의 수도에 와서 시내도 걸어다니고 맛있는 저녁도 먹은 다음 에란에게 줄 선물을 사서 호텔방으로 돌아왔다고 말해줬다. "내 방 한번 볼래?" 그러나 에란은 선물을 보고 싶어했다. 오르나가 검은 비닐봉지에서 목검과 티셔츠를 꺼내 들어 보이자 에란이 마음에 들어하는 것 같았다. "란란, 아직도 아빠와 있는 게 좋니?"

"네. 5일보다 더 오래 여기 있어도 되는지 결정했어요?"

"아가, 엄마는 그럴 수 없다고 결정했어. 네가 너무 보고 싶어서 너 없이는 5일 이상을 살 수가 없으니까. 그렇지만 아빠가 떠나기 전에 훨씬 더 많이 우리를 보러 올 거야."

에란과 오르나의 대화는 항상 이런 식이었다.

두 사람은 별말 없이 짧은 대화를 나눴다.

중요한 건 그 이외의 것들이었다. 눈으로 소통하거나, 검은 바다 속에서 보냈던 그날 저녁처럼 가까워졌다가 멀어지는 몸으로 소통하는 것. 그들의 몸은 파도에 휩쓸려 멀어졌다가 다시 가까워졌었다. 에란이 고개를 끄덕였다. 엄마의 거절에도 에란은 화를 내지 않고 오히려 행복해하는 것 같았다. "하루를 어떻게 보냈는지 지금은 얘기해주고 싶지 않지? 그렇지? 너무 피곤해?" 오르나가 물었다.

"수영장에서 재미있게 놀았어요. 저녁으로는 송아지 커틀릿을 먹었고요."

"약속한 대로 공책에 적고 있니? 다시 만날 때 엄마한테 읽어 줄 수 있도록 말이야."

정작 오르나 자신은 일기장에 아직 아무것도 적지 않은 상태였다.

오르나는 에란에게 키스를 보내달라 하고는 에란이 날려 보낸 키스를 붙잡는 시늉을 했다. 에란이 중지 버튼을 누르자 오르나의 모습이 화면에서 사라졌다.

9시 4분 전에 노크하는 소리가 들렸다. 오르나는 아직 옷을 입고 있었지만 식사를 하러 나가는 대신 샤워를 한 다음 잠옷으로 갈아입고 잘 생각이었다. 길이 여덟아홉 번 정도 전화를 했지만 오르나는 그가 전화를 그만하길 빌면서 그의 전화를 무시했다. 그러나 너무 여러 번 전화를 건 데다 신호음이 열 번씩 울린 다음에도 끊지 않는다는 사실에 신경이 쓰였다. 오르나는 길이 같이 저녁 먹는 것을 포기하지 않는 모양이라고 생각했다.

길이라는 걸 확인하지도 않은 채 그녀는 문을 열었다. 길은 안으로 걸어 들어와서 부드러운 손으로 오르나의 입을 틀어막았다. 문이 닫힌 후, 무슨 일이 일어나고 있는지 오르나가 미처 깨달을 틈도 없이 길은 그녀를 침대 위로 밀쳤다. 여태 한 번도 느껴보지 못한 힘이었다. 길은 침대 위로 오르나를 넘어뜨려서 얼굴이 베개에 눌려 아무 소리도 내지 못하게 만들었다. 그런 다음 등 뒤로 오르나의 양팔을 잡아당겨서 무릎으로 양손을 누르고 천으로 손목을 묶었다. 길은 오르나의 손을 단단히 묶은 다음 수건을 둘러서 그녀의 입을 틀어막았다.

오르나는 다리와 등으로 저항하면서 길을 밀쳐내고 구두로 차려고 했다. 그러나 길은 무릎으로 그녀의 등뼈가 부러질 정도로 점점 더 세게 눌렀다. 얼굴이 베개에 더 세게 눌리는 바람에 오르나는 숨을 쉴 수가 없었다. 의식을 잃기 직전 순간적으로 오르나는 길이 자신에게 상처를 주려고 그러는 거라고 생각했다. 길이 자신을 죽이려는 것처럼 보이긴 했지만 그건 불가능했다. 등이 참을 수 없을 정도로 아팠다. 오르나가 "왜 이러는 거예요, 길!?" 하고 소리쳤지만 그녀의 목소리는 들리지 않았다.

오르나가 의식을 되찾았을 때 양손은 여전히 묶여 있었고, 입에는 재갈이 물린 채 같은 자세로 침대 위에 누워 있었다. 등이 아팠다. 시간이 얼마나 지났는지 알 수가 없었다. 그러나 몇 시간이 지난 것처럼 방은 거의 완전히 깜깜했다. 한밤중인가? 길이 오르나의 기척을 알아차리고 몸을 돌렸다. 그는 침대 위 오르나 옆에 앉아 그녀의 전화기를 들고 있었다. TV가 어두운 방을 여러 가지 빛으로 밝혀주고 있었다.

길이 원하는 것이 무엇인지 오르나는 여전히 알지 못했다. 그가 조용히 물었다. "당신 전화 암호가 뭐지?" 길은 자신이 수건으로 오르나의 입에 재갈을 물렸다는 사실을 잊은 듯했다. 오르나가 몸을 뒤집어서 양팔과 아픈 등 쪽으로 누우려 하자 길이 그녀의 몸을 돌려주고 말했다. "손가락으로 신호를 보내봐."

길은 그 말밖에 하지 않았다.

그 후 몇 분 동안 길은 한마디도 하지 않았고 어떤 소리도 내지 않았다. 길은 오르나의 전화기로 뭔가를 했다. 전화기는 보이지 않았지만 화면에서 나오는 빛으로 길이 고무장갑을 끼고 있는 것이 보였다. 오르나는 길이 자신을 죽이려 한다는 것을 깨달았다. 길은 자신이 오르나에게 보낸 메시지를 지우고 있는 것 같았다. 살인은 이미 자행된 것이나 다름없었고, 이제는 자신의 흔적을 감추는 일만 남은 것처럼 보였다. 그러나 오르나는 아직 살아 있었다. 오르나는 침대 가장자리로 굴러떨어지려고 시도했다. 그러나 길은 전화기로 계속 뭔가를 하면서 몸을 일으킨 다음 오르나의 등 한가운데를 무릎으로 찍어 눌렀다.

오르나는 이게 자신의 마지막 순간은 아니라고 생각했다. '이게 끝은 아니야.' 이런 생각도 했다. '나는 에란을 다시 못 볼 거야. 이러려고 길이 나를 루마니아에 데려온 거야? 모든 게 계획적이었다는 거야? 길을 잡으러 누군가 오지 않을까?' 오르나는 자신이 살아 있어야만 길을 체포할 수 있다는 것을 깨달았다. 그녀는 길과 다시 연락하고 지낸다는 것을 아무에게도 말하지 않았고, 길에 대해 몇 달 동안 아무에게도 언급하지 않았다. 오르나가 길을 만나러 이곳에 왔다는 사실을 아는 사람은 아무도 없었다. 그러나 길이 오르나의 비행기 표를 예약했고, 그것은 어딘가에 기록으로 남아 있을 터이다. 그리고 길이 호텔도 예약했다. 물론 길이 이 모든 것을 계획해서 가명으로 예약을 하지만 않았다면 말이다. 오르나는 바깥 풍경이 보이도록 커튼을 걷어놓은 것을 떠올렸다. 그러나 길이 다시 커튼을 쳐놓은 것이 보였다. 의안을 한 프런트 데스크 직원도 생각이 났다. 그 직원은 몇 시간 전에 호텔 컴퓨터로 "길 함트자니"를 검색했었다. 그녀가 내일도 그 이름을 기억할까? 그러나 내일은 끝이 아니었다.

오르나는 몸을 굴려 침대 밑으로 떨어지려고 여러 번 시도하다가 흰 끈을 보고 깨달았다.

아무도 길을 잡지 못할 것이다.

그것은 기다란, 흰색 전깃줄이었다. 한쪽 끝에는 세 개의 구멍이 있는 콘센트가 달려 있었고 다른 한쪽 끝에는 고리가 묶여 있었다. 오르나는 길이 그 전선으로 자신을 죽이고 자살한 것처럼 꾸미려고 한다는 것을 깨달았다. 길은 오르나의 목을 고리로 단단히 조인 다음 전선을 커튼 봉이나 천장 근처 다른 어딘가에 걸어놓고 사라질 것이다. 어둠을 틈타 이 방을 나가서 미리 예약해둔 자기 방으로 가거나, 여기 말고 다른 어딘가에 묵고 있다면 이 호텔을 떠날 것이다. 부쿠레슈티의 호텔방에서 자살한 어떤 여자에 대해 아무것도 모르는 척, 한 번도 만난 적이 없는 척, 비행기를 타고 이스라엘로 돌아갈 것이다. 루마니아 경찰은 오르나의 죽음을 자살이라고 발표할 것이다. 오르나의 가족들 또한 그녀가 로넨과 에란 때문에 슬퍼하다 자살했으리라는 시나리오를 받아들일 것이다. 결국 어느 누구도 오르나를 살해한 사람을 찾지 않을 것이다. 로넨에게는 오히려 잘된 일일 것이다. 이제 에란은 로넨 차지가 될 테니까. 에란을 네팔로 데려가려고 할 때 어느 누구의 방해도 받지 않을 것이다. 길은 지금 오르나의 전화로, 오르나의 이름으로 작별 메시지들을 보내고 있는 것일까? 오르나의 이름으로 에란에게 작별 편지를 보내고 있을까? 에란, 에란, 에란…… 에란에게만.

오르나는 머릿속에서 말을 멈추지 않았다. 그러나 그녀의 목소리는 아무에게도 들리지 않았다.

길은 여전히 한마디도 하지 않았다.

그는 일어서서 책상 위에 오르나의 전화기를 내려놓더니 가까이 다가와 베개로 그녀의 머리를 눌렀다. 다시 공기가 줄어들었다. 오르나는 에란, 오직 에란만 생각하고 싶었다. 그러나 에란이 줄리아와 함께 있는 모습이 보였다. 줄리아는 오렌지색 팬티만 입고 컴퓨터 화면에서 그랬던 것처럼 오르나를 뒤돌아보았다.

'이것이 끝이면 안 돼. 아무도 길을 잡지 못할 텐데. 나는 자살하지 않았어. 나는 절대 너를 떠나지 않을 거야.'

'누군가는 그걸 알아야 해. 누군가는 알고 있어. 그건 내 작별 편지가 아니야. 너는 알 거야. 너는. 너는. 너는. 너는.'

'이건 절대 끝이 아닐 거야. 나는 이렇게 죽어가고 있는데 에란의 몸은 어떻게 그렇게 멀리 떨어져 있는 걸까?'

두 번째 여자

1

나훔은 하느님의 아들이 태어난 12월 25일에 세상을 떠났다.

그는 나흘 전 밤 호흡곤란으로 잠에서 깨어났다. 앰뷸런스가 와서 그를 병원으로 실어갔고, 그 순간부터 그들에게는 에밀리아가 더 이상 필요하지 않았다. 의사와 간호사들이 나훔을 돌봤다. 나훔의 자녀들은 병원으로 와서 병실 밖에 앉아 있었다. 에밀리아는 그들의 얼굴 표정과 히브리어로 주고받는 몇 마디 말을 통해 나훔의 임종이 다가오고 있음을 짐작했다.

복도에서 그들 옆에 앉아 있기가 불편했던 에밀리아는 엘리베이터를 타고 1층으로 내려가서 병원 광장으로 나가 차가운 바깥바람을 쐬었다. 그리고 다시 병실로 돌아온 에밀리아에게 러시아어를 쓰는 간호사가 나훔의 간병인이냐고 묻더니 에밀리아가 그렇다고 대답하자 새 일자리를 찾아보라고 말했다. 의사들은 나훔을 잠들게 한 다음 인공호흡기를 달았다. 신체기능이 모두 약해진 상태라 앞으로 이삼일을 넘기지 못할 것이라고 했다.

"환자분이 몇 살이었어요?" 간호사는 나훔이 벌써 하늘나라에 간 것처럼 물었다.

에밀리아가 대답했다. "여든네 살이에요."

"몇 년이나 환자를 간호했어요?"

에밀리아는 이스라엘에 온 날부터 2년 동안 그를 간호했다.

첫해는 나훔이 보행기에 의지해서 돌아다니기도 하고 말도 했다. 그는 에밀리아가 히브리어를 배울 수 있도록 글자와 단어가 적힌 공책도 만들어줬다. 그러나 지난 몇 달 동안에는 더 이상 말도 하지 못했고 걷지도 못 했다. 에밀리아는 나훔이 하루 종일 집에만 갇혀 지내지 않도록 그를 휠체어에 태워서 밖으로 나가곤 했다. 나훔은 날씨에 따라 한두 시간 동안 눈을 감은 채 햇살을 받으며 휠체어에 앉아 있곤 했다. 그는 잠든 것처럼 머리를 가슴 위로 떨구고 있다가 가끔 갑자기 눈을 뜨고는 깜짝 놀라 그런 것인지, 혼자 있는 것이 두려워 그런 것인지 주위를 둘러보다 옆에 에밀리아가 있는 것을 확인하고 나서야 진정했다. 나훔의 얼굴을 환하게 비추는 햇살을 받으며 에밀리아는 나무 아래 벤치에 그와 나란히 앉아 있곤 했다.

에밀리아는 나훔의 아내인 에스더가 알려준 것 말고는 나훔에 대해 아는 것이 많지 않았다. 나훔은 오스트리아의 렌츠 시에서 태어났고 소아과 의사였다. 4년 전인 여든 살 때 뇌졸중이 일어났지만 그것 말고는 건강한 편이었다. 그는 뇌졸중에 걸리기 전까지 손녀들과 놀아주는 것을 즐겼지만, 손자들이 있었으면 하고 바랐다. 나훔은 의사 일을 그만두고 나서 취미로 소아병의 치료에 관한 책들을 쓰고, 증기 기관차나 회전목마 같은 작은 엔진이 달린 나무 장난감을 만들었다. 에밀리아가 간병인으로 일하기 시작했을 때 나훔은 이런 취미활동을 전혀 할 수 없는 상태였다.

정오경 나훔의 큰딸은 병실에서 기다린다고 달라질 게 하나도 없다며 어머니에게 집으로 가서 쉬라고 권했다. 그녀는 에밀리아에게 어머니와 같이 가달라고 부탁했다.

에밀리아가 음식을 만들겠다고 했지만 에스더는 아무것도 먹고 싶지 않다고 했다. 에밀리아는 달리 할 일이 없었기 때문에 그냥 자기 방에 앉아 있었다. 며칠 후면 이 방을 떠나야 할 것이다. 방은 휑했다. 칙칙한 흰색 벽에 좁은 침대와 옷장, 작은 TV가 놓여 있는 낮은 테이블과 트랜지스터라디오가 전부였다.

페타 티크바의 묘지에서 열린 장례식에서 에밀리아한테 다가와 위로의 말을 건네주는 사람은 아무도 없었다.

나훔과 에스더의 네 자녀들은 에밀리아가 일을 시작할 때부터 매우 정중했다. 그들은 에밀리아에게 새 일자리와 새 숙소를 찾을 때까지 작은 방에 머물러도 좋다고 말했다. 에밀리아는 시바(부모나 배우자와 사별한 유대인이 장례식 후 지키는 7일간의 복상服喪 기간) 동안 도와주겠다고 나섰다. 요리를 하고, 음식을 차리고, 설거지도 하고, 저녁에 거실과 욕실 청소도 할 수 있다고 했지만 그들은 사양했다. 에밀리아가 아버지의 간병인이지 하녀가 아니라는 이유에서였다. 또한 온 가족이 시바를 잘 치르도록 거들 터라 일손이 부족하지도 않았다. 손님들은 빵과 비스킷을 한 접시씩 들고 왔고, 어떤 친척들은 수프 냄비나 다른 음식들을 가져왔다. 여자들은 주방에서 설거지를 했다. 집에 있어야 할 이유가 없었기 때문에 에밀리아는 외출했다가 밤이 되어 자기 방으로 돌아왔다. 지금 당장은 그곳 말고는 잘 곳이 없었다. 에밀리아는 매일 아침 에스더와 아침 식사를 한 다음 조문객이 도착하기 전인 7시 반에 나갔다가 모두 떠나고 아파트가 어두워지는 밤 10시나 11시쯤 돌아왔다. 그녀는 이스라엘에서 일자리를 찾아준 직업소개소에 부탁도 하고, 러시아어판 신문의 구인란도 뒤져보고, 친분이 있는 몇몇 간병인에게도 부탁해서 새로운 일자리를 찾기 시작했다. 나훔이 만들어준 공책을 이용해서 다시 히브리어를 배우려고 했지만 예전에 여러 번 시도했을 때와 마찬가지로, 지금과 같이 매우 심각한 상황에서조차 괴상하게 생긴 히브리어의 장벽을 넘을 수가 없었다.

몇 달 전까지만 해도 에밀리아는 히브리어가 나무처럼 마음속에서 자라길 빌며 글자가 나무의 줄기고, 단어는 잎이나 열매라고 생각했다. 그러나 이제는 희망이 사라져가고 있었다. 그 나무는 나훔과 함께 죽었거나 그녀가 이제 막 떠나려고 하는 그 작은 방에 뿌리를 내린 것 같았다.

나훔의 가족은 에밀리아를 위해서 히브리어로 짤막한 추천서를 써준 다음 무슨 내용인지 영어로 알려줬다. "에밀리아는 근면하고 믿음직한 간병인이었습니다. 그녀는 헌신적인 간호사처럼, 아이를 돌보는 어머니처럼 저희 아버지를 돌봤습니다." 시바 때 왔던 한 남자가 에밀리아에 대한 칭찬을 듣고 그녀에게 하이파에 사는 지인의 어머니를 간병할 수 있겠느냐고 물었다. 그러나 에밀리아는 형편없는 히브리어 실력 때문에 결국 그 일을 맡지 못했다.

에밀리아는 나훔과 함께 앉아 있곤 했던 나무 밑 벤치에 앉아서 리가(라트비아의 수도)로 돌아가야 하는 것은 아닌지 고민했다. 날은 추웠고, 날씨 때문에 까맣게 잊고 있었던 일이 떠올랐다. 다른 집에 들어가 산다는 생각만으로도 에밀리아는 무서웠다. 그러나 시바가 끝나고 이틀이 지나자 직업소개소의 누리트로부터 새 일자리를 찾았다는 연락이 왔다. 텔아비브 남쪽의 바트얌에 있는 요양원에서 여자 노인 환자를 돌보는 일이었다. 시간제로 일주일에 사흘 근무하고 밤샘 근무는 없었다. 누리트는 시간제 일자리가 숙식이 제공되는 전일제가 될 때까지 지낼 곳을 찾아보라고 알려줬다. 에밀리아는 이스라엘에 계속 남아 있어야 할 것인지 말 것인지 따져볼 겨를도 없이 바트얌에서 세 들어 살 아파트를 찾아보기 시작했다.

에밀리아가 가방 두 개를 들고 작별 인사를 하자, 에스더는 세를 든 아파트에 살림살이가 있느냐고 물었다. 에스더는 TV와 라디오를 포함해 작은 방에 있던 물건들 가운데 필요한 것은 다 가져가라고 했다. 에밀리아는 잠시 고민하다가 결국에는 안 가져가겠다고 말했다. 그러자 에스더가 물었다. "거기 팬이랑 냄비 같은 것은 있어? 주방 살림살이는?" 그래도 에밀리아는 아침에 커피를 마셨던 잔만 가져가겠다고 말했다. 에스더는 에밀리아에게 연락을 끊지 말라고 부탁했다. "에밀리아, 너는 모르겠지만 나훔만 그랬던 게 아니야. 나도 너한테 정이 들었어." 에밀리아는 다시 찾아오겠다고 약속했다.

에밀리아는 나훔을 휠체어에 태우고 마당으로 내려갈 때 탔던 엘리베이터를 탔다. 그리고 나훔과 함께 앉아 있던 벤치와, 햇빛과 비로부터 두 사람을 막아줬던 나무를 지나갔다.

에밀리아는 이 모든 것을 다시는 못 보게 될 것이라고 확신했다.

2

거의 한 달 후 에스더에게서 전화가 왔다.

2월 초 화요일 아침 에스더가 전화를 했을 때 에밀리아는 바트얌의 요양원에서 새 간병 환자인 아디나와 함께 있었다. 에밀리아는 전화를 받고서 지금은 통화할 수 없으니 나중에 다시 전화하겠다고 속삭였다. 아디나가 오후 낮잠을 잘 때 에밀리아는 발코니로 나갔다. 에스더의 목소리를 듣자 기분이 좋아졌다. 에스더는 히브리어로 물었다. "잘 지내고 있는 거야, 에밀리아?" 에밀리아가 연락을 못 한 것에 대해 막 사과하려는 찰나 에스더가 말했다. "어디 있었어, 에밀리아? 연락을 끊지 않겠다고 해놓고 사라지다니. 일은 열심히 하고 있는 거야? 시간 내서 여기 좀 다녀갈 수는 없어? 나훔이 없는 집에 혼자 있는 게 얼마나 힘든지 너는 모를 거야."

에스더의 목소리를 듣자 떠나온 작은 방의 광경이, 2년 동안 잠을 잤던 아이용 침대와 회색으로 변해가던 벽이 떠올랐다. 에밀리아는 에스더에게 영어로 말했다. "목요일이 쉬는 날이니까 오전에 뵈러 갈 수 있어요. 댁에 계실 건가요?" 에스더는 히브리어로 대답했다. "하루 종일 집에 있어. 오늘은 미용실에 갈지도 몰라. 그렇지만 준비할 수 있도록 오기 전에 전화해줘. 그런데 어떻게 지내는지 말해봐. 거기서 행복해? 사람들이 잘해줘?" 질 문을 쏟아내는 에스더의 목소리에서 통화를 끝내고 싶어하지 않는 마음이 느껴졌다.

에밀리아는 약속대로 목요일에 에스더를 만나러 갔다.

건물 밖의 나무 아래 벤치에 젊은 여자가 유모차를 옆에 세워 두고 앉아 있었다. 에밀리아는 그 여자를 기억하고 있었다. 엘 리베이터에 휠체어 바퀴가 끼었을 때 나훔의 휠체어를 엘리베이 터 안으로 밀어줬던, 1층에 사는 키 큰 남자의 아내였다. 에밀리 아가 떠나올 때 임신 중이었던 그녀는 배가 상당히 불러 있었다. 여자가 미소 지으며 에밀리아에게 아는 체를 했다. 서로 이야기 를 나눈 적은 없었지만 여자 역시 에밀리아를 기억하고 있었을 것이다.

에밀리아가 에스더의 집에 도착했을 때는 11시 반이었다. 10시 에 전화를 걸어서 간다고 미리 말해두었음에도 불구하고 에스더 는 갈색 잠옷 차림으로 문을 열어줬다. 에스더의 은발 머리는 나 훔이 죽은 뒤 한 번도 빗지 않은 것처럼 헝클어져 있었다. 두 사 람은 포옹을 하며 인사를 나눴다. "왜 이래, 에밀리아? 왜 이렇 게 말랐어?" 에스더가 놀라서 물었다.

커피 테이블에는 버터 쿠키를 담은 작은 접시와 마블 케이크 가 올려진 쟁반이 놓여 있었다. 나훔의 휠체어는 없어졌고 마당 쪽으로 난 창문에는 블라인드가 드리워져 있었다. 그러나 아파트에서는 여전히 똑같은 냄새가 났다. 처음 몇 주 동안에는 너무 생소했지만 이후로는 그 집의 냄새가 되었던 그것은 나훔의 체취와 약 냄새, 에스더의 로션 냄새, 오래된 벽 냄새와 주방 찬장에서 나는 나무 썩는 냄새였다. 에스더는 에밀리아에게 차나 커피를 마시겠느냐고 물었다. 에밀리아가 마실 것을 만들겠다고 하자 에스더가 말했다. "그러면 안 되지. 앉아 있어. 오늘 너는 손님이야." 에스더는 주방으로 갔고, 에밀리아는 혼자 남아 한 달 전까지만 해도 자신의 집이자 직장이기도 했던 아파트에서 어떻게 손님 노릇을 해야 할지 몰라 안절부절못했다.

찻잔을 들고 돌아온 에스더는 곧장 말하기 시작했다. 몇 주 동안 아무하고도 말을 안 한 사람처럼 이야기를 쏟아내면서 그녀는 여전히 일주일에 세 번 운동을 하러 다니지만 기운이 없어서 수영은 못 하고 에어로빅만 한다고 말했다. 자식들이 찾아오기는 하지만 그렇게 자주 오는 편은 아니었고, 시바 때 조문객이 너무 많이 와서 아직도 피로가 다 가시지 않은 상태였다. 가끔 자녀들의 친구들이 찾아와서 저녁 늦게까지 있다 가곤 했는데 에스더는 일찍 잠자리에 들고 싶어도 그들에게 가달라고 말하질 못 했다.

에밀리아가 아무것도 먹지 않는 것을 보고 에스더는 에밀리아에게 왜 그렇게 말랐느냐며 혹시 밥을 잘 안 먹는 것은 아니냐고 다시 물었다. 에밀리아가 채 대답하기도 전에 에스더가 덧붙였다. "네가 떠나서 너무 슬퍼, 에스더. 할 수만 있었다면 널 붙잡았을 텐데. 내가 아직은 건강하니까. 어쩌겠어. 혹시 내가 병에 걸리면 와서 나를 돌봐줘. 그때도 이스라엘에 있으면 말이야. 여기 계속 있을 거지? 고향으로 돌아가는 건 아니지?"

에밀리아는 그러지 않을 것이라고 대답했지만 사실 리가로 돌아가는 문제에 대해 더 자주 생각하고 있었다.

아파트가 더 깨끗해졌다는 에밀리아의 말에 에스더가 답했다. "왜 그런지 알려줄까? 나훔의 물건을 치우기 시작해서 그래. 기운이 없으니까 아주 천천히. 제일 먼저 책들을 없앴어. 매일 계단에 책을 두세 권씩 내다놓으면 이웃들이 가져가거나 대신해서 버려줘. 오늘은 낡은 스테레오를 내다놓을 거야. 기억나지? 밖에서 보지 못했어?"

에스더는 에밀리아한테 예전에 쓰던 방에 들어가보라는 말을 하지 않았고, 에밀리아도 방을 보고 싶다고 하지 않았다. 두 사람은 나훔의 물건에 대해 이야기할 때를 제외하고는 그에 대한 언급을 거의 하지 않았다. 에스더가 새 일자리는 어떠냐고 물었지만 에밀리아는 에스더를 슬프게 하고 싶지 않아서 대답을 피했다. 에밀리아는 화제를 바꿔서 집세를 충당하기 위해 추가로 할 수 있는 일을 찾고 있다고 말했다. 그러자 에스더가 물었다. "이웃 노인들이나 수영장 노인들에게 물어봐줄까? 쉬는 날이 며칠이나 되지?" 에밀리아는 일요일과 목요일, 그렇게 이틀을 쉬고 필요하면 주말에도 일할 수 있다고 말했다. 바트얌에서 버스운행이 시작되는 대로 이른 아침부터 저녁까지 일할 수 있었다. 에밀리아는 요양원 식당에서 만난 한 간병인으로부터 쉬는 날로비나 아파트, 혹은 사무실을 청소하는 일을 제의받았다고 말했다. 말하는 중간중간 에밀리아는 나훔이 그곳에 있는 것처럼, 그가 없다는 사실을 믿을 수 없는 듯이 계속 그를 찾았다. 에밀리아는 에스더에게 나훔을 봤다는 말을 하지 않았다. 바트얌에 있는 아파트에 혼자 있거나 요양원에 있을 때면 나훔이 나타나서 에밀리아에게 무슨 말인가를 하려고 애쓰는 것 같았다. 처음에는 라운지에 있던 수십 명의 노인들 틈에서 나훔이 섬광처럼 나타났다 사라졌다. 나훔의 얼굴은 무시무시했다. 두 눈은 푹 꺼지고 살은 거의 반투명 상태였다. 그러나 이제는 나훔의 시체 같은 창백함에 점점 더 익숙해져서 더 이상 무섭지 않았다.

에스더가 물었다. "왜 청소 일을 해야 하는데, 에밀리아? 그건 좋은 생각이 아닌 것 같아. 너한테는 다른 누군가를 간병하는 일이 더 좋지 않을까? 그 일을 너무 잘하니까. 게다가 그 청소 일은 해도 문제 없는 거야?" 식당에서 만난 간병인 말로는 허가증 없이도, 그리고 직업소개소에 알리지 않고도 현금을 받고 일할 수 있는 좋은 자리라고 했다. 문제가 생기지 않길 바란다면 변호사와 상의하거나 합법적으로 일할 수 있도록, 내무부에서 발급받은 취업허가증을 변경하는 방법을 찾아볼 수 있었다. 에스더가 말했다. "이렇게 하면 되겠다! 길에게 물어보는 건 어때? 길이 변호사인 건 알지? 그렇지? 길이 이런 문제들도 다룰 거라 믿어. 길 기억나지? 기꺼이 널 도와줄 거야. 네가 그 일을 합법적으로 해야 내가 안심할 수 있을 것 같아. 안 그러면 네가 추방당할 수도 있으니까. 흑인들 때문에 요즘 상황이 어떤지 너도 잘 알잖아. 그치?"

에스더는 침실로 들어가 전화기를 들고 나오더니 그 자리에서 길에게 전화를 걸었다. 그가 전화를 받지 않자 에스더가 말했다. "이렇다니까, 내가 전화하면 절대 안 받는다니까." 에스더는 종잇조각에 길의 전화번호를 적어주고는 에밀리아에게 점심을 먹고 가라고 권했다. 에스더가 간간이 영어를 쓰느라 힘들어한다는 것을 알아차린 에밀리아는 거절했지만 에스더는 끝까지 고집했다.

두 사람은 주방에서 점심을 먹었다. 매일 아침 커피를 마시곤 했던 식탁에 앉아서. 그들은 식사하는 동안 거의 아무 말도 하지 않았다. 에밀리아는 에스더에게 음식을 누가 해주느냐고 물었다. 에스더는 요리를 조금씩 직접 하기 시작했다고 대답하고는 수프가 괜찮으냐고 물었다. 그러고서 "여기에 일자리가 있다는 말을 들으면 알려줄게."라고 말한 다음 두 번이나 덧붙였다. "길에게 전화하는 거 잊지 마. 너한테 잘해줄 거야."

헤어질 때 에스더는 에밀리아에게 꼭 다시 오라고 말했다. 그러나 에밀리아는 에스더가 다시 전화하지 않을 것임을 알고 있었다.

3

에밀리아는 침몰하고 있었다. 에밀리아는 이 사실을 에스더에게 감추려 했고, 다른 사람들에게도 성공적으로 감추고 있다고 믿었다. 그녀는 물에 빠져 죽지 않도록 내밀어줄 도움의 손길이 필요했다. 아니면 적어도 누군가 도와주러 오고 있다는 신호라도 필요했다.

바트얌의 요양원에서 일하는 것은 나훔을 돌볼 때와 완전히 달랐다. 해변에 위치한 요양원은 두 개의 높은 건물 구조를 이루고 있었는데, 각각 노인들과 간병인들로 들어찬 두 개의 벌집 같았다. 그곳에서 일하는 외국인 간병인이 에밀리아 혼자만은 아니었다. 요양원에는 우크라이나와 불가리아, 태국, 콜롬비아, 루마니아, 폴란드, 몰다비아, 필리핀에서 온 남녀 간병인들이 많았다. 에밀리아는 엘리베이터와 하늘색 카펫이 깔린 복도, 로비, 수리가 시급한 어둡고 습기 찬 식당과 안마당에서 그들을 마주쳤다. 그들은 옹기종기 모여서 대화를 나눴다. 일부 간병인들은 환자 집에서 살았고, 일부는 에밀리아처럼 방을 빌려서 몇 사람씩 모여 살거나 혼자 살았다. 이스라엘에 가족과 아이들이 있는 사람들도 있었고, 고국에 가족을 두고 온 사람들도 있었다. 그들이 잠깐씩 나누는 대화의 주된 주제는 돈이었다. 그들 모두 부수입을 찾고 있었다. 많은 사람들이 두 가지 일을 했다. 에밀리아는 "이스라엘에 얼마나 있었어요?"라거나 "어떤 직업소개소를 통해 왔어요?", 혹은 "얼마나 있을 계획이에요?"라는 질문을 수없이 받았다. 그러나 에밀리아가 스스로에게 던지는 질문들은 훨씬 더 절박했다.

에밀리아가 돌보는 여자 노인 환자는 아흔두 살의 아디나였다. 아디나는 영어를 거의 할 줄 몰라서 '오다', '나가다', '씻다' 같은 기본적인 단어들밖에 말하지 못했지만 알아들을 수 있는 단어는 그보다 많았다. 아디나에게는 하바라고 하는 예순 살가량의 딸이 있었다. 그리고 방 선반에 놓인 액자 사진으로 미루어 아들이 있었는데 죽은 것 같았다. 다섯 명의 손자 손녀 중 한 손자는 군 복무 중이었다.

근무 첫날, 하바는 에밀리아에게 자기 어머니의 정신상태가 온전하지 않다고 알려줬다. 어떤 날은 정신이 말짱했다가 또 어떤 날은 그렇지 못했다. 2년 전만 해도 아디나는 독립적이었다. 지난 2년 동안은 이스라엘인 도우미가 일주일에 두 번씩 와서 청소와 빨래를 해줬다. 그러나 이제는 아디나의 상태가 심각해지고 있었다. 거의 하루 종일 감시가 필요했다. 하루 중 TV를 시청하는 두세 시간 말고는 그녀를 혼자 둘 수가 없었다. 그래서 일요일과 목요일, 주말에는 하바가 와서 아디나를 돌보고 나머지 요일에는 에밀리아가 돌봤다. 사회복지사가 아디나에게 지속적인 간호가 필요하다는 결정을 내리면 에밀리아는 전일제로 일할 수 있었다. 그러나 아디나가 간호병동으로 옮겨 갈 가능성도 있었다. 아디나를 계속 간병하려면 에밀리아가 히브리어 실력을 키워야 했다. 요양원에 근무하는 대부분의 직원이 영어를 할 줄 알기 때문에 에밀리아를 도와줄 수 있다 해도 히브리어를 모르면 하루 24시간을 아디나와 함께 보내기가 무척 힘들 것 같았다.

하바는 나훔의 자녀들보다 점잖지 않았고 의심이 많았다. 아디나를 대하는 태도도 퉁명스러웠다. 아디나를 의자에서 일으켜 세우거나 작은 거실의 낡은 소파에 앉힐 때 하바의 행동과 표정은 거칠고 사나웠다. 에밀리아에게 어머니를 어떻게 간호할지 지시를 내릴 때도 마찬가지였다.

에밀리아는 금세 노련해졌다. 에밀리아는 아디나를 도와 함께 식당으로 가서 그녀에게 껍질을 벗긴 삶은 달걀 하나와 흰 빵 한 조각, 잘게 자른 채소와 코티지치즈 한 스푼을 먹였다. 아침 식사 후에는 아디나와 함께 로비와 마당에서 산책을 했다. 비가 오지 않으면 두 사람은 요양원 맞은편의 보도를 걸었다. 에밀리아는 다른 사람들과 이야기를 나누고 싶지 않아서 건물로부터 멀리 떨어진 곳에 앉아 누군가를 찾는 것처럼 행인들을 집중해 쳐다봤다. 산책이 끝나면 에밀리아는 아디나를 다시 7층에 있는 방으로 데려다놓고 필요한 약이나 먹을 것을 사러 나갔다 와서 방 청소를 하고 세탁을 하는 등 여러 가지 일을 보았다. 두 사람은 에밀리아의 빈약한 히브리어와 아디나의 제한된 영어로 의사소통을 했지만 대개는 수신호를 썼다. 대체로 아디나는 침울해했고 말하면서 고함을 질렀다. 에밀리아는 아디나의 말을 알아들을 수 없는 것이 다행이라고 생각했다.

식당에서 점심 식사를 하고 나면 아디나는 쉬는 시간에 대개 낮잠을 잤다. 오후에는 강당에서 강연을 듣거나 지하실에서 카드놀이를 해야 했지만, 그냥 방에 머물러 있기도 했다. 그러면 아디나는 TV를 봤다. 저녁 식사가 끝나면 에밀리아는 아디나를 씻겼다.

에밀리아는 아디나가 잠이 드는 8시경에 퇴근했다. 아디나의 침대 위에는 비상 전화 버튼이 있었고, 요양원에는 버튼을 누르면 달려올 수 있도록 대기 중인 직원이 있었다. 에밀리아는 하바가 준 열쇠로 문을 잠갔다. 에밀리아가 아디나에게 퇴근한다고 말할 때나 아침에 도착하면 아디나는 거의 반응을 보이지 않았다.

지난해 나훔과 함께였을 땐 이렇지 않았다. 말을 거의 못 했지만 나훔은 달랐다. 특히 그가 갑자기 눈을 뜨고 에밀리아를 찾으며 놀란 표정을 지은 뒤 조용히 다시 눈을 감는 순간들에는 더 그랬다. 아디나와는 모든 것이 반대였다. 에밀리아는 아디나가 자신을 원하지 않으며, 다른 어떤 간병인도 자신보다 일을 더 잘할 수 있다는 것을 알고 있었다. 에밀리아는 이러려고 머나먼 타국에 온 것은 아니라고 생각했다. 이곳에 와 있어야 할 다른 이유가 필요했다. 아직은 알 수 없는 그 어떤 이유를 반드시 찾아내야 했다. 찾아낼 수 없다면 기다리는 사람이 없다 해도 리가로 돌아가야 했다.

에밀리아는 포기하지 않았다. 그녀는 뭔가 좋은 일이 일어날 것이라는 희망으로 매일 하루를 시작했다.

밤에는 잠들기가 힘들었다. 에밀리아가 세를 든 아파트는 대로변이라 밤새 차 소리가 들렸고 또 추웠다. 곧 아디나의 집으로 옮겨야 할지도 모른다는 걸 알고 있었지만 그래도 그녀는 밸푸어 가의 가정용품 가게에 들러서 마음에 드는 접시 몇 개와 프라이팬, 색깔 있는 수건 두 장, 담요 한 장을 샀다. 그리고 많은 시간을 들여서 아파트를 청소했다. 이전 세입자인 세 명의 조지아 노동자들은 한 번도 청소를 안 하고 지낸 것 같았다. 저녁마다 에밀리아는 요양원에서 십 분 정도 걸어 집으로 퇴근하다가 슈퍼마켓에 들러 토마토와 오이, 레몬과 사과 몇 개를 사고, 수돗물이 뿌옇게 보이길래 생수 몇 병을 샀다. 그녀가 집에서 먹는 음식은 그것이 전부였다. 에밀리아는 더 이상 빵을 사지 않았다. 아파트에는 거울이 없었다. 에밀리아는 굳이 거울이 필요하지 않다고 생각했다. 그러나 요양원에 있는 거울을 통해 살이 빠지고 있음을 알 수 있었다.

저녁이면 에밀리아는 달콤한 차를 마셨다. 어렸을 적에 어머니가 그렇게 차를 타주곤 했다. 에밀리아는 리가가 그리웠다. 아니 그렇다기보다는 어린 시절을 보낸 집이 그리웠다. 어머니보다 항상 먼저 퇴근해서 집에 돌아오는 아버지를 혼자 기다리곤 했던 그 시간들이 그리웠다. 에밀리아는 식탁에 아버지 접시와 자기 접시 두 개를 놓고 그 옆에 나이프와 포크와 스푼을 놓곤 했다. 식탁 한가운데에는 아침에 먹고 남은 빵 반 덩어리를 갈색 바구니에 넣어서 올려놓았다. 오목한 접시에는 노란색과 검은색의 황새와 거위 그림이 그려져 있었다. 어린 에밀리아에게는 스토브를 켜는 것이 아직 허용되지 않았기 때문에 점심을 먹으러 집에 온 아버지가 음식을 데우곤 했다. 식사를 마친 후에는 에밀리아가 그릇을 치우고 주방 싱크대에서 찬물로 설거지를 했다.

에밀리아가 사는 아파트 위층에는 노부부가 살았다. 에밀리아가 찬바람을 쐬고 저녁 공기의 냄새를 맡기 위해 열어놓은 창문 틈으로 위층에서 남편이 히브리어로 고함치는 소리와 아내가 대꾸하는 소리가 들려왔다. 에스더의 집에서 TV나 라디오를 가져오지 않은 자신의 결정에 에밀리아는 대체로 만족했다. 아파트가 한층 더 동굴처럼 느껴졌고, 미래를 위해 준비하는 곳처럼 보였다. 방은 5평도 안 됐다. 그전에 살던 조지아인들이 어떻게 매트리스를 세 개나 들여놓았을지 상상이 안 갔다. 그러나 바로 그 TV나 라디오가 없었기 때문에, 버스에서 우연히 들리는 소리나 아디나의 TV에서 나는 소리로 인해 등골이 오싹해질 때가 있었다. 열린 창문을 타고 들어온 목소리들도 그랬다. 어쩌면 그 소리들 모두가 에밀리아에게 필요한 무슨 말을 해주고 있을 수도 있었다. 그 모든 소리가 그녀를 인도해줄 목소리이자 어떤 계시일 수 있었다.

그리고 계시가 이미 내려졌을 수도 있었다.

사건의 발단은 제니퍼라는 필리핀 간병인이 엘리베이터 옆 게시판에 재의 수요일(사순절의 첫날) 미사에 신자들을 초대하는 벽보를 붙인 때였다. 벽보를 붙이는 제니퍼를 보고 에밀리아는 어느 나라 말로 미사를 올리느냐고 물었다. 제니퍼는 영어라고 대답했다. 에밀리아는 수요일에 일을 해야 했으므로 이 미사에는 참석할 수가 없었다. 그러나 TV와 라디오를 포기하기로 결심하고, 새로운 식단을 시작함으로써 에밀리아는 자신도 모르는 사이에 이미 사순절(부활 주일 전 40일 동안의 기간으로 교인들은 광야에서 금식하고 시험받은 그리스도의 수난을 되살리기 위해 단식과 속죄를 행한다)을 시작하고 있었다.

1월 말에 에밀리아는 마흔여섯 살 생일을 맞았다. 자기 자신 외에는 축하해주는 사람이 아무도 없는 생일날 에밀리아는 처음으로 그 성당을 찾아갔다. 성당의 주소는 제니퍼가 붙여놓은 벽보에서 알아냈다. 버스를 타고 자파로 가다가 에밀리아는 버스를 타지 않고도 해변을 따라 걸어서 성당에 갈 수 있다는 사실을 깨달았다. 아파트에서 성당까지 겨우 3킬로밖에 되지 않았다. 그것도 하나의 계시였다.

성당에서 어떻게 해야 할지 몰랐던 에밀리아는 큰 예배당 안으로 들어갈 때 성호를 긋지도 않았고, 하느님의 아들을 조각한 대리석 조각상 앞에 무릎을 꿇지도 않았다. 아버지가 하느님의 아들을 믿지 않았기 때문에 에밀리아는 어렸을 때 성당에 가본 적이 많지 않았다. 그러나 겉으로는 믿지 않는 것처럼 보였던 어머니는 아버지 몰래 어쩌다 한 번씩, 대개는 에밀리아를 떼어놓고 혼자 성당에 갔다. 자파로 가는 버스에서 에밀리아는 어렸을 때 큰이모 스테프카를 따라 리가의 구도심에 있는 성 베드로 성당에 갔던 일을 떠올렸다. 스테프카 이모는 에밀리아의 어머니가 병에 걸렸을 때 에밀리아네 집에 와서 함께 살았다. 에밀리아는 스테프카 이모와 함께 어머니의 쾌유를 비는 기도를 하면서 동시에 어머니의 고통을 멈추게 해달라고 빌었다. 이후 일주일도 안 돼서 어머니가 세상을 떠났을 때 에밀리아는 죄책감을 느꼈지만 비밀 기도에 대해 아무에게도 말하지 않았다.

자파의 성당에서는 폴란드어로 미사가 진행됐다. 에밀리아는 뒤쪽의 나무 신도석에 앉아서 띄엄띄엄 기도문을 알아들었다. 신부의 목소리가 음악처럼 허공에 울려 퍼졌다.

성당에서 나오기 전 에밀리아는 초를 하나 산 뒤 세례반 옆의 초에서 불을 붙여 다른 여러 초들 옆에 세우고 초가 타는 냄새를 맡았다. 나훔과 에스더 그리고 어머니 생각이 났다. 돌아가시기 직전 갑자기 하느님의 아들에 대한 이야기를 시작했던 아버지 생각도 났다.

에밀리아는 알아들을 수 없는 말로 진행되는 미사를 들으러 일요일마다 자파에 있는 성당에 다녔다. 리가에 있는 오래된 성당처럼 자파에 있는 성당 이름도 성 베드로였다. 신도들의 얼굴도 익히게 됐다. 젊은 신부 역시 에밀리아를 알아보는 것 같았다. 매주 일요일 에밀리아는 신부에게 더 가까이 다가가서 앞쪽 신도석에 앉아 입술을 움직이며 기도를 따라했다.

에밀리아는 신부에게 말을 걸고 싶었고, 언젠가는 그럴 것임을 알고 있었다. 그러나 아직은 말을 걸 용기가 나지 않았다.

기도문은 대부분 알아들을 수 없었지만 그중 몇 마디는 러시아어 발음과 비슷했다. 그러나 시간이 지날수록 에밀리아는 '그분'이 단어와 글자로 이루어진 언어로 자신을 인도해주는 것이 아니라 다른 언어, 즉 소리의 언어이자 어떤 공책도 가르쳐줄 수 없는 사건들의 언어로 자신을 인도해줄 것이라고 느끼기 시작했다. 그래서 그 언어를 알아듣기 위해 에밀리아는 창문을 모두 열어놓고 온갖 소리를 집 안으로 들여놓으려 애썼다.

에스더를 방문한 후 버스를 타고 바트얌으로 돌아와 뱔푸어

가에서 내린 에밀리아는 가정용품 가게로 들어가 자수 식탁보와 플라스틱 식기 건조대, 빵이나 과일을 담을 작은 바구니를 샀다. 그날 저녁 에밀리아는 바지 주머니에서 길의 전화번호가 적힌 종잇조각을 발견하고 그에게 전화를 걸었다. 더 많은 일감을 찾아서 돈을 더 많이 벌어야 했다.

에밀리아는 간판에서 본 히브리어 단어들과 짧은 문장들을 공책에 적어놓고 외우려고 노력했다. 공책에는 성당이 있는 거리 이름과 버스 정류장에서 성당으로 이어진 두 거리의 이름들, 글자가 아니라 그림인 것처럼 연필로 그린 에밀리아 자신의 히브리어 이름이 적혀 있었다.

에밀리아는 나훔이 묻혀 있는 묘지를 찾아가서 그의 무덤 위에 있는 명문銘文을 공책에 베껴 적었다.

"사랑하는 할아버지이자 아버지이고 남편."

"세상의 소금이자 개척자였던 소아과 의사."

"부디 그의 영혼이 영원한 생명을 얻길 빌며."

에밀리아가 묘지 밖에서 사간 커다란 꽃다발을 그의 무덤에 놓았을 때 멀지 않은 곳에서 나훔이 나타났다. 나훔은 다른 무덤들 사이에서 에밀리아를 바라보고 있었다. 그의 두 눈은 천천히 검은색으로 변해가고 있었다.

4

길과의 첫 만남은 2월 말 무렵의 어느 일요일에 이루어졌다. 아직 겨울이었다.

길을 만나기 며칠 전에 나쁜 소식이 있었다. 에밀리아가 아디나의 방문을 열자 그녀의 딸인 하바가 옷장을 정리하고 있었다. 하바는 직업소개소의 누리트로부터 연락을 받았느냐고 물었고, 에밀리아는 아니라고 대답했다. 하바는 국민보험이 드디어 아디나에게 전일제 간병인을 승인했다면서 에밀리아더러 3월 1일에 요양원으로 들어오라고 말했다.

하바는 에밀리아를 아디나의 침실로 데려갔다. 옷장이 열려 있었고 옷과 색 바랜 수건들이 침대 위에 수북이 쌓여 있었다. 하바는 에밀리아에게 서랍 하나와 선반 세 개면 충분하겠느냐 묻고는 아디나한테 여분의 시트와 담요가 있으니 필요한 것이 있으면 목록을 만들라고 말했다. 하바는 에밀리아의 집에 있는 것 중에서 두 사람한테 필요한 물건이 있으면 가져오라고 했다.

작은 거실 소파에 앉아 있던 아디나는 두 사람의 대화를 전부 알아듣지는 못 했지만 자기 딸이 무슨 준비를 하고 있는지 분명히 알아차린 것 같았다. 아디나는 히브리어로 에밀리아와 함께 살고 싶지 않으며 에밀리아를 원하지 않는다고 소리쳤다. 그녀는 에밀리아가 자기 돈을 훔쳐가고 있다고 하바에게 소리쳤다. 하바가 영어로 아디나의 말을 무시하라고 말해줬지만 에밀리아는 겁에 질렸다. "지금 어머니가 무슨 말을 하는지 알아들어요?" 하바가 물었다. "어머니는 모든 사람이 자기 돈을 훔친다고 생각해요. 주로 나와 내 남편, 그리고 애들이요. 훔칠 만한 물건이 남아 있기라도 한 것처럼 말이에요. 어머니가 평생 한 일이라곤 돈을 낭비한 것뿐이에요. 이제는 남아 있는 게 아무것도 없어서 도리어 내가 어머니에게 돈을 써야 해요."

더 이상 법률 상담은 필요하지 않았지만 에밀리아는 길과의 만남을 취소하지 않았다.

여전히 일요일에는 쉴 수 있었기 때문이다.

에밀리아는 아침 일찍 일어났다. 밖은 아직도 깜깜했다. 에밀리아는 등불을 켜놓고 주방의 열린 창문 옆에서 커피를 마셨다. 그녀에게는 그런 아침이 많이 남아 있지 않았다. 식탁 한가운데 자수 식탁보를 깔고 그 위에 올려놓은 작은 바구니에는 몇 개의 레몬과 사과가 들어 있었다. 방 밖을 지나는 차들이 잠깐 뜸해졌을 때 한 여자가 하이힐을 신고 빠르게 걸어가는 소리가 들렸다. 에밀리아는 이렇게 된 게 오히려 잘된 일이라고 스스로를 다독였다. 보수가 오를 것이고 집세를 낼 필요가 없었다. 돈이 충분하지 않았기 때문에 어쨌든 이 아파트에 오래 있을 수는 없었을 것이다. 그러나 요양원으로 들어가는 것이 나훔과 에스더의 집을 떠나는 것보다 훨씬 더 힘들 것 같았다.

에밀리아는 바트얌에서 42번 버스를 타고 라마트간으로 갔다. 버스 노선의 기점에서 탔기 때문에 뒤쪽의 김 서린 차창 옆으로 빈자리가 남아 있었다. 에밀리아는 회색 진에 회색 티셔츠를 입고 커다란 선글라스를 썼다. 살이 너무 많이 빠져서 옷이 헐렁했다. 그러나 다른 옷을 입고 있는 자신의 모습을 상상할 수도 없었고, 지금은 몸에 맞는 옷을 살 수도 없었다. 에밀리아는 검은색 장지갑과 낡은 휴대전화기를 넣은 비닐봉지를 무릎 위에 올려놓고 손으로 꼭 붙잡았다.

다른 의자에 앉은 승객들은 몇 정류장마다 바뀌었고 버스는 만원이었다. 버스 안은 서 있는 사람들로 발 디딜 틈이 없었고, 다들 붙잡을 것을 찾느라고 안간힘을 썼다. 그들의 젖은 외투가 서로 부딪혔다. 한 정류장에서 폴란드어로 미사를 올렸던 자파의 젊은 신부가 올라탔다. 성당 밖에서 신부를 본 에밀리아는 깜짝 놀랐다. 신부가 있을 곳이 아닌 것처럼, 그녀 자신만을 위해 신부가 그곳에 있는 것처럼, 버스에 신부가 타고 있다는 사실은 이상하고도 낯설었다. 게다가 신부는 완전히 달라 보였다. 그는 파란색 스웨터와 검은색 스포츠용 재킷을 입고 학생처럼 가죽 책가방을 메고 있었다. 재킷 속으로 성직자용 칼라가 살짝 드러나 보였다.

신부는 빽빽한 승객들 뒤에 가려져 있는 에밀리아를 알아보지 못했다. 승객들 중 움직이거나 내리는 사람이 있어서 틈새가 생기면 신부의 모습이 보였다. 눈앞에서 잠깐씩 나타났다 사라지는 신부의 얼굴을 보며 에밀리아는 마음이 들떴다. 신부에게 자리를 양보하는 사람이 아무도 없었기 때문에 에밀리아는 일어나서 비닐봉지를 자리에 놓아둔 채 그에게 다가갔다. 에밀리아는 자기소개 없이 영어로 신부에게 앉겠느냐고 물었다. 신부는 놀란 표정으로 에밀리아를 보더니 이내 미소 짓고는 다음 정류장에서 내릴 거라고 말했다. 자리로 돌아간 에밀리아는 몇 정거장을 더 가서 비아리크 가와 아바 힐렐 가가 만나는 모퉁이에서 내렸다.

길이 다른 업무 중이었던 터라 에밀리아는 비서 앞에 놓인 안락의자에서 그를 기다렸다.

쌍둥이처럼 보이는 땅딸막한 두 남자가 그의 사무실에서 나간 후에도 에밀리아는 계속 기다렸다. 마침내 비서가 들어가도 된다고 말하며 그녀를 안내했다. 에밀리아가 들어가자 길이 손을 내밀었다. 부드럽고 하얀 길의 손을 보자 나훔의 손이 떠올랐다. 에밀리아는 나훔의 손을 매일 아침저녁으로 씻겨주고, 일이 주에 한 번씩 손톱을 깎아주곤 했었다. 길의 녹색 눈도 나훔의 눈과 비슷했다. 나훔은 놀라서 깨거나 에밀리아가 세수를 시켜줄 때 그녀를 똑바로 쳐다봤었다. 그러나 길은 그러지 않았다.

양복을 입은 길에게서 애프터셰이브 로션 냄새가 났다. 상담을 시작했을 때도 그는 여전히 바쁘거나 산만해 보였다. 길은 에밀리아에게 히브리어로 말했다. "자, 이제 됐어요. 어머니 말씀으로는 당신이 어머니를 만나러 갔고, 내 조언을 받고 싶다고 했다면서요." 에밀리아는 길의 말을 알아들었지만, 영어로 대답했다. 사실 요양원에서 곧 전일제 일을 시작할 터라 그에게서 도움을 받을 필요가 없었다. 그러나 길이 영어로 "어떻게 도와드릴까요?"라고 물었을 때 에밀리아는 거짓말을 했다. 에밀리아는 에스더와 이야기했을 때에 한해서만 사실이었던 말을 반복했다. "시간제로 일하지만 보수가 충분하지 않아요. 쉬는 날 가정집이나 사무실을 청소하고 싶어요. 취업허가증 없이도 그 일을 할 수 있는지, 가능하다면 취업허가증을 바꿔야 하는 건지 아직 모르겠어요. 에스더가 당신에게 물어보라고 권해서 전화를 걸었어요." 에밀리아는 길에게 사실을 말하지 않은 것이 마음에 걸렸다. 그러나 에스더에게 말한 것이 전부 거짓은 아니었고, 길에게 전화를 걸었을 때만 해도 에밀리아가 한 말은 사실이었다.

이때만 해도 에밀리아가 길에 대해 아는 것이라곤 그가 나훔과 에스더의 막내아들이라는 게 전부였다. 길은 두 누나보다 몇 년 더 어렸고, 형보다는 한참 어렸다. 네 자녀 중에서 나훔과 에스더를 찾아온 횟수가 가장 적었던 사람이 길이었다. 그가 바쁜 데다 다른 나라로 출장을 자주 갔기 때문만은 아니었다. 에밀리아는 에스더가 가끔 한 말을 통해 그렇게 이해했다. 에스더는 길의 장인 장모가 부자여서 길 부부에게 많은 돈을 대줬기 때문에 길이 처가를 훨씬 더 자주 방문한다는 뜻을 은근히 내비쳤다. 에밀리아는 에스더가 나훔에게 하는 말을 들은 적이 있었다. "길은 금전적인 면에서는 결혼 상대를 잘 골랐어요. 그런데 그게 길을 행복하게 해주진 못 한 것 같아요." 에밀리아는 길을 자주 보지 못했다. 돈 문제와 그녀의 보수는 맏아들인 제브가 처리했다.

길의 사무실은 작고 수수했다. 바닥 전체에 회색 카펫이 깔려 있었고 가구는 낡아 있었다. 손과 눈 색깔뿐만 아니라 그의 차분하고 느린 동작을 보며 에밀리아는 나훔을 떠올렸다.

에밀리아는 길의 아내인 루스도 자주 보지 못했다. 길과 루스에게는 두 딸, 하다스와 노아가 있었다. 하다스와 노아는 따로, 혹은 함께 나홈과 에스더를 찾아왔다. 시바 동안 오래된 사진 앨범을 꺼내두었던 에스더는 아무도 찾아오지 않은 토요일에 길의 어린 시절과 십대 시절의 사진들을 에밀리아에게 보여줬다.

길이 에밀리아의 여권과 직업소개소에서 발부받은 서류들을 훑어보고 있을 때, 에밀리아는 자신이 지난 2년 동안 잠을 잤던 작은 방에서 길이 어린 시절을 보냈을 것이라는 생각을 했다.

서류를 보던 길이 에밀리아를 올려다봤다. 그는 몇 년 전까지만 해도 직업소개소와 외국인 노동자들을 상대로 이런 문제들을 취급했지만 이제는 다루지 않는다고 에밀리아에게 영어로 설명했다. 길은 에밀리아한테 이스라엘에 일자리를 알선해준 직업소개소의 정식 요청이 없으면 취업허가증을 변경하는 것이 거의 불가능하다고 판단했다.

"그들에게 연락해서 요청서를 제출해달라고 부탁해볼까요?" 라고 길이 물었을 때 에밀리아는 빠르게 아니라고 대답했다.

"그렇다면 변호사로서, 당신이 적절한 허가증 없이 일하는 것은 추천할 수 없어요." 길은 이렇게 말하고서 잠시 후 덧붙였다. "그런데 방도가 없진 않아요. 오히려 그게 가장 쉬운 방법일 수 있죠. 그래서 다들 그렇게 해요. 이스라엘인들도요. 나한테 며칠 시간을 주면 두 군데 문의해본 다음에 다시 연락할게요. 괜찮죠?"

에밀리아는 고개를 끄덕였지만 자리에서 일어나지 않았다. 그녀는 길이 직업소개소에 연락하는 것을 원하지 않았기 때문에 그 점에 대해 분명하게 못을 박아둬야 했다. 길은 알겠다고 말하고 에밀리아에게 성을 어떻게 발음하느냐고 물었다. 노디예프라고 두 번

반복해서 말해주다가 에밀리아는 오랫동안 자기 성을 말해본 적이 없었음을 깨달았다. 자신에게 에밀리아 — 에-밀-리-야 — 라는 이름만 남은 것처럼 느껴졌다. 그러나 그 이름마저 사라져가고 있었다. 아디나는 나훔이나 에스더와 달리 그녀의 이름을 불러주지 않았다. 길 덕분에 에밀리아는 잠깐 동안 이름을 되찾을 수 있었다. 길이 이스라엘에 친척이 있느냐고 물었을 때 에밀리아는 아니라고 대답했다. 길은 히브리어로 말을 바꿔서 물었다. "그렇다면 라트비아에는요? 리가에 가족이 있어요?" 에밀리아는 고개를 저었다. "라트비아에도요? 라트비아에 두고 온 자녀들이 없어요?"

에밀리아에게는 아이가 없었다. 그리고 이제는 부모님도 없었다. 에밀리아는 길에게 아버지와 어머니가 마지막 가족이었다고 말하고 싶었지만 정확히 따지자면 그것은 사실이 아니었다. 에밀리아에게는 스테프카 이모와 사촌 두 명이 있었고 사촌들은 모두 아이가 있었다. 그러자 길이 나훔에 대해 언급했다. "아버지가 당신을 얼마나 좋아하고 정을 붙였는지 잘 알아요. 간병 일을 오랫동안 했었나요? 이스라엘로 오기 전에도 간병인이었어요?" 에밀리아는 아니라고 대답하며 말했다. "리가에서는 가정용품 가게에서 일했어요." 에밀리아가 비닐봉지에서 검은 지갑을 꺼내자 길이 다시 집어넣으라는 손짓을 보냈다. "지불을 할 필요는 없어요. 절대 아니에요. 아직은 돈을 낼 일이 전혀 없어요. 혹시 그럴 일이 생기면 그때 얘기할게요. 그리고 도움이 될 수 있도록 애써볼게요."

그날 저녁 에밀리아는 자파까지 걸어갔다. 6시에 시작하는 폴란드어 미사에 일찍 도착한 에밀리아는 성당 밖의 바다 옆 광장에 잠시 앉아 있었다.

에밀리아는 그날 아침 버스에서 본 신부에 대해 생각했다. 전일제로 일하며 요양원에서 살게 되면 일요일 미사에 올 수 없을지 모른다는 생각이 들었다. 버스에서 승객들 사이로 젊은 신부를 본 것은 그와 이야기를 나누라는 계시였다. 에밀리아는 그날 그렇게 해보기로 결심했다.

에밀리아는 이제 신자들이 언제 나무 신도석에서 일어나고 언제 무릎을 꿇는지 정확히 알게 됐다. 미사를 올리면서 그녀는 아디나의 작은 아파트 거실에 있는 접이식 소파와, 자신이 깔고 자는 낡은 시트에 대해 생각했다. 신부의 목소리가 성당 천장 위로 점점 더 아득하게 멀어지면서 에밀리아의 생각은 나훔의 손 같은 다른 것들로 빠르게 옮겨갔다. 나훔의 손은 죽음이 임박했거나 노년에 이르렀다는 흔적이 전혀 보이지 않는 유일한 신체 부위였다. 나훔의 손은 그날 아침 길이 내민 부드러운 손과 너무 흡사했다. 신부 뒤에 있는 하느님의 아들 조각상 손에도 다른 신체 부위와 달리 상처가 없었다. 대리석으로 된 하느님 아들 손은 하얗고 가늘었으며, 손가락은 못에 찔린 흔적 하나 없이 길고 깨끗했다. 잠깐 동안 나훔이 에밀리아 앞에 다시 나타났다. 그러나 이번에는 눈앞이 아니라 기억 속에 떠올랐다. 두 사람은 욕실 세면대 앞에 있었다. 나훔은 휠체어를 타고 있었고, 에밀리아는 그 옆에 서서 그의 양손을 세면대 위에 올려놓고 물과 비누로 씻겨줬다. 나훔은 거울이 너무 높아 자기 얼굴을 들여다볼 수 없어서인지 에밀리아의 얼굴을 쳐다봤다. 에밀리아는 어머니에 대해서도 생각했다. 어머니는 에밀리아가 두려움 없이 죽음에 가까이 다가가는 법을 알지 못했던 어린 소녀였을 때 병에 걸렸다. 아버지 생각도 났다. 아버지는 어머니가 세상을 떠나고 여러 해가 지난 후 심장마비로 갑자기 돌아가시는 바람에 에밀리아의 간호를 받지도 못 했다.

신부도, 에밀리아도 그날 아침 버스에서 만난 일에 대해 아무 말도 하지 않았다. 에밀리아는 신부에게 이야기를 나눌 수 있느냐고 영어로 물었고, 그는 신도들에게 작별 인사를 하는 동안 기다려달라고 청했다. 신도들이 떠나자 신부는 에밀리아에게 따라오라는 손짓을 보냈다. 그들은 복도를 따라 기도실 뒤쪽에 있는 신부의 방으로 갔다.

큼지막한 방은 따뜻하게 난방이 되어 있었다. 두 사람은 빨간 식탁보가 깔려 있는 긴 테이블 앞의 나무 의자에 앉았다. 젊은 신부는 에밀리아에게 물을 마시겠느냐고 물었고, 에밀리아는 '내가 목이 마른 걸 어떻게 알았지?'라고 생각하며 그러겠다고 대답했다.

걱정했던 대로 에밀리아는 신부와 마주 앉자 이야기를 나누기가 힘들었다. 적당한 말을 찾을 수가 없었다.

가까이에서 마주한 신부는 너무 젊었다. 에밀리아가 생각했던 것보다 훨씬 어려 보였다. 에밀리아가 유산하지 않고 아이를 낳았다면 그 아이보다 더 어릴 것 같았다. 신부의 눈은 나훔이나 길의 눈처럼 녹색이었다. 신부는 에밀리아가 말을 꺼내기 힘들어한다는 것을 알고 도와주려 애썼다. 신부는 에밀리아에게 이름이 무엇이고, 어디에서 왔으며, 이스라엘에 온 지 얼마나 됐느냐고 물었다. 이어 이곳으로 오고 나서 계속 성당에 나왔느냐고 물었고, 에밀리아는 고개를 저으며 성당에 나온 지 몇 주밖에 되지 않는다고 대답했다. 성당에 왜 지금 나오게 됐는지, 무슨 계기로 오게 된 건지 물었을 때, 에밀리아는 혼란스러워져서 모르겠다고 대답했다. 신부는 미소를 지으며 말했다. "사실 제 질문이 틀린 것 같습니다. 성당에 다니기 시작하는 데 무슨 이유가 필요하겠습니까?"

신부는 유리 물병에 들어 있는 물을 에밀리아의 빈 잔에 더 부어주고는 자신도 이스라엘에 온 지 몇 주밖에 안 된다고 말했다. 신부의 이름은 타데우스였다. 그는 폴란드의 포즈나니 근처에 있는 작은 도시에서 태어났고, 지난 2년 동안 영국 셰필드에서 살며 일했다. 그는 아직도 이스라엘에서의 생활에 적응하는 중이었다. 신부의 말은 에밀리아에게 실질적으로 도움이 됐다. 에밀리아는 타데우스에게 간신히 물었다. "여기로 오겠다고 자청했어요?" 그는 아니라고 대답했다. 그리고 에밀리아가 아무 말도 하지 않자 이렇게 덧붙였다. "우리는 어디로 보내달라고 요청하지 않습니다. 대개는 안 그래요. 그럴 수는 있지만 파견되는 곳이면 어디든 거의 항상 가는 편입니다. 당신은 여기로 오고 싶었나요?"

에밀리아는 고개를 저었다. 테이블 위에 물 잔을 내려놓다가 문득 말을 할 수 있을 것 같은 기분이 들었다. 에밀리아는 나훔에 대해 이야기했다. "이곳으로 오기 전에는 누구를 간병하게 될지 몰랐어요. 그런데 나훔을 본 순간 내가 이곳으로 오게 된 이유가 그를 간병하기 위한 것이라는 생각이 들었어요. 어쩌면 오래전 병에 걸린 어머니나 아버지를 간호해드리지 못한 잘못을 바로잡기 위해서 온 것인지도 모르고요. 나훔이 세상을 떠난 지금 이스라엘에 계속 남아 있어야 할지, 아니면 리가로 돌아가야 할지 모르겠어요. 여기 남아 있어야 할 이유를 찾고 있지만 아직 못 찾았어요. 아디나를 간병하는 일이 남아 있을 이유가 되진 않아요. 그런데 내가 지금 여기 있는 건 우연이 아닌 것 같아요." 에밀리아는 용기를 내서 성당에 발을 들여놓은 순간부터 신부에게 묻고 싶었던 질문을 했다. "그분이 우리를 위해 예정해놓은 길을 우리가 제대로 가고 있는지, 아니면 다른 길을 가야 하는지 어떻게 알 수 있나요? 틀린 것을 알면 방향을 바꿔야 하나요?"

타데우스가 미소 짓자 에밀리아는 그날 아침 버스에서 본 남자가 신부가 맞다고 확신했다. 신부가 보여준 미소는 그녀가 자리를 양보했을 때 그 남자가 지은 미소와 똑같이 인자한 미소였다. 신부의 얼굴은 아이의 얼굴처럼 매끈했고, 머리는 금발이었다. 신부는 말하면서 손가락으로 머리카락을 쓸어 올렸다. "우리는 몰라요, 에밀리아. 대개는 모르는 것 같아요. 대개는 모르지만 아주 가끔 마음속으로 잠깐 동안 아는 순간들이 있어요. 그 순간들을 따라가려고 우리는 노력해요. 당신은 아직 잘 모르고 있지만, 나는 '그분'이 우리를 위해 예정해놓은 길을 당신이 잘 가고 있다고 생각해요. 다른 사람들을 돕도록 그분이 항상 우리를 이끌어준다고 나는 믿어요. 그리고 그것이 당신이 하고 있는 일이고요."

집으로 돌아오는 길에 에밀리아는 밸푸어 가의 가정용품 가게에 들렀다. 이제는 점원이 그녀를 알아봤다. 그러나 점원은 그녀의 이름이 에밀리아 노디예프라는 것도, 나이도, 직업도 몰랐고, 그녀가 가게에서 그렇게 많은 물건을 사지는 않는다는 사실도 알아채지 못했다. 다만 자기보다 나이 많은, 짧은 금발 머리의 마른 여자가 거의 항상, 추운 날씨에도 헐렁한 회색 진 바지에 회색 반팔 티셔츠를 입고 커다란 빨간 테 선글라스를 쓰고 다니며, 가게에서 상당히 오랫동안 시간을 보낸다는 점은 잘 알고 있었다. 이제 곧 떠날 아파트인데 거기 두려고 뭔가를 사는 것이 아무 의미가 없었음에도 불구하고 에밀리아는 장식이 많은 잔받침 세트와 창문틀에 걸 수 있는 끈 달린 작은 구리종을 샀다.

아파트에서 보내는 며칠 남지 않은 저녁 시간, 에밀리아는 달콤한 차를 마시며 요양원 로비에서 찾아낸 신문이나 팸플릿으로부터 모아둔 히브리어 단어와 문장을 공책에 베껴 적었다. 그녀는 히브리어로 자기 이름인 에밀리아를 그림 그리듯이 계속 썼고, 자파와 타데우스, 성 베드로, 시몬, 게바도 썼다.

나훔이 가끔 그녀의 방에 나타나서 연필로 글자를 그리는 에밀리아 옆에 앉아 있곤 했다. 그러나 에밀리아는 나훔을 차마 바라보지 못했다. 그의 살은 천천히 사라지고 있었고, 눈은 점점 더 검어지고 있었다. 에밀리아는 타데우스에게 이승 다음의 세상에 대해, 어머니와 아버지와 나훔이 간 곳에 대해 물어보고 싶었지만 혹시 그를 놀라게 하지 않을까 우려해서 지금은 그러지 않기로 했다. 어쨌든 나훔이 보이는 것에 대해서는 타데우스에게 말하지 않을 작정이었다.

에밀리아는 아침마다 알람시계를 맞춰놓고 일찍 일어났다. 그렇게 하면 혼자 보내는 시간을 늘릴 수 있었다. 에밀리아는 열린 창문 앞에서 겨울빛을 받으며 커피를 마셨다.

5

3월 1일이 됐다. 에밀리아는 다시 두 개의 가방에 짐을 쌌다. 새로 산 살림살이는 신문에 싸서 옷 속에 파묻었다. 요양원에서는, 식당에서 일하는 몰도바 사람이 준 종이상자에 물건을 넣어 아디나의 발코니 구석 바닥에 보관했다. 비가 곧 멈추겠지만 상자가 젖지 않도록 그 위에 플라스틱 의자를 올려놓았다.

아디나는 밤이면 자주 깨서 울며 고함을 질러댔고 그럴 때마다 에밀리아는 소파 베드에서 일어나 아디나를 진정시켰다. 에밀리아 스스로도 놀랄 일이었다. 그녀는 아디나가 다시 잠들 때까지 아디나의 메마른 팔과 가는 머리카락을 쓰다듬어줬다. 그런 순간들은 좋았다. 그러나 낮이면 아디나는 투덜거리며 욕을 해댔고, 심지어는 옷을 입혀주는 에밀리아를 때리려고 했다. 아디나의 상태가 나빠지고 있었다. 때로는 에밀리아가 누구인지도 기억하지 못했다.

이제 에밀리아가 그리워하는 곳은 두 군데가 됐다. 하나는 기억으로부터 조금씩 희미해져가고 있는, 에스더와 나훔의 집에 있는 작은 방이었고 다른 하나는 창문을 통해 차 소리와 이웃들의 목소리가 들려오는, 몇 주 동안 그녀가 살던 바트얌의 아파트였다. 요양원에서는 에밀리아의 방도, 침대도 없었다. 매일 저녁 에밀리아는 거실에 소파를 펼쳐놓고 소파 밑의 리넨 상자에서 시트와 담요와 베개를 꺼내 밤을 보낼 침대를 만들었다. 아침에는 이불을 걷어서 상자 안에 다시 넣고 침대를 접었다.

에밀리아에게 가장 힘든 점은 조용한 시간을 가질 수 없다는 것이었다. 혼자 조용히 시간을 보내지 않으면 아무 소리도 들을 수가 없었고, '그분'이 자신을 어디로 인도하고 있는지 알 수가 없었다. 에밀리아는 길을 잃었다. 혼자 시간을 보내기 위해 아침 일찍 일어나도 세수를 하려고 수도꼭지를 트는 순간 아디나가 잠에서 깼다. 저녁이면 아디나가 침실에서 심하게 숨을 헐떡이는 소리가 들려왔다. 에밀리아의 불안정한 상태는 날로 심해졌다. 벗어나려고 애를 써도 그럴 수가 없었다. 다른 간병인들은 저녁에 사람들을 만나 즐거운 시간을 보냈다. 에밀리아가 아디나의 방을 나오면 복도와 엘리베이터에서 사람들을 만날 수 있었고, 안마당에 앉아 있던 많은 간병인들이 같이 이야기를 나누자며 그녀를 불렀다. 에밀리아를 두 번째로 힘들게 하는 것은 냄새였다. 양로원에서 나는 냄새는 아버지의 집이나 나훔과 에스더의 집에서 나는 노인 냄새와 달랐다. 바로 그 냄새가 에밀리아의 모든 일상생활에 속속들이 스며들어서 숨을 쉴 수가 없었다.

오직 일요일에만 에밀리아는 자신이 아직도 뭔가를 찾고 있다는 사실을 기억할 수 있었다. 하바는 마지못해서 에밀리아에게 네 시간의 자유 시간을 줬다. 에밀리아는 걸어서 자파 항구로

간 다음 미사가 시작되기 전 한참 동안 앞쪽 신도석에 앉아 타데우스를 기다렸다. 기도실로 들어가다 에밀리아를 본 타데우스는 기도를 드린 후 그녀에게 신부 방으로 들어오라고 했다. 신부는 에밀리아가 점점 더 힘들어하고 있다는 것을 알아차렸다. 신부가 밥은 잘 먹고 있느냐고 묻자 그녀는 그렇다고 대답했다. 에밀리아는 힘든 것을 숨기지 않았지만, 대화를 나누면서 그 괴로움에 다른 이름들을 부여했다. 에밀리아는 신부에게 자신이 찾는 것에 대해, 이해할 수 없는 것에 대해 물었다. 삶에는 의미 없는 고통밖에 없는 것처럼 보이는 이해할 수 없는 시기가 있고, 그 힘든 시기가 몇 주나 몇 달, 심지어는 몇 년 동안 지속될 수 있지만 이런 시기가 사실은 준비 기간, 혹은 무르익어가는 시간일 수 있다고 타데우스는 설명했다.

에밀리아는 자신도 그것을 알지만 요양원에 있으면 그렇게 믿는 것이 불가능하다고 말했다. 타데우스는 요양원이 에밀리아에게 가장 힘든 곳이라는 바로 그 이유 때문에 지금 그녀가 있어야 할 곳이 거기라고 설명했다. 타데우스는 에밀리아에게 하느님의 아들이 빵도 없이, 사탄에게 시험당하며 사막에서 지냈던 40일을 일깨워준 다음 계시를 펼치기 시작했다. 그는 에밀리아의 기분을 북돋우기 위해서 어느 나라 말로 책 읽는 것을 좋아하는지 묻고 신약성서를 한 권 가져다주겠다고 약속했다. 타데우스는 에밀리아에게 직업소개소에서 다른 일자리를 찾아봐야 하는 것은 아닌지, 연락하고 지내는 가족은 있는지 물었다. 신부는 굉장히 젊었다. 에밀리아는 그의 매끄러운 얼굴을 보면서 자신이 유산하지 않고 아들을 낳았다면 타데우스 또래가 됐을 것이라는 생각을 또다시 했다. 타데우스의 얼굴 피부색은 올리브오일을 바른 것처럼 황금빛이었다. 어린 나이에도 불구하고 그는 차분하게 자신감 넘치는 어조로 이야기했고, 그의 눈빛은 사람들의 마음을 진정시켜줬다. 타데우스가 에밀리아에게 말했다. "우리 모두는 목적이 있어서 이곳에 왔어요. 나를 만나기 전에도 당신은 그걸 알고 있었어요. 바로 그런 이유 때문에 당신이 내게 와서 이야기를 하자고 청한 거예요. 당신이 그 목적을 찾을 수 있도록 돕기 위해서가 아니라, 당신이 그 목적을 향해 갈 때 내가 동행할 수 있도록 말이에요. 인내심을 가지고 용기를 낸다면 반드시 그것을 찾을 수 있을 거라 믿어요."

사실 에밀리아는 길에게서 전화가 오기 전까지 그와 만났던 일을 잊어버리고 있었다. 이제는 나훔이 나타나는 횟수도 줄어들었다. 나훔은 대개 에밀리아가 혼자 있을 때 나타났지만 지금은 아디나가 항상 옆에 있기 때문인 것 같았다.

화요일 저녁 9시가 조금 넘었을 때 길에게서 전화가 왔다. 전화를 걸기에는 묘한 시간이었다. 아디나는 잠이 들었고 에밀리아는 막 잘 준비를 하고 있었다. 에밀리아는 낮은 목소리로 전화를 받으면서 전화기를 들고 복도로 나갔다.

길은 그녀의 안부를 묻고 나서 연락이 너무 늦었다며 사과했다. 좋은 소식을 전해주지 못하는 것에 대해서도 사과했다. 처음에 에밀리아는 길이 무슨 말을 하는지 기억하지 못했다. 요양원으로 들어와 살면서 생활이 너무 많이 바뀌는 바람에 이전의 삶은 지워져버렸다. 길은 아직 완전히 포기하진 않았지만 현재로

서는 직업소개소의 정식 요청 없이는 취업허가증을 변경할 수 없을 것 같다고 말했다. 추가로 일을 더 하고 싶다면 허가증 없이 하는 수밖에 없었다. 에밀리아는 더 이상 그럴 필요가 없다는 말을 길에게 전하지 않았다. 그렇게 많은 수고를 해줬는데 어떻게 그런 말을 하겠는가? 에밀리아는 그에게 지불해야 할 의뢰비가 얼마인지 물었고, 어떻게든 그 돈을 구할 수 있으면 좋겠다고 생각했다.

길은 자신이 의뢰받은 일을 해내지 못했기 때문에 돈을 낼 필요가 없다고 말했다.

길은 잠깐 말을 끊었다가, 허가증을 변경할 수 있는 가능성이 아직은 조금 남아 있지만 혹시 에밀리아에게 필요할 수도 있기 때문에 맡겨두고 간 서류를 돌려주고 싶다고 말했다. 에밀리아는 오전에 쉬는 날 그의 사무실로 가겠다고 제안했지만, 길은 지금 바트얌에 와 있다면서 그녀의 아파트에 들러 서류를 주고 가겠다고 말했다. 에밀리아는 이미 전일제 일자리를 찾았기 때문에 길의 노력이 헛수고였다는 것을 알리고 싶지 않아서, 어쩌면 다른 이유에서, 거짓말을 계속했다. 에밀리아는 아파트에서 요양원으로 옮겨왔다는 사실을 길에게 말하지 않았다. 주차할 곳을 찾을 필요가 없도록 길이 아파트 앞에서 만나자고 했을 때 에밀리아는 그러겠다고 대답했다. 그러나 에밀리아는 그 아파트에 살지 않았고 그곳에 가려면 30분이 걸렸다.

예기치 않은 일들이 거의 일어나지 않는 다람쥐 쳇바퀴 같은 일과 속에서 그것은 아직 이해할 수 없지만 놀라운 사건이었다.

저녁때는 서늘했기 때문에 에밀리아는 회색 셔츠 위에 흰 스웨터를 걸쳤다. 방을 나오기 직전 아디나가 잠에서 깨어 에밀리아의 이름을 불렀지만 에밀리아는 재빨리 아디나를 다시 재웠다. 에밀리아는 지난 몇 주 동안 다녔던 길로 요양원에서 아파트까지 걸어갔다. 그녀가 과일과 채소와 생수를 샀던 식료품점의 문이 아직 열려 있었고, 가게 주인은 길가에서 담배를 피우고 있었다. 그러나 가정용품 가게는 닫혀 있었다. 에밀리아가 자주 앉아 있곤 했던 주방 창문에는 덧문이 닫혀 있었고 아파트는 깜깜했다. 아직 세입자를 구하지 못한 것 같았다. 그러나 위층의 아파트에는 불이 켜져 있었고 친근한 소리가 들려왔다. 위층에서는 여전히 부부 싸움을 하고 있었다. 그 모든 것이 불과 얼마 전의 일이었음에도 불구하고 요양원에서 날마다 겪는 힘든 일과로 인해 기억 깊숙한 곳에 잠겨버렸다.

에밀리아의 전화벨이 울리면서 동시에 큰 차가 멈춰 섰다.

에밀리아가 길가로 나가서 차창 가까이 다가가자 길이 부드러운 손을 내밀었다. 서류는 조수석에 놓인 서류 가방 위에 있었다. 길은 허가증을 구해주지 못한 것에 대해 다시 사과하고는 아직 포기하지 않았다는 말을 되풀이했다. 그는 에밀리아에게 최근 자기 어머니와 통화한 적이 있느냐고 물었다. 에밀리아는 에스더에게 전화하지 못한 것에 대해 죄책감을 느끼며 길에게 그녀의 안부를 물었다. 길은 에스더가 힘든 시간을 보내고 있다는 말을 막 시작하려다가 멈췄다. 차를 길거리 한복판에 세워놓고 있었기 때문이다. 길이 커피를 마시자고 권했기에 에밀리아는 앞좌석에 올라타 그와 나란히 앉았다. 길이 서류와 가방을 치웠다.

아디나를 너무 오랫동안 혼자 둘 수 없었기 때문에 에밀리아는 요양원으로 돌아가야 했다.

　길은 몸을 기울여서 에밀리아의 발밑에 한 손을 넣고 의자를
뒤로 빼줬다. 길이 근처에 아는 카페가 있느냐고 물었지만 에밀
리아는 이스라엘에 온 이후 한 번도 카페에 가본 적이 없었다.
짧은 거리를 운전하는 동안 길은 에스더에 대한 이야기를 계속
했다. 에스더는 거의 집 밖을 나가지 않은 채 지내고 있고, 심한
독감에 걸렸다가 지금은 폐렴으로 바뀐 상태였다. 에밀리아는
길이 자신한테 이곳 일을 그만두고 그의 어머니를 간호해달라고
부탁할 것이라고 확신했다.

　보도 옆 카페에는 두 사람 외에 아무도 없었다. 에밀리아는 커
피를 주문하면서 버스를 타고 라마트간에 있는 길의 사무실로
가다가 타데우스를 봤던 아침을 떠올렸다. 에밀리아는 마음속에
서 기쁨의 환호성이 너무 빨리 터져 나오지 않도록 억눌렀지만
쉽지 않았다. 에밀리아를 바라보는 길의 눈은 나훔의 눈과 똑같
았다. 느린 동작과 의자에 앉아 있는 모습도 아버지와 아들이 똑
같았다. 에밀리아는 길이 자신에게 에스더를 돌봐줄 수 있는지
물어보리라 다시 한번 확신했다. 두 사람이 그곳에 같이 앉아 있
을 다른 이유가 있을 수 없었다. 에밀리아는 에스더의 집에 있는
작은 방으로 돌아가서 자기 가방을 좁은 침대 밑에 넣는 것을 상
상했지만, 곧 대화의 목적이 다른 데 있었음을 알게 됐다.

　에밀리아가 길에게 그의 아내와 딸들에 대해 묻자 그는 아무
말도 하지 않았다. 한때 아버지의 간병인이었지만 지금까지 주
고받은 말이 몇 마디밖에 되지 않는 이 연상의 여자에게 무슨 말
을 할지 고민하는 것 같았다. 그러다가 전부 털어놓기로 결심한

듯 길은 자신도 힘든 시간을 겪고 있다며 이야기를 해나가기 시작했다. 에스더에게는 절대 말하지 말라고 부탁하면서 그는 아내와 이혼할 것이라고 말했다.

사실 길 부부는 오래전부터 이혼에 합의했지만 나훔의 병과 죽음 때문에 이혼을 미루고 있었다. 그러나 이제는 이혼을 미루는 것이 무의미해졌다. "당신이 결혼한 적이 있는지 모르겠지만 안 했다 해도 이해할 거라고 믿어요. 더 이상 계속할 수 없는 지점에 이르렀어요." 길은 집 근처에 아파트를 빌렸는데 일주일에 며칠씩 두 집을 오가며 생활하게 될 딸들과 자신이 쓸 수 있도록 집 정리를 해야 한다고 말했다. 길이 아파트를 청소하고 정리해줄 사람을 어디서 구할 수 있을지 아느냐고 물었을 때 에밀리아는 자신이 그 일을 하겠다고 나섰다. 에밀리아는 길이 원하는 바가 그것이라고 확신했다. 그러나 놀랍게도 길은 그런 의미가 아니었다고 말했다.

에밀리아는 너무 실망하지 않으려고 애썼다. 아파트 청소를 자신에게 맡겨달라고 조르긴 했지만 사실 에밀리아가 그 일을 할 수 있는 날은 일요일뿐이었다. 일요일에 요양원으로부터 조금만 더 일찍 나갈 수 있게 하바가 허락해준다면 성당에 가기 전 길을 위해 일할 시간이 날 것 같았다.

"중요한 건 어머니에게 말해서는 안 된다는 거예요. 어머니에게 말하면…… 어머니가 절대 알아서는 안 돼요. 어머니를 속상하게 하고 싶지 않아요. 어머니도 지금 힘든 시간을 보내고 있으니까요." 길이 덧붙였다.

에밀리아는 이제 가봐야겠다고 말하면서 요양원으로 돌아가야 한다는 사실은 여전히 밝히지 않았다. 두 사람은 다시 차에 탔다. 길은 벨푸어 가에서 차를 세우고 에밀리아를 내려줬다. 에밀리아는 아파트 건물 안으로 들어가서 차가 떠나기를 기다렸다가 어두운 거리로 나와 요양원으로 걸어갔다.

가는 도중 길에게서 첫 문자 메시지가 왔다. 영어로 보낸 메시지였다. "여러 가지로 고마워요, 에밀리아. 만나서 반가웠어요. 그리고 다시 생각해보니까 당신이 일요일에 와주면 좋겠어요."

6

길의 아파트를 처음 방문하기로 한 일요일이 됐다.

정오 직전 에밀리아는 밸푸어 가의 아파트 앞에서 길을 기다렸다. 길은 여전히 에밀리아가 그곳에 살고 있는 것으로 알고 있었다. 아침에 잠에서 깼을 때 에밀리아는 길의 집을 청소해야 한다는 생각에 기분이 좋지 않았다. 기대와 달리 길이 에스더를 간병해달라는 부탁을 하지 않은 것에 대한 실망감으로 에밀리아는 아직도 속이 상했다. 에밀리아가 차에 탈 때 길은 미소 지으며 상냥하게 대했고, 만나서 반갑다고 인사했다. 아디나와 하바와 함께 일요일 오전을 우울하게 보내기만 했던 터라 그것은 큰 변화라 할 수 있었다. 에밀리아 대신 어머니를 돌보러 온 하바는 에밀리아를 일요일마다 쉬게 해주는 것이 못마땅하다는 티를 노골적으로 드러냈다. 에밀리아가 길의 차에 탄 것은 이번이 두 번째였다. 길과 밀폐된 공간에 가까이 있자 다시 나훔이 생각났다.

길은 주말에 에스더를 찾아가서 에밀리아를 만났다는 말을 했다고 전했다. "어머니가 안부 전해달라고 하셨어요. 우리 두 사람이 연락하게 된 것을 알고 기뻐하시더군요. 어머니에게 외출을 자주 하시라고 권했더니 다시 수영을 시작하겠다고 약속했어요. 어머니가 당신을 많이 보고 싶어하세요. 2년 동안 살았던 동네가 그립지 않아요?" 에밀리아는 "그리워요."라고 대답했다. 길은 에밀리아가 청소하기로 한 아파트에 대해서는 에스더에게 아무 말도 하지 않았다. 에스더는 길 부부의 이혼에 대해 모르고 있었고, 길은 지금 당장은 에스더에게 알리지 않을 작정이었다. 길은 에밀리아에게 에스더를 찾아가거나 전화해보라는 말을 하지 않았다. 길이 차를 세웠을 때 에밀리아는 아파트에 도착했다고 생각하고 좌석벨트를 풀었다. 그러자 길이 말했다. "아직 아니에요. 잠깐 있어요. 몇 가지 살 게 있어요. 곧 돌아올게요." 잠시 후 길은 바닥 세제 몇 병과 욕실 세제, 걸레, 고무장갑, 빨랫줄이 든 봉지를 들고 돌아왔다. 길은 빨랫줄을 꺼내 보이며 빨래를 널 수 있도록 그것을 욕실 창문 아래 외벽에 튀어나와 있는 두 개의 녹슨 쇠막대에 달아달라고 부탁했다. 그러고는 운전하면서 말했다. "결국 당신한테 이런 일을 하게 해서 기분이 안 좋아요. 휴일을 이런 식으로 보내도 괜찮아요?" 에밀리아는 자신의 결정을 후회하지 않았다. 두 사람이 처음으로 길의 아파트 안으로 들어갔을 때 에밀리아는 자신이 틀리지 않았다는 것을 알았다.

에밀리아는 처음부터 그곳이 마음에 들었다.

길이 문을 열고 거실 등을 켜면서 히브리어로 말했다. "자, 여기예요." 길은 에밀리아에게 방들을 보여주면서 몇 달 동안 아무도 살지 않았고 2주 전부터 그곳에서 잠을 자기 시작했다고 말했다. 이전 세입자가 남겨두고 간 물건들도 들어내야 했다. 길은 변기와 욕실, 침실만 대충 청소하고, 시간이 없어서 정리를 많이 하진 못 했다고 말했다. 그는 사무실에 출근해서 하루 종일 일하고 외국으로 출장을 다녀왔을 뿐만 아니라, 남의 아파트를 자기 집처럼 꾸미는 법도 몰랐다. 두 개의 작은 침실에는 좁은 어린이용 침대와 책상, 양문 옷장이 놓여 있었다. 길은 일주일에 세 번씩 노아와 하다스가 오면 그곳에서 지낼 것이라고 말했다. 안방은 잠을 잔 흔적이 있었다. 큰 침대에는 파란색 시트와 담요가 덮여 있었고 세 개의 베개가 여기저기 흩어져 있었다. 거실에는 소파와 커피 테이블이 놓여 있었고, 벽걸이 TV가 있었다. 방마다 하나같이 벽에는 아무것도 걸려 있지 않았다.

 "아직 집 같진 않지만 그렇게 되겠죠? 그렇지 않아요?" 두 사람이 거실로 돌아왔을 때 길이 물었다. 그런 다음 길은 에밀리아를 혼자 남겨두고 한 방으로 들어갔다가 양동이와 대걸레를 들고 돌아왔다. 그는 에밀리아에게 청소하는 데 시간이 얼마나 필요할 것 같으냐고 물었다.

 길이 떠난 후 에밀리아는 집 안 곳곳을 돌아다니며 블라인드와 창문을 열어서 환기를 시키고 햇빛이 들어올 수 있게 만들었다. 공기는 차가우면서 따뜻했고 햇빛은 환했다. 따스한 봄 햇살이었다. 에밀리아는 정말 오랜만에 혼자만의 시간을 보냈다.

 에밀리아는 청바지와 티셔츠를 벗고 비닐봉지에 담아온 운동복으로 갈아입었다. 에밀리아가 그 옷을 마지막으로 입은 것은 바트얌의 아파트를 청소하고 정리할 때였다. 옷에는 그때 밴 냄새가 아직도 남아 있었다. 길의 집에 혼자 있게 되자 여러 기억들이 물밀 듯이 밀려왔다. 아버지가 세상을 떠난 후 음악 교사에게 집을 세놓으면서 집 안에 있던 물건들을 치우던 일도 생각났고, 어린이용 침대가 놓인 두 개의 좁은 침실을 보자 나훔의 집에서 지내던 작은 방과, 어렸을 때 썼던 창문 없는 방도 생각났다. 이곳에 와서 지낼 노아와 하다스도 생각났고, 엄마 집과 아빠 집에 두 자매의 방이 각각 어떻게 꾸며질지도 궁금했다. 그들이 각자 방에 자기 물건들을 채우고 사진과 거울을 걸면 방이 어떻게 변할지 상상해봤다. 어린 소녀의 방을 본 것은 정말 오랜만이었다. 에밀리아는 죽음이 몸속을 기어 다니는 사람들의 방이나 생명이 없는 빈방에서만 너무 오랜 시간을 보냈다.

  길이 부탁한 것은 아니었지만 에밀리아는 노아와 하다스의 방에 있는 옷장 문을 열고 텅 빈 옷장 안을 구석구석 청소했다. 먼저 먼지떨이로 먼지를 털어낸 다음 발코니의 다용도실에 있던 노란색 물통에 걸레를 빨아서 옷장 안을 닦아냈다. 에밀리아는 그 두 방이 자기 방이라도 되는 것처럼 대부분의 시간을 길의 딸들 방에서 보낸 뒤 안방으로 가서 담요와 베개를 털어 창틀에 올려놓고 햇볕에 말렸다. 작은 안마당이 내려다보이는 창문으로 에밀리아는 그날 처음으로 아주 잠깐 동안 나훔을 봤다. 살아 있을 때 그녀와 함께 자주 그랬던 것처럼 그는 나무 그늘 아래 앉아 있었다. 벽 한 면을 차지하고 있는 낡은 옷장 안에는 얇고 가벼운 나무로 만든 선반들이 설치되어 있었고 강한 좀약 냄새가 풍겼다. 이 옷장 때문에 부모님의 침실에 있는 옷장이 생각났다. 옷장 선반에는 티셔츠 몇 점이 개어진 채 놓여 있었고, 두 벌의 바지가 걸려 있었다. 그리고 서랍 하나에는 속옷과 양말 몇 켤레가 들어 있었다. 신발을 넣게 돼 있는 맨 아래 서랍은 수백 개의 외국 동전과 두 개의 펜, 낡은 공책 몇 권과 파일 한 개, 히브리어로 된 신문 두 부와 다른 언어로 된 신문 한 부가 들어 있는 비닐봉지가 자리를 차지하고 있었다. 이 물건들이 길의 것인지 아니면 이전 세입자가 잊어버리고 간 것인지 알 수가 없었다. 에밀리아는 먼지를 털기 위해 서랍에서 물건들을 꺼냈다가 자신과 비슷한 또래거나 약간 어려 보이는 한 여자의 사진이 세 신문에 모두 실려 있는 것을 발견했다. 길의 것이 아니면 버릴 수 있도록 에밀리아는 그 신문들을 펜과 공책과 동전 봉지와 함께 침실 문 옆 바닥에 놓아뒀다.

주방에 놓아둔 전화기에서 삑 소리가 났다. 길에게서 온 메시지였다. "청소가 일찍 끝나면 알려줘요. 근처에 있으니까요." 그때 현관문 소리가 난 것 같아서 에밀리아는 거실로 갔지만 들어온 사람은 아무도 없었다. 다른 아파트에서 난 소리 같았다. 저녁이 다가오고 하늘이 음침해서 비가 올 것 같았기 때문에 에밀리아는 바닥을 닦고 나서 블라인드와 창문을 닫았다. 4시 반이다 돼가고 있었다. 점점 줄어들고 있던 햇빛이 블라인드 사이로들어와 침대 위에 내려앉았다.

아파트에 돌아온 길은 집이 놀랄 정도로 깨끗해진 것을 보고기뻐했다.

그는 딸들이 쓸 두 방과 안방으로 들어가서 반짝이는 바닥과가구를 보고 감탄했다. 그러나 에밀리아가 문 옆에 놓아둔 쓰레기 더미와 옷장 서랍에서 꺼내 그 옆에 놓아둔 물건들을 본 그의 두 눈이 잠깐 동안 어두워졌다. 에밀리아는 옷장과 서랍을 괜히 열어봤다고 생각하며 그 물건들이 그의 것인지 아니면 이전 세입자들 것인지 알 수가 없었다고 해명했다. 그러자 길은 이진 세입자들 것이라고 대답하면서도 물건을 안방에 도로 들여놓고는 나중에 정리해서 버릴 것은 버리겠다고 설명했다.

길은 에밀리아를 자파까지 차로 태워다줬다.

돌아가는 길에 길은 에밀리아에게 점심 식사를 했느냐고 물었다. 에밀리아가 안 먹었다고 대답하자 길이 식당에 잠깐 들르자고 했지만 그녀는 미사에 늦고 싶지 않았다. 길은 다음에는 더 일찍 데려다주겠다고 말하면서 처음으로 에밀리아에게 다시 와주면 좋겠다는 뜻을 내비쳤다.

관광객들로 가득 찬 광장 옆에 차를 세우고 길이 에밀리아에게 수고비로 얼마를 지불하면 좋겠느냐고 물었을 때 두 사람 사이에 어색함이 감돌았다. 에밀리아는 얼마를 받아야 할지 알 수가 없었다. 그러자 길이 말했다. "시간당 2만 원이면 괜찮겠죠? 다섯 시간 일한 것으로 계산할게요. 다음에는 오기 전에 시세가 어떤지 알아봐요. 나도 알아볼게요." 길이 에밀리아에게 돈을 건네고 덧붙였다. "당신이 우리 집에 온 것을 후회하지 않으면 좋겠어요." 에밀리아는 그 돈을 받을 자격이 없는 사람이라도 되는 것처럼, 아니면 돈 받는 모습을 다른 사람에게 보이고 싶지 않은 것처럼 돈을 세보지도 않은 채 재빨리 호주머니에 쑤셔 넣었다. 그리고 미사 후 호주머니 속의 습기 때문에 달라붙어 있던 돈을 전부 헌금함에 넣었다. 그 순간 타데우스가 자신을 바라본 듯한 느낌이 들었다. 나중에 신부의 방에서 두 사람이 마주 앉았을 때 타데우스는 아무 말도 하지 않았다. 그는 에밀리아에게 안부를 물으며 한 주를 어떻게 지냈느냐고 물었다. 에밀리아는 자신에게 예정된 곳으로 드디어 오늘 '그분'이 자신을 인도해준 것 같은 기분이 들었다는 말을 하지 않았다. 기다림과 탐색의 여정이 곧 끝날 것 같은 느낌이 들었다는 말도 하지 않았다. 대신 에밀리아는 용기를 내서 죽은 나훔의 모습이 보이는 것에 대해 이야기했다. 젊은 신부는 에밀리아를 이해한다는 듯이 쳐다보며 말했다.

"당신이 나훔을 보고 싶어하니까 그의 모습이 보이는 거예요. 그렇지 않나요? 그리고 아마 다른 사람들도 그럴 거예요."

"맞아요. 그렇지만 나훔이 보이는 것이 일종의 계시라고 생각해요. 저한테 뭔가 할 말이 있는 것 같아요." 자기 자신의 솔직함에 놀라워하며 에밀리아는 타데우스에게 물었다. "그게 가능하다고 생각하지 않아요? 나훔이 진짜로 나타났다는 것 말이에요!"

타데우스는 오늘은 이승이 아닌 저승에 대해 이야기할 계제가 아니라고 말했다. 그것은 두 사람 모두 준비가 필요한 긴 대화의 주제였다. 타데우스는 요양원에서의 상황이 나아졌느냐고 물었고, 에밀리아는 아무 이유 없이 그렇다고 대답했다. 그리고 아디나에게 돌아갔을 때 실제로 마음이 훨씬 더 차분해졌다. 길의 집에서 일하며 보낸 시간을 통해 자신의 삶에 중요한 무언가가 분명해지고 자신의 일부가 회복된 것 같은 기분이 들었다. 그래서 잔뜩 화가 나 쏘아보는 하바의 눈길과 소파 베드에서 자야 하는 또 다른 밤을 더 쉽게 참아낼 수 있었다. 한밤중에 아디나가 잠에서 깨어 소리를 질러댔고 에밀리아는 노인의 손을 따뜻하게 잡아주면서 아디나가 진정될 때까지 오랫동안 곁에 있어줬다.

다음번 길의 아파트로 가기 전 에밀리아는 발코니에 보관해둔 종이상자에서 자수 식탁보를 꺼냈다. 그리고 그것을 가져가서 길의 집 식탁 위에 깔았다.

7

어느덧 봄이 왔다. 사순절의 40일이 끝나가고 있었다. 오전에는 추웠지만 오후에는 아디나의 방으로 햇살이 밀려들어왔다. 에밀리아가 발코니에 이불을 말리려고 널고 있을 때 해변에 수영하는 사람들이 보였다.

미사도 더 엄숙해지고, 더 길어졌다. 신도들은 하느님의 아들이 겪은 운명에 대해 생각하면서 기도실에서 더 많은 기도를 드렸다. 곧 하느님의 아들이 고문당하고 십자가에 못 박혀 죽었다가 부활하는 시간이 올 것이다. 타데우스는 영성체를 받을 수 있도록 성주간에 고해성사를 하라고 재촉했지만, 에밀리아는 거절했다. 그녀에게는 도저히 고백할 수 없는 것들이 있었기 때문이다. 에밀리아는 자신에게 예정된 곳과 길을 찾았기 때문에 더 이상 헤맬 필요가 없다는 뜻을 넌지시 비쳤다.

길은 매주 일요일 정오가 되기 전 벨푸어 가에 와서 에밀리아를 차에 태워 아파트로 데려갔다. 가는 도중 길은 에밀리아에게 어머니 근황과 자신의 이혼에 대해 말해줬다. 그는 에스더의 상태가 나아지지 않고 우울증이 건강에 영향을 미치고 있어서 곧 전일제 간병인이 필요할 것 같다고 말했다. 나훔의 죽음으로 인한 슬픔과 혼자 남은 외로움 때문에 에스더는 집 밖으로 거의 나가지도 않고 간단한 장보기도 하지 않았다. 에밀리아는 마음이 아팠지만 에스더를 돌보고 싶다는 말을 꺼내진 않았다. 그 제안이 길의 입에서 나오길 여전히 바라고 있었기 때문이다. 길은 에스더의 건강 때문에 이제는 공식화된 그들 부부의 별거 소식을 알리지 못하고 있었다. 그는 아내의 수입이 자신보다 훨씬 적기 때문에 대부분의 재산을 아내에게 주고 그녀가 품위 있는 생활 방식을 계속 유지할 수 있도록 상당한 액수의 이혼수당도 지불할 예정이었다. 노아와 하다스에 대한 양육권 조정도 이루어졌기 때문에 두 딸이 마음의 준비를 마치고 길의 집이 정리되면 곧 그와 함께 지낼 예정이었다. 지금은 텅 빈 큰 아파트에서 그 혼자 잠을 잤다.

에밀리아는 대화 중에 많이 끼어들지 않고 주로 듣기만 했다. 그녀는 소리의 언어를 들었다.

길은 딸들에게 시간이 필요하다고 설명했다. 그러면서 딸들이 부모의 이혼을 받아들이는 데 있어 정작 그와 루스보다 더 힘들어하고 있기는 하지만 그의 아파트에 한번 와보고는 마음에 들어했다고 말했다. "결국에는 딸들에게도 좋을 거예요." 길이 말했다.

살림살이가 거의 없었음에도 불구하고 길이 이사를 온 순간부터 아파트는 생기로 채워지기 시작했다. 텅 빈 냉장고에는 우유와 크림치즈, 뚜껑을 딴 와인 한 병이 채워졌고 욕실에는 샴푸와 샤워 젤, 면도 크림과 새 면도칼이 생겼다.

에밀리아는 겨울 동안 아디나의 발코니 의자 밑에 보관해둔 종이상자를 풀어서 빵이나 과일을 담을 수 있는 바구니를 가져다가 길의 식탁 위에 올려놓았고, 두 그루의 나무가 있는 마당이 보이는 침실 창문에는 구리종을 걸었다. 길은 에밀리아가 가져다 놓은 물건들을 보고 고마워하며 돈을 내겠다고 했지만 그녀는 거절했다. 에밀리아는 자신이 쓰려고 그 물건들을 샀지만 노인 환자와 함께 지내기 위해 아파트에서 요양원으로 옮겨야 하기 때문에 이제는 필요가 없다고 설명했다.

길은 에밀리아에게 지금처럼 혼자 살고 싶지 않으냐고 물었고, 에밀리아는 당연히 그러고 싶지만 선택의 여지가 없을 것 같다고 대답했다. 길은 에밀리아의 재정 상태에 대해 물으면서 돈이 더 필요한지 물었다. 그러나 에밀리아에게 에스더를 간병하는 일을 맡아달라거나, 아니면 자기 아파트로 들어오라고 하지는 않았다. 대신 필요한 것이 있으면 주저하지 말고 말하라고 했다. "혹시 고향에 돈을 부쳐줘야 하는 사람이 있어요?" 에밀리아는 아니라고 대답했다.

"만약 그렇다면 나한테 부탁해요. 알았죠? 기꺼이 도와줄게요, 에밀리아."

가끔 길은 에밀리아가 일하는 동안 아파트에 머물렀다. 급한 회의가 있을 때는 사무실에 갔다가 플라스틱 테이크아웃 용기에 두 사람이 먹을 점심을 들고 일찍 돌아왔다. 구운 감자와 그린빈을 곁들인 송아지 커틀릿이나 에밀리아가 먹기에는 너무 매운 태국 음식을 들고 와서 그녀가 작업복을 벗고 깨끗한 옷으로 갈

아입는 동안 식탁을 차렸다. 에밀리아는 최근 야벳 가에서 청바지와 흰 셔츠를 새로 샀다.

식사할 때 길이 에밀리아를 유심히 살펴봤다. 요양원에서 지낼 때 에밀리아는 채소나 가끔 먹는 사과 외에는 아무것도 입에 대지 않았다. 그러나 길의 집에서는 그가 자신을 예의주시하고 있었기 때문에 천천히 입을 움직이며 음식을 먹었다. 한번은 식사 도중 길이 체육관에 가서 운동도 하고 자전거도 타기 시작했다고 말했다. 그 역시 아파트처럼 활기를 되찾고 있었다. 이런저런 대화를 이어가면서 길은 나훔의 죽음과 그것이 자신에게 어떤 변화를 불러일으켰는지 이야기했다. 에밀리아는 가슴 아파하면서 길의 말에 귀를 기울였다. 나훔에 대한 기억이 되살아났을 뿐만 아니라 길의 이야기가 그녀 자신과 아버지의 갑작스러운 죽음에 대한 것이라고도 느꼈기 때문이다.

길은 식사 도중 에밀리아에게 화이트와인을 권했다. 에밀리아는 사양했지만 길이 재차 권하자 잔을 받아 들었다. 청소를 끝낸 뒤라 피곤했고 오랫동안 술을 입에 대지 않았던 터라 와인을 마시자 금세 취기가 올랐다. 온몸이 후끈 달아올라서 맨발에 바닥이 차갑게 느껴졌다. 에밀리아는 평소 와인을 즐기지 않았다. 두 사람의 대화는 두서없이 이어졌다. 길은 에밀리아의 목과 홍조 띤 뺨을 쳐다보며 물었다. "당신은 왜 말을 많이 하지 않아요? 이스라엘에 와서 외로움을 느껴요? 고향이 그리워요?" 에밀리아는 나훔과 에스더와 함께 있었을 때는 외롭지 않았지만 지금은 외롭다고 대답했다.

"당신은 어디를 집이라고 불러요? 이곳이 집이에요, 아니면 고향이 집이에요?" 길이 물었지만 에밀리아는 대답하지 않았다. 길이 에밀리아에게 결혼한 적이 있느냐고 물었을 때 그녀의 얼굴이 빨개졌다. 에밀리아는 천천히 와인을 한 모금 마신 다음 아니라고 대답했다. 여러 해 전에 한 번 결혼식을 올릴 뻔했지만 실연당했고 임신 7개월 반일 때 아이를 사산했다는 사실은 털어놓지 않았다.

식사를 마친 후 길은 그릇을 씻고 에밀리아는 식탁을 치웠다. 아파트는 블라인드를 통해 들어온 석양빛으로 물들었고 레몬처럼 상큼한 향기가 났다.

길은 에밀리아에게 고마움을 표시하며 에밀리아가 없었다면 노아와 하다스에게 집다운 집을 만들어줄 수 없었을 것이라고 말했다. "새로운 삶을 시작하도록 당신이 나를 도와주고 있다고 생각해요. 아버지가 왜 그렇게 당신을 아끼고 좋아했는지 알 것 같아요." 그 말을 듣고 에밀리아는 아파트에서 나와 요양원에서 아디나와 함께 지내고 있다는 사실을 숨긴 데 대해 죄책감을 느꼈다.

에밀리아는 길에게 고마워하지 않아도 된다고 말했다. 그녀는 어떤 일이 일어나는 것은 다 특별한 목적이 있기 때문이라고 믿었다. 그 역시 그렇게 생각한다고 말했다. 길의 미소에 에밀리아도 미소로 반응했다. 길의 손이 처음으로 다가왔을 때 에밀리아는 눈을 감고 나훔의 손에 대해 생각하려고 안간힘을 썼다. 나훔의 피부를 부드럽게 해주기 위해서 에밀리아는 베이비오일을 넣은 뜨거운 대야물에 그의 손을 담그기도 했고 참을성 있게 손톱 손질도 해줬었다.

길의 손가락이 에밀리아의 좁은 이마와 뺨과 턱을 지나 목을 타고 내려갔다. 에밀리아는 눈을 더 꼭 감았다. 나훔이 그곳에 서서 검은 눈으로 두 사람을 바라보고 있다는 것을 에밀리아는 알고 있었다. 그날 거실에서 나훔을 봤기 때문이다. 에밀리아는 길에게 아버지가 보고 있으니 멈추라고 하고 싶었지만 그렇게 말하진 않았다. 나훔은 입을 벌린 채 잿빛이 돼서 이제 그곳에 거의 항상 와 있었다. 에밀리아는 유리 물병을 들어서 빈 잔에 물을 채워주던 올리브오일 색깔의 타데우스의 손가락과, 미사를 보면서 바라봤던 하느님의 아들의 길고 하얀 대리석 손가락을 생각했다.

길의 손가락이 에밀리아의 옷 위로 그리고 옷 속으로 부드럽게 천천히 움직였다. 길의 손가락은 에밀리아의 살 위로 구석구석을 스치며 어루만져서 강렬한 느낌을 만들어냈다. 그의 손가락이 에밀리아의 목을 타고 올라왔다. 얼굴 가까이서 그의 숨결을 처음으로 느꼈을 때 에밀리아는 다른 것들에 대해 생각하고 싶었다. 에스더를 찾아가야 했고, 요양원에 있는 아디나에게 돌아가야 했다. 이 두 가지 일에 대해 생각하다 보니 에밀리아 자신의 아버지도 간호를 받아야겠다는 듯이 그녀의 감은 두 눈 속에 나타났다.

성당 앞에 다다라 차에서 내리는 에밀리아에게 길이 물었다. "다음 일요일에 보는 거죠?" 그러나 길은 주중에도 문자 메시지를 보내기 시작했다. 대개 밤늦게, 9시나 9시 반쯤 아디나가 잠이 들었을 때였다. 그는 히브리어로 메시지를 보냈다. "만날 수 있어요, 에밀리아? 당신 냄새와 당신 몸이 그리워요." 에밀리아는 때때로 길에게 히브리어로 답장을 보냈다. "30분 후에 나갈 수 있어요." 에밀리아에게는 옷을 입고 화장을 하고 벨푸어 가까지 걸어갈 시간이 필요했다.

시간이 빠듯했다.

에밀리아는 아디나가 곤히 잠들어 있는지 확인한 다음 샤워로 요양원 냄새를 씻어냈다. 그런 다음 아디나가 침대 협탁 서랍에 숨겨둔 열쇠를 꺼내서 옷장 깊숙한 곳에 들어 있는 아디나의 보석함을 열고 귀걸이와 가는 금목걸이를 꺼냈다. 에밀리아는 프런트 직원이 자신을 보더라도 마당에 있는 다른 간병인과 이야기를 나누거나 보도 옆에 앉아 있으려고 밖으로 나가는 것이라고 생각해주기를 바랐다. 그리고 요양원 건물을 나와서 벨푸어 가를 향해 걸을 때, 특히 한두 시간 후 돌아올 때 보는 사람이 없기를 빌었다. 또한 나가 있는 동안 아디나가 깨서 자기 이름을 부르지 않길 빌었다.

두 사람은 처음 가보는 카페에 앉아 있기도 하고, 때로는 길의 차에서 만나기도 했다. 그들은 깜깜한 바닷가의 텅 빈 주차장에 차를 세워놓고 앉아 있었다.

길은 에밀리아를 때로는 탐욕스럽게, 때로는 느긋하게 만졌다. 그의 손가락은 그녀의 몸을 따라 이마에서 허벅지까지 옷 위로 부드럽게 천천히 움직이며 내려갔다가 다시 얼굴 쪽으로 올라왔다.

주차장에는 단 한 대의 차도 들어오지 않았다. 헤드라이트를 끄면 주변이 완벽하게 깜깜해졌다.

에밀리아가 다음 날 아침 일찍 아디나의 집에 가야 하기 때문에 그만 돌아가야 한다고 하자 길이 말했다. "몇 분만 더 있다 가요. 여기는 너무 조용해요." 길은 창을 열고 바닷소리를 듣다 가 바람이 차가워지자 문을 닫았다.

"당신과 함께 있으면 기분이 너무 좋아요, 에밀리아. 당신도 그렇게 느껴요? 내가 전에 말했듯이 이게 새로운 삶의 시작인 것처럼 느껴져요? 당신을 도와주고, 보호해주고 싶어요. 당신이 안전하다고 느낄 수 있고, 당신에게도 집이 있다고 느낄 수 있도록요. 무슨 말인지 알죠? 당신이 내게 준 것만으로도 당신은 그 럴 자격이 있어요. 내가 당신을 돌보고 있고, 나와 함께하면 안 전할 수 있다고 생각해요?"

8

　에밀리아는 자신이 길에게 어떤 존재인지 생각했다. '나는 길에게 무엇을 주고 있고, 길은 내게서 무엇을 가져가는 것일까?' 에밀리아는 길의 집 정리를 도와주고, 나훔의 죽음과 이혼 후 새 삶을 시작할 수 있게 그를 도와주는 것이 자신의 역할이라고 생각했다. 에밀리아는 아파트에 나훔이 나타나는 이유가 바로 그것이라고 믿었다. 그녀는 나훔이 자신에게 신호를 보내고 있다고 믿었고, 자신이 올바른 곳에 도착했다고 믿었다. 길의 침실을 정리하며 에밀리아는 나무가 보이고 구리종이 달린 창문 안쪽 방에서 아침 잠을 깨는 자신의 모습을 상상했다. 그러나 이런 상상 속의 장면에 스스로 민망해하면서 마음속으로부터 그 망상을 떨쳐내려고 애썼다. 길 또한 두 사람 사이에 벌어지고 있는 일에 대해 자책하는 것처럼 보였다. 길은 에밀리아에게 여러 번 괜찮으냐고 물었다. 그는 자신이 해서는 안 되는 일을 하고 있다면 그만두겠다고 말했다. 그러나 그렇게 사과하고 나서는 곧바로 에밀리아의 얼굴을 다시 만지곤 했다. "우리에게 이런 일이 벌어질 것이라고는 상상도 못 했어요. 당신이 안전하다고 느낄 수 있고, 당신에게도 집이 있다고 느끼게 해주고 싶어요. 당신을 돌봐주고 싶고, 당신에게 상처를 주고 싶지 않아요." 에밀리아는 나훔이 세상을 떠난 후 일자리와 잠잘 곳을 찾던 날들과 계시를 기다리며 세 들어간 아파트에서 보낸 시간들을 떠올렸다. 절망감. 거리를 지나는 차 소리와 창문을 통해 들려오던 이웃들의 목소리. 요양원으로 들어가서 하바가 정해준 세 개의 옷장 선반을 쓰고 매일 밤 소파를 펼쳐 낡은 시트를 깔고 자야 하는 생활. 이 모든 일이 일어났던 시간 동안 에밀리아는 '그분'이 자신을 인도해주길 기다리고 있었다. 그리고 '그분'이 자신을 길에게 이끌어줬다. 그러나 사실 에밀리아는 이것이 자신이 가야 할 여정의 한 정거장에 불과한지 아닌지 아직도 알 수가 없었다. 그래서 길에게 메시지를 보내거나 먼저 전화하지 않았다. 길이 전화해서 하자는 대로 내버려뒀다. 길이 전화하지 않으면 기다리지도 않았다.

저녁마다 아디나가 잠들고 나면 에밀리아는 나훔이 만들어준 공책으로 히브리어를 계속 공부했다. 길이 쓰는 말을 이해하는 것이 더 중요해지고 있다는 생각이 들었기 때문이다. 지금이야말로 히브리어를 배울 때인 것처럼, 나훔의 영혼이 자신을 도와주기라도 하는 것처럼 이번에는 달랐다. 나훔 덕분에 글자들의 형태가 더 명확해지고 단어들이 더 친숙해졌다. 에밀리아는 요양원에 세워진 히브리어 간판 중 일부를 읽을 줄 알게 됐다. 옆에 나타난 나훔의 영혼과 함께 버스를 타고 갈 때나, 가정용품 가게에서도 히브리어를 조금씩 읽을 수 있게 됐다. 모르는 단어를 맞닥뜨리면 에밀리아는 글자의 형태를 그려놓았다가 때로는 아디나나 길에게, 아니면 다른 간병인들에게 그 말의 의미를 물어봤다. 매일 저녁 에밀리아는 로비에서 본 신문이나 팸플릿, 혹은 교회 전단지에서 적어도 한 개의 완전한 문장을 공책에 베껴 썼다. 그녀는 공책을 항상 비닐봉지에 넣어 들고 다니면서 글자를 천천히 그림 그리듯이 인쇄체로 베껴 썼다. "자파에는 치비아를 의미하는 타비사라는 이름의 학생이 있었다. 그녀는 착한 행동과 자선행위를 많이 했다." 아버지와 함께 식탁에 앉아서 파란색 공책에 글씨를 베껴 적었던 어린 시절의 장면이 잠깐 에밀리아의 기억 속에 되살아났다가 마치 그 장면이 존재하지 않았던 것처럼 금세 희미해졌다. 에밀리아는 길이 히브리어로 보낸 메시지를 읽을 줄 알게 됐고, 이따금 히브리어로 짧은 답을 보내기도 했다.

길은 "당신 생각을 많이 해요, 에밀리아."라거나 아니면 "당신에게 사주고 싶은 셔츠를 봤어요. 파란색을 좋아해요?"라고 메시지를 보냈다. 그런 다음에는 "그동안 연락을 못 하고 사라져서 미안해요, 에밀리아. 오늘 저녁에 만날 수 있어요? 가능하면 늦게요."라는 메시지를 보냈다.

아디나는 에밀리아에게 무슨 일인가 일어나고 있다고 느꼈고, 하바도 마찬가지였다. 일요일에 에밀리아 대신 아디나를 돌보러 오면 하바는 에밀리아에게 어디에 가는지, 왜 다른 옷을 입고 있는지 물었다. 하바는 혹시 밤에 아디나만 혼자 두고 나가지는 않느냐고 따져 묻기도 했다. 에밀리아는 그런 일은 거의 없다고 대답했다. 가끔 나가긴 하지만 맑은 공기를 쐬거나 다른 간병인들과 마당에서 이야기를 나누러 잠깐 나갔다 돌아온다고 둘러댔다. 에밀리아는 이제 자신에게 일어날 수 있는 가장 좋은 일은 길을 만나러 나가다가 하바에게 붙잡혀서 해고당하는 것이라고 생각했다. 그렇게 되면 어쩔 수 없이 새 침대와 새 집을 찾아야 할 것이다.

에밀리아는 타데우스에게 길에 대한 이야기를 조금 더 털어놓았다. 타데우스는 길이 무슨 일을 하고, 언제 이혼했으며, 자녀가 몇이냐고 물었다. 에밀리아는 아버지의 죽음에 대한 길의 슬픔과, 활기를 찾아가고 있는 그의 아파트, 두 딸을 위한 방들, 그리고 전 부인에 대한 그의 관대함과 후한 위자료에 대해 타데우스에게 말해줬다. 물론 에밀리아는 길과의 사이에 일어나고 있는 일을 전부 털어놓지는 않았다. 길과의 만남이 우연이 아니고 그녀의 삶에 중요하다는 점을 넌지시 비쳤을 뿐이었다. 에밀리아는 타데우스와 나눈 첫 대화를 떠올렸다. 그때 타데우스는 '그분'이 예정해놓은 길을 제대로 가고 있는지 우리가 항상 알지는 못 하지만 잠깐 동안 알게 되는 순간들이 있다고 말했었다. 에밀리아는 타데우스의 말이 옳았다고 생각했다. 타데우스는 또한 그분이 항상 다른 사람을 돕는 방향으로 우리를 이끈다고 말했었다. 에밀리아는 바로 그 말 때문에 자신이 옳은 길을 가고 있다고 생각했다. "길이 당신을 어떻게 대하나요? 당신이 하는 일에 대해 보수는 지불하나요? 헌금 바구니에 돈을 많이 넣는 걸 알아요. 그렇게 해도 괜찮아요?" 타데우스의 질문에 에밀리아는 괜찮다고 대답했지만, 타데우스는 헌금을 줄이라고 조언했다. 에밀리아는 타데우스의 표정에서 반대하고 의심하는 기색이 있음을 감지했다. 그의 표정에서 하바가 연상됐기 때문에 에밀리아는 앞으로 타데우스에게 마음을 털어놓지 말아야겠다고 결심했다. 이번 대화에서는 타데우스의 어조가 달라졌다. 그녀가 청소하는 동안 길이 항상 아파트에 있는지 물었을 때 에밀리아는 앞으로는 타데우스와 이야기하는 것을 피해야겠다고 결심했다. 그러고 싶지 않았지만 방어적인 태도를 취해야 했기 때문이다. 에밀리아는 길이 항상 아파트에 있진 않고 대개는 일을 하러 간다고 대답했지만 사실 그녀가 아파트에서 청소하는 동안 그가 그곳에 있지 않았던 적은 지난번 딱 한 번뿐이었다.

그 일은 부활절 2주 전인 수난 주일에 일어났다.

목요일 길에게서 문자가 왔다. "일요일에 출장을 가서 이번 주는 아파트에 청소하러 올 필요가 없어요. 내가 그 말을 해준다는 걸 깜박했어요." 에밀리아가 버스를 타고 가도 된다고 답하자 길에게서 다시 문자가 왔다. "그럼 좋겠네요. 우리는 그럼 주중에 만나야겠어요. 그럴 수 있죠?"

길은 아파트 열쇠를 집 밖의 두꺼비 집 속에 넣어뒀다. 에밀리아는 길의 딸들이 다음 주 처음으로 아파트에서 지낸다는 것을 알고 있었기 때문에 주방과 욕실과 작은 방들을 특히 더 구석구석 세심하게 청소했다. 딸들의 옷장은 아직 비어 있었지만 아파트의 나머지 공간은 이제 더 활기차 보였다. 길은 다음 날 집에 돌아올 예정이었다. 에밀리아는 가정용품 가게에서 산 색깔 쿠션들을 소파 위에 올려놓으며 길이 문을 열고 거실 등을 켜는 순간을 상상했다. 안방 옷장은 아직 채워지지 않은 상태였다. 길이 출장을 가면서 대부분의 옷을 가져간 것 같았다. 아래쪽 서랍에는 서류와 공책들, 첫 번째 방문 때 본 여자 사진이 실린 낡은 신문들이 들어 있었다. 길이 버리지 않고 다시 가져다 놓은 것 같았다. 그 물건들이 이전 세입자의 것이 아니라 길의 것이라는 게 분명해졌다. 에밀리아는 오래된 신문들에서 사진 위에 적힌 헤드라인 — "이스라엘 여성의 자살" — 을 읽어보려고 했지만 세 번째 단어에서 막혔다. 모르는 단어였다. 세 신문에 실린 여자의 사진이 똑같았다. 에밀리아는 신문을 가져가도 될까 고민하다가 요양원에서 그 여자에 대해 더 많이 읽어보려고 세 신문 중 한 부를 비닐봉지에 넣었다. 사진 속 여자가 길과 연관이 있었기 때문에, 아니 길이 그 여자와 연관이 있다고 생각했기 때문에 그 여자가 누구인지 궁금해졌다. 그래서 에밀리아는 그 여자에 대해 계속 읽어보기로 했다. 길 부부가 나훔과 에스더를 방문하러 왔을 때 루스를 본 적이 있었기 때문에 그 여자가 길의 전 부인이 아니라는 것은 알고 있었다. 길이 사진 속의 여자와 연관이 있다는 생각에 에밀리아는 잠깐 동안 겁이 났다. 그 여자에 대해 더 알고 싶었지만, 그런 식으로 생각하지 말자고 마음을 다잡았다. 에밀리아는 자신이 길을 위해 그곳에 와 있는 것이라는 사실을 상기하면서, 신문을 가져가는 게 좋은 생각은 아닌 것 같다고 생각했다. 그러나 신문은 여전히 비닐봉지 속에 들어 있었다.

초인종이 울렸을 때 에밀리아는 깜짝 놀랐다. 길은 분명히 출장을 간다고 했었다.

에밀리아는 안방에 그대로 있다가 초인종이 다시 울리자 현관으로 가서 작은 구멍으로 밖을 내다봤다. 짧은 검은 머리의 젊은 여자가 보였다. 그 여자는 에밀리아가 집 안에 있는 것을 알고 있는 게 틀림없었다. 여자가 다시 초인종을 눌렀다. 에밀리아가 문을 열자 여자가 말했다. "귀찮게 해서 죄송합니다. 복도 맞은편 아파트에 사는데 청소하러 오는 것을 봤어요. 혹시 오늘이나 다른 날, 다른 아파트도 청소할 시간이 되나요?"

에밀리아는 히브리어를 못 알아듣는 척했지만 여자가 영어로 다시 물었다. 에밀리아는 "모르겠어요. 오늘은 안 돼요. 다음 주에는 가능할지 몰라요."라고 대답했다. 젊은 여자는 궁금한 것이 많았다. 에밀리아는 여자가 청소 때문만이 아니라 길의 집을 보고 싶어서 온 것이라고 생각했다. 바로 몇 분 전 신문에서 여자의 얼굴을 보았기 때문에 에밀리아는 잠깐 동안 이 이웃집 여자가 신문에 실린 그 여자일지 모른다는 생각을 했다. 그러나 그건 아니었다. 가기 전에 여자가 에밀리아에게 "이름이 뭐예요?"라고 물은 다음 영어로 말했다. "저는 야엘이에요. 만나서 반가워요. 당신이 우리 집도 청소해준다면 정말 기쁠 거예요. 시간당 얼마를 받는지 알려줄 수 있어요? 아파트 크기에 따라 달라지나요?"

길은 다음 날 밤 돌아와서 에밀리아에게 문자를 보냈다. "언제 만날까요?"

두 사람은 보도 옆에 차를 세우고 차 안에 앉아 있었다. 길은 거실에 놓인 새 쿠션들이나 깨끗해진 아파트에 대해서는 아무 말도 하지 않고 에밀리아에게 여행 중 산 향수를 선물했다. 여러 색깔의 종이 포장에는 파란색 리본이 달려 있었다. 길은 에밀리아에게 상자를 열어보라고 한 다음 향수를 살짝 뿌려주고 나서 그녀의 목에 코를 대고 냄새를 맡았다. 알코올 성분이 너무 강해서 에밀리아는 향이 마음에 들지 않았다. 길은 가는 녹색 실크 스카프도 선물했다. 사실 에밀리아는 스카프를 어깨 위로 걸쳐보면서 표현한 것보다 스카프가 훨씬 더 마음에 들었다. 길은 아디나의 상태가 어떤지, 언제 요양원으로 옮겨야 하는지 물었다. 길은 그날 저녁 퉁명스럽게 대해서 미안하다고 사과한 다음 말했다. "출장 가 있는 동안 당신 생각을 많이 했어요."

길은 좋은 생각이 떠올랐다고 하면서 유월절 휴가 동안 출장을 갈 때 에밀리아에게 동행하자고 했다. "이 여행에 대해 아무도 알면 안 돼요. 딸들뿐만 아니라 다른 어느 누구에게도 알리지 않고 이삼일 정도 짧은 여행을 다녀올 수 있을 것 같아요. 출장 가 있는 동안 줄곧 생각해보다가 어디로 가야 할지 정했어요."

에밀리아가 주저하자 길이 물었다. "휴가를 가본 지 얼마나 됐어요, 에밀리아? 내 말은 몇 시간짜리 휴가가 아니라 며칠짜리 휴가를 뜻하는 거예요."

마지막 휴가를 간 게 언제였는지 기억이 나지 않았다.

"그러면 고향에 간 지 얼마나 됐어요?" 길이 묻자, 에밀리아는 이해할 수 없다는 표정으로 그를 쳐다봤다.

길은 부쿠레슈티로 출장을 갈 것이라면서 업무를 처리한 다음 에밀리아와 리가를 다녀오고 싶다고 설명했다. 에밀리아의 마음은 리가 공항에 착륙할 생각에 벌써부터 두려움과 흥분으로 가득 찼다. 처음으로 길이 에밀리아의 아파트에 가자고 했지만 그녀는 거절했다. 실망한 길에게 에밀리아는 아디나가 아파 그날 밤 요양원에서 지내야 한다고 다시 거짓말을 했다.

9

그 일이 있고 나서 에밀리아는 꿈을 꿨다. 부모님이 오랜 여행에서 집으로 돌아올 예정이었기 때문에 에밀리아는 부모님의 집을 청소하고 있었다. 침대에는 구름 위를 나는 잿빛 황새 무늬 시트를 깔았다. 그녀는 낯익은 가구의 먼지를 털고, 손으로 천천히 "집에 오신 것을 환영합니다"라고 환영 문구를 썼다. 오랜만에 세 식구가 함께 먹을 수 있도록 저녁 식사도 준비했다. 에밀리아는 부모님에게 임신 사실을 알리고 이번에는 유산하지 않을 것이라고 말해야 했다. 에밀리아는 꿈을 꾸면서도 자신이 더 이상 임신할 수 없다는 것을 알고 있었지만 꿈의 논리는 통제가 안 되는 법이었다.

초인종이 울렸을 때 에밀리아는 부모님이 일찍 도착했다고 믿고 서둘러 문을 열었다. 문 앞에는 부모님 대신 한 여자가 서 있었다. 짧은 검은 머리의 여자는 길의 이웃집 여자처럼 보이기도 했고, 신문에 실린 오르나라는 여자처럼 보이기도 했다. 이웃집 여자는 에밀리아에게 자기네 아파트를 청소해줄 수 있느냐고 물었지만 에밀리아는 뭐라고 말해야 할지 난감했다. 부모님이 곧 돌아올 예정이라서 두 아파트를 모두 청소할 시간이 안 될 것을 알고 있었지만 여자의 목소리와 눈빛이 정말로 간곡했기 때문에 안 된다고 말하기가 힘들었다. "제발요." 여자가 간청했다. "원하는 대로 수고비를 드릴게요." 잠을 자면서도 나훔의 존재가 느껴졌기 때문에 에밀리아는 꿈속에서도 나훔이 리가의 부모님 집에 와 있다는 것을 알 수 있었다. 그녀가 눈을 떴을 때 나훔은 여전히 그곳에, 요양원의 소파 베드 옆에 있었다.

에밀리아는 잠에서 깨어나자마자 왜 그런 꿈을 꿨는지 깨달았다.

여행에서 돌아온 후 길은 다음번 출장 일정 때 같이 가자고 한 제안에 대해 다시 언급하지 않았다. 에밀리아는 길이 마음을 바꾼 것이 틀림없다고 생각했다. 그러나 상상은 논리의 벽을 뚫고 나가서 앞으로 질주하며 에밀리아를 리가로 되돌아가게 만들었다.

그 주 두 사람이 두 번째로 만났을 때, 길은 여행에 대해 아무 말도 하지 않았다. 에밀리아는 언제 떠날 것인지 묻지 않고 배길 수가 없었다. 다만 그냥 언제 청소하러 가야 하는지 알고 싶은 것처럼 무심하게 들리도록 애쓰며 물었다. 길은 아무 대답도 하지 않았다.

두 사람은 항상 갔던 카페에 들렀다가 보도 옆의 깜깜한 주차장으로 갔다.

길은 사과하면서 출장 기간을 늘려 그녀와 동행할 수 있을지 아직 결정하지 못했다고 말했다. 길의 마음이 오락가락하고 있는 것 같았다. 아니면 그 생각으로부터 뒷걸음질치고 있거나. 길은 일 문제로 불확실하다고 했지만, 에밀리아는 다른 이유들 때문이라고 생각했다. 에밀리아가 두 사람의 관계를 너무 진지하게 받아들이지 않을까 우려하기 때문이거나, 같이 있는 것을 다른 사람들에게 들키면 창피할까봐 그러는 듯했다. 그날 저녁, 에밀리아는 길을 기쁘게 해주려고 그가 사준 향수를 목과 손목에 뿌렸다. 진한 향기가 요양원 엘리베이터에 몇 분 동안 남아 있을 정도였다. 그녀는 치마를 입고 아디나의 보석함에서 빌린 진주 귀걸이를 했다. 두 사람은 여행에 대한 이야기를 더 이상 하지 않았다. 에밀리아는 속상하거나 실망한 표정을 짓지 않으려고 노력했지만 성공하지 못한 것이 분명했다. 길과 벨푸어 가에서 헤어지고 난 뒤 얼마 지나지 않아 에밀리아가 요양원으로 돌아가고 있을 때 몇 개의 문자 메시지가 왔다. "당신에게 표를 사주면 같이 갈 거예요? 그렇다면 그렇게 합시다." 마지막 문자는 "다음 두 주 내에 며칠간 휴가를 낼 수 있는지 알아봐요."였다.

에밀리아는 진짜로 여행을 갈 수 있을지 확신하진 못 했지만 여행에 동의하고 휴가를 얻을 수 있는지 알아보기로 했다. 하바는 내켜하지 않으며 물었다. "휴가가 왜 필요한데요? 이 일을 시작한 지 겨우 석 달밖에 안 됐잖아요, 그렇죠? 벌써 지쳤어요?" 하바는 지금은 휴가 가기에 좋은 때가 아닌 데다 그렇게 촉박하게 통보하면 상황이 복잡해진다고 말했다. 유월절 전에는 바쁜 데다가 가족과 함께 휴가 여행을 갈 계획을 세우고 있었기 때문이다.

"그런데 어디를 가고 싶은 거예요?" 하바가 물었지만 에밀리아는 곧바로 대답하지 않았다. 지난번 전화 통화 때 길은 에밀리아가 태어난 곳과 자란 곳을 보고 싶다며 리가에서 특별히 머물고 싶은 곳이 있는지, 만나고 싶은 사람에게 방문 일정을 미리 알릴 것인지 물었다. 에밀리아는 하바에게 이런 얘기를 하지 않았다.

하바의 반응이 심상치 않았다. 그 때문에 두 사람 사이에 팽팽한 긴장감이 감돌았다. 그 주 주말에 하바는 예고도 없이 갑자기 두 번이나 요양원을 찾아왔다. 그러고는 휴가를 가도 된다거나 안 된다는 말은 하지 않은 채 남편인 메이어와 상의해봐야 한다고 말했다. 그녀는 에밀리아에게 그렇게 촉박하게 통보를 하고 급하게 휴가를 가는 이유가 무엇이며, 정확하게 필요한 날이 며칠인지, 여름까지 그 여행을 미룰 수 없는지 재차 물었다.

에밀리아는 길에게 여행을 미루자고 할 수 있었지만 그때쯤은 그의 마음이 바뀔 것이라고 확신했기 때문에 그러고 싶지 않았다. 최근 들어 길이 자신에게 화를 내고 있다는 느낌이 들었다. 그의 눈길은 더 이상 따뜻하지 않았고, 손길은 차갑고 냉랭했다. 태도도 수상해졌다.

부활절 직전의 성금요일에 아디나가 잠들어 있을 때 하바가 밤늦게 불쑥 찾아왔다. 하바는 노크도 없이 가지고 있던 열쇠로 문을 열고 들어왔다. 그날 밤은 길한테서 연락이 없었기 때문에 에밀리아는 요양원에 있었다. 에밀리아는 잠옷을 입고 샤워 후 젖은 머리로 발코니의 플라스틱 의자에 앉아 바다를 바라보고 있었다. 하바는 왜 그렇게 늦은 시간에 요양원에 들렀는지 굳이 설명하지 않았고 어머니를 들여다보지도 않았다. 두 사람은 발코니에서 속삭이는 소리로 여행에 대해 이야기를 나눴다. 에밀리아는 거짓말을 할 수도 없고 시시콜콜 다 말할 수도 없어서 가족을 만나러 리가에 다녀올까 생각 중이라고 말했다.

사실 에밀리아는 고향에 다녀올 수 있다는 사실 때문에 자기 자신이 인정하는 것보다 훨씬 더 많이 들떠 있었다. 그것은 꿈 때문만은 아니었다. 요양원으로부터 멀리 떨어진 곳에서, 작은 거실의 소파 베드가 아니라 호텔의 진짜 침대에서 잠을 잔다고 생각하자 신이 났다. 에밀리아는 어떤 옷을 가져갈지 계획을 짜고 리가의 날씨 예보를 확인했다. 그러나 길은 아직 그녀에게 최종 확답을 해주지 않았고 하바는 휴가를 허락하지 않은 상태였다. 에밀리아에게는 이스라엘에서 한 번도 입어보지 않은 모직 안감이 달린 회색 코트가 있었다.

지난번 타데우스가 자신을 비판하는 듯한 뉘앙스를 풍겼기 때문에 에밀리아는 타데우스를 만나지 말까 고민했지만 마음속에 흥분을 담아둘 수가 없어서 일요일을 고대했다. 에밀리아는 타데우스의 질문에 어떻게 대답할지, 그가 미심쩍어하면 왜 가고 싶은지 설명할 방법을 생각해뒀다. 길과 나훔에 대해 알고 있는 타데우스야말로 그녀가 누구와 동행해서 여행을 가는 것인지 알려줄 수 있는 유일한 사람이었다. 그러나 사실 에밀리아는 동행이 있다고 말할 것인지, 아니면 혼자 간다고 거짓말을 할 것인지 아직 결정하지 못한 상태였다. 특히 주말 내내 길한테서 단 하나의 메시지도 받지 못했기 때문에 에밀리아는 정말로 이 여행을 갈 수 있을지 아직도 알 수가 없었다. 일요일에 길이 벨푸어 가에 나타나지 않았을 때 에밀리아는 길이 마음을 바꿨고, 그 말을 어떻게 전해야 할지 몰라서 오지 않았다고 확신했다.

에밀리아는 가정용품 가게로 들어가 그곳에서 길을 기다렸다. 그녀는 진열창 밖을 내다보면서 길이 오는지 살펴봤다. 가게 점원이 에밀리아에게 인사를 했다. 지갑에 돈이 꽤 많이 들어 있었지만 에밀리아는 이번에는 아무것도 사지 않았다. 30분 이상이 지났다. 에밀리아는 가게를 나와서 요양원으로 돌아갈지 말지 망설였다. 길에게 전화했지만 그는 전화를 받지 않았다. 에밀리아는 시내 중심가로 걸어갔다. 비가 내렸다. 아침에는 봄날 같아서 청재킷도 걸치지 않고 우산도 들고 나오지 않았기 때문에 온몸이 흠뻑 젖었다. 길을 만나기 전 요양원에서 일을 막 시작했을 때처럼, 몇 시간 동안 처량하고 두려웠다. 길에게 다시 전화를 걸었지만 받지 않았다. 이제는 그가 자신에게 화가 나 있다는 확신이 들었지만 무엇 때문인지는 알 수가 없었다. 서랍에서 가져온 신문과 연관이 있을까? 신문을 다시 가져다 놓기 전에 길이 알아차린 것일까? 그 여자의 사진이 실린 신문을 길이 세 부나 간직하고 있었다는 것은 자살한 여자, 오르나가 그에게 매우 소중한 존재였다는 뜻이므로 에밀리아는 가끔 그 여자가 부러웠다.

에밀리아가 성당에 도착했을 때는 미사까지 30분 이상이 남아 있었다. 폴란드어 미사 전 열리는 영어 미사에는 놀라울 정도로 엄청나게 많은 사람들이 참석했다. 진동하는 향냄새와 세례반 옆에서 타고 있는 엄청난 수의 초도 놀라웠다. 성주간의 시작과 그리스도의 마지막 예루살렘 입성을 기념하는 종려 주일(부활절 직전의 일요일)이라 성당이 평소보다 더 붐볐다.

영어 미사가 끝나고 필리핀 신도들이 예배당을 떠나자 에밀리아는 평소 앉는 앞쪽 신도석에 자리를 잡았다. 그러나 폴란드어로 미사를 집전하러 온 신부는 타데우스가 아니라 처음 보는 다른 신부였다. 그는 타데우스보다 훨씬 나이가 많고 키가 더 컸다. 그의 피부는 짙은 황갈색이었고 머리는 하얗게 변하고 있었다. 안경을 쓴 신부는 신도들에게 자신을 나르시스라고 소개했다. 그의 부드러운 시선이 에밀리아의 눈과 마주쳤지만 에밀리아는 미사가 모두 끝날 때까지 앉아 있지 않고 일어서서 예배당 뒤에 있는 신부의 방으로 갔다. 그러나 그곳에서도 타데우스는 보이지 않았다. 타데우스가 어디 있는지 묻자 그가 가족과 부활절을 보내러 폴란드에 갔다는 대답이 돌아왔다. 아무런 말도 없이 떠난 타데우스에게 에밀리아는 섭섭함을 느꼈다. 타데우스는 부재 시에도 에밀리아에게 계시를 주고 있는 것일까? 길이 원하면 동행하라고 에밀리아에게 확신을 주고 있는 것일까? 어쨌든 에밀리아가 고향에 가고 싶은 것처럼 타데우스 역시 고향에 가지 않았는가?

그러나 그 몇 시간 동안 에밀리아의 두려움은 더 커졌다.

저녁에 요양원으로 돌아와 보니 하바가 기다리고 있었다. 하바는 남편 메이어와 상의한 끝에 그녀에게 휴가를 주기로 결정했다면서 언제 떠날 것인지 정확한 날짜를 최대한 빨리 알려달라고 요청했다. 에밀리아는 하바에게 고마움을 표했다. 그러고서 휴가를 간다는 게 믿기지 않았지만, 휴가를 며칠이나 줄 수 있느냐고 물었다. 놀랍게도 하바는 에밀리아가 며칠을 가건 상관하지 않겠다고 말했다. 다만 미리 준비할 수 있도록 비행기 시간을 정확하게 알려달라고 했다.

에밀리아는 길에게 전화를 하거나 메시지를 보내지 않았다. 그러나 그날 밤 길에게서 전화가 왔다. 그는 에밀리아를 데리러 가지 못한 것에 대해 사과하면서 갑작스럽게 회의에 참석해야 했던 데다 전화기가 잘못돼 전화를 받을 수도, 걸 수도 없었다고 해명했다. 길의 목소리는 차가웠지만 에밀리아는 안심했다. 하바가 휴가를 보내주기로 했느냐는 길의 질문에 에밀리아는 그렇다고 대답했다.

"정말이에요? 하바가 당신 휴가에 찬성했어요? 언제인지 정확하게 알아요?" 길의 목소리에서 의심과 심지어는 후회가 묻어나오는 것 같았다. 길은 밤에 다시 전화하겠다고 말했다.

길이 여행을 원하지 않는다는 느낌이 들었기 때문에 자정이 지나서 그가 전화했을 때 에밀리아는 여행을 취소하자고 말할 참이었다. 그러나 길은 마음이 바뀐 것처럼 갑자기 여행을 밀어붙이면서 에밀리아에게 여권 번호와 생년월일, 여권에 적힌 이름을 알려달라고 말했다.

그리고 그날 밤 길은 항공권을 예약했다.

다음 며칠에 걸쳐서 모든 일이 빠르게 진행됐다. 정신을 차릴 수 없을 정도로 일이 너무 빠르게 진척돼서 에밀리아는 도대체 무슨 일이 일어나고 있는지 어리둥절하기만 했다.

에밀리아는 평소보다 더 오래 아디나와 시간을 보냈다. 하바는 요양원에 오지 않았고, 사실 에밀리아가 언제 휴가를 떠날지 알려준 다음에는 완전히 사라져버렸다. 다시 마음이 바뀐 것처럼 길 역시 일주일 내내 전화를 걸지도 않았고, 메시지를 보내지도 않았다. 에밀리아가 길에게 전화를 한번 해보았는데 그는 일 때문에 굉장히 바쁘다고 말했다. 에밀리아는 타데우스가 무척 보고 싶었다. 누군가와 이야기를 나누고 싶었기 때문에 에스더를 찾아가볼까 고민했지만, 길과의 관계와 여행에 대해 에스더에게 비밀로 할 자신이 없어서 그러지 않기로 했다. 길은 에밀리아한테 여행에 대해, 특히 자기 어머니에게 아무 말도 하지 말라고 여러 번 신신당부했었다.

대신 에밀리아는 에스더에게 전화를 걸었다. 그러나 대화는 짧았고 실망스러웠다. 계속 말이 끊어졌다.

에스더는 횡설수설했고 어딘가 아픈 것 같았다. 에스더는 말소리가 잘 안 들린다며 전화를 끊었다. 에밀리아가 다시 전화를 걸자 드디어 에스더가 에밀리아의 이름을 알아들었다. 에스더의 목소리는 지쳐 있었다. 그녀는 에밀리아에게 아직도 요양원에서 일하고 있느냐고 물었고 에밀리아는 그렇다고 대답했다.

"지금 거기서 행복해? 그 사람들이 잘해줘?"

에스더는 에밀리아에게 히브리어가 많이 는 것 같다고 말했다. 에밀리아는 나훔 덕분이라고, 그가 만들어준 공책 덕분이라고 영어로 대답했다. "나훔 덕분에 살았던 것 같아. 그 사람이 없으니까 살아가기가 쉽지 않아." 에스더의 말을 듣고 에밀리아는 항상 옆에 나타나는 나훔이 자신에게만 보이는 것인지, 아니면 에스더에게도 보이는지 궁금했다.

곧 간병 일에서 잠시 벗어날 수 있다는 것을 알고 있었기 때문에 아디나와 함께 보내는 시간이 괜찮을 때도 있었다. 함께 마당으로 나가 오후의 햇살 아래 햇볕을 쬐거나, 아디나의 손을 잡고 그녀가 잠들 때까지 기다리는 순간들이 그랬다.

길에게서 히브리어로 문자가 왔다. "다 준비됐어요, 에밀리아? 짐은 쌌어요?" 에밀리아는 길이 무슨 말을 하는지 확실히 알 수가 없었기 때문에 잠시 고민하다가 히브리어로 답을 썼다. "준비됐어요."

길은 일요일 아침 비행기를 타고 부쿠레슈티로 가서 이틀 동안 업무를 보고, 에밀리아는 화요일 저녁 그와 합류하기로 했다. 에밀리아가 탈 비행기는 오후 4시 텔아비브에서 출발할 예정이었다. 두 사람은 부쿠레슈티에서 하루를 보내고 비행기로 리가에 가서 주말을 지내기로 했다.

에밀리아는 리가에서 길을 어디로 데려갈지 어느 정도 계획을 세웠다. 그녀가 방문하고 싶은 첫 번째 장소는 부모님 집이었다. 집을 인계받은 음악 선생님이 아직도 그곳에 살고 있다면 안에 들어가보게 해달라고 부탁할 생각이었다.

7시경에 길이 부쿠레슈티 공항으로 마중을 나올 예정이었다. 회의 때문에 길이 오지 못하면 에밀리아가 택시를 타고 길이 예약해놓은 호텔로 가기로 했다. 에밀리아는 공책에 호텔 주소를 베껴 적어놓았다.

금요일 오후 아디나가 낮잠을 자는 동안 에밀리아는 조용히 옷장에서 여행 가방을 꺼내 거실에 내려놓았다. 길은 이틀 후 떠날 예정이었고, 그녀는 나흘 후에 그와 합류하기로 돼 있었다. 아디나가 잠에서 깨어 옷가방을 보고는 에밀리아에게 물었다. "떠나는 거야?" 그제야 에밀리아는 하바가 아디나한테 휴가에 대해 알려주지 않은 것을 깨달았다.

에밀리아는 손으로 비행기가 나는 모습을 흉내 내면서 히브리어로 말했다. "떠나는 게 아니고 여행 가는 거예요. 며칠 있다 다시 돌아올 거예요." 아디나가 고개를 끄덕였지만 에밀리아는 그녀가 자기 말을 이해했는지 확신할 수 없었다.

에밀리아는 옷을 개서 차곡차곡 가방에 집어넣었다. 새로 세탁한 옷 냄새에 눌려 옷가방에서 풍기는 땀 냄새와 먼지 냄새가 나지 않았다.

다음 날, 토요일 아침 아디나와 에밀리아가 막 잠에서 깼을 때 하바가 남편인 메이어와 두 아이를 데리고 들어왔다. 에밀리아는 아직 잠옷 차림이었다. 하바와 메이어는 에밀리아가 아디나에게 옷을 입힐 때까지 기다렸다가 아이들한테 할머니와 함께 아래층 로비로 가서 차를 마시라고 시켰다. 하바는 에밀리아에게 그대로 남아서 메이어와 함께 이야기를 나누자고 했다.

두 사람은 에밀리아에게 거실 소파 베드에 앉으라고 했다. 침대를 접어서 소파로 바꿔놓을 겨를도 없었다. 하바와 메이어는 거실 맞은편 주방에서 의자를 가져와 앉았다. 에밀리아는 아직 커피도 마시지 못한 상태였다. 그들은 에밀리아가 아디나의 돈과 보석을 훔쳐 다른 나라로 도주할 계획을 짜고 있다면서 훔친 것을 전부 당장 내놓지 않으면 경찰에 넘기겠다고 다그쳤다.

10

    에밀리아는 자신이 침실 옷장 문을 열고 아디나가 돈을 숨겨 둔 작은 가죽 지갑과 보석함을 꺼내는 영상을 봤다. 영상 속에서 에밀리아는 지갑을 제자리에 놓고 열쇠로 보석함을 연 다음 진주 귀걸이를 꺼내고 있었다. 메이어가 전화기로 보여준 장면이 언제, 혹은 어떻게 찍힌 것인지 알 수가 없었다. 영상에는 소리가 녹음되지 않았지만 하바의 고함소리는 분명히 들을 수 있었다. "그러니까 안 훔쳤다는 거야, 이 못된 년아? 뻔뻔스럽게도 우리한테 거짓말을 하는 거야?" 하바는 에밀리아에게 다른 장면을 찍은 동영상도 있다고 알려줬다.

    메이어는 더 차분했다. 그는 하바에게 소리 지르지 말라고 손짓한 다음 전화기를 테이블 위에 올려놓고 에밀리아에게 말했다. "당신만 좋다면 우리끼리 이 문제를 해결할 수 있어요. 하바에게 150만 원을 지불하고 가져간 보석을 전부 돌려줘요. 그러면 경찰을 개입시킬 필요가 없어요. 그게 가장 쉬운 방법이에요." 하바는 메이어보다 더 흥분했다. 아니 적어도 그렇게 보였다. 그녀는 메이어의 제안에 반대했다. 그가 여러 번 목소리를 낮추라고 말해도 하바는 비명을 질러댔다. "150만 원이라고? 왜? 저년이 더 가져가진 않았는지 당신이 어떻게 알고? 그 돈을 어디서 만들어낼 것 같은데? 응?" 하바는 에밀리아가 자기 어머니를 학대하고 있다며 경찰에 신고할 것이라고 협박했다. 메이어가 말했다. "그럼 당신은 저 여자한테 얼마를 받고 싶다는 건데? 300만 원? 저 여자가 300만 원을 내면 놔줄 거야? 이건 우리끼리 해결하는 게 더 나을 것 같은데." 그런 다음 메이어가 덧붙였다. "저 여자 이야기도 들어봐야 하지 않겠어, 하바? 무슨 말을 할지 한번 들어보자고."

에밀리아는 할 말이 별로 없었다. 메이어는 에밀리아의 말에 귀를 기울였다. 에밀리아는 울면서 사과했지만 아디나를 때린 것은 강하게 부인했다. "어떻게 제가 아디나에게 그런 짓을 했다고 비난할 수 있어요? 매일 밤 아디나 옆에 앉아서 잠들 때까지 손을 잡아줬어요. 귀걸이와 목걸이는 잠깐 빌려서 했다가 제자리에 돌려놓았고요. 다 보석함 속에 그대로 있으니까 없어진 것이 있는지 아디나에게 물어봐요." 메이어는 에밀리아의 말을 믿는 것처럼 보였다. "좋아요. 확인해보죠." 그러나 하바가 말했다. "엄마가 뭐가 있고, 뭐가 없어졌는지 기억할 수 있을 것 같아? 아무것도 기억을 못 한다고! 우리가 어떻게 정확하게 확인할 수 있겠어?"

에밀리아는 몇 달 동안 돈에는 절대 손대지 않았다고 맹세했다. "처음 몇 주 동안에만 서너 번가량 기껏해야 3만 원 정도 가져갔을 뿐이에요. 아파트에 세 들어 살고 있었는데 시간제 급료로는 집세를 낼 수가 없었어요. 돈이 생기면 꼭 돌려줄게요." 에밀리아는 이미 돌려줄 수도 있었지만 돈이 생길 때마다 성당 헌금 바구니에 넣었다거나, 길의 아파트에 갖다 놓을 물건을 샀다는 말은 하지 않았디.

하바가 다시 목소리를 높였다. "지금 우리와 싸우자는 거야?" 하바가 메이어에게 몸을 돌렸다. "저 여자가 이 모든 것을 나한테 말고 경찰서에서 설명하도록 하면 돼. 그리고 우리가 저기서 돈을 대부분 가져간 건 잘한 일이었어. 안 그랬으면 얼마나 남아 있을지 누가 알겠어?" 메이어가 다시 말했다. "하바와 싸우지 말아요, 에밀리아. 부탁할게요. 당신은 하바와 싸울 입장이 아니에요. 내일까지 하바에게 250만 원을 갚아요. 그러면 피차 좋게 헤어질 수 있어요. 하바가 경찰서에 가지 못하게 할게요. 알았죠? 정말이지, 나는 당신 편이에요. 나는 누구라도 곤란한 상황에 처하게 되는 걸 원치 않아요. 알았어요? 하바, 듣고 있는 거야? 저 여자가 당신한테 250만 원을 지불하면 더 이상 문제 삼지 말자고. 그동안 당신 여권과 당신 물건은 전부 두고 가요. 돈을 가져오면 도로 다 돌려줄게요. 아니면 경찰서에서 받게 될 거예요. 당신이 선택해요."

에밀리아가 요양원을 나섰을 때는 아침 11시가 조금 지난 시간이었다. 로비에는 노인들과 친척들, 간병인들이 가득했다. 에밀리아는 몇 분 전 7층에서 일어난 일에 대해 그들 모두가 틀림없이 알고 있을 것이라고 생각했다. 그러나 접수계 직원을 포함하여 어느 누구도 엘리베이터에서 나와 홀을 가로질러 회전유리문을 향해 걸어가는 그녀에게 관심을 보이지 않았다.

에밀리아는 소지품을 아디나의 아파트에 두고 나왔다. 여권과 서류는 하바와 메이어에게 맡겨야 했다. 에밀리아는 비닐봉지에 몇 가지 옷만 넣어서 들고 나왔다. 긴 가죽 지갑도 봉지 안에 들어 있었다. 그녀는 회색 진과 회색 셔츠를 입고 빨간 테 선글라스로 눈을 가렸다. 데님 재킷도 들고 나왔다.

에밀리아는 바트얌에서 자파의 성당까지 걸어갔다. 여러 번 다닌 길인데도 더 멀게 느껴졌다. 걸음도 더 느려졌다. 날씨는 맑고 햇살은 쨍쨍했다. 지나가는 사람들이 모두 그녀를 쳐다봤다. 그날 밤 어디서 잘지, 메이어와 하바가 요구하는 돈을 어떻게 구할지 막막했다. 계속 살아갈 힘이 없었다. 어두워지면 요양원으로 돌아가서 아는 간병인에게 좀 재워달라고 부탁해볼 생각이었다. 에밀리아는 그냥 이스라엘을 떠나서 고향으로 돌아가고 싶었다. 무슨 일이 일어났는지 이야기해주면 길 역시 그녀가 자기 돈을 훔쳤을 것이라고 생각할까봐 두려웠다. 어쩌면 에스더와 나훔의 돈도 훔쳤을 것이라고 생각할지 모른다. 물론 에밀리아는 그런 짓을 할 생각은 눈곱만큼도 해본 적이 없었다. 에밀리아는 감히 성당 안으로 들어가지는 못 하고 대신 관광객들로 가득 찬 광장 벤치에 앉았다. 폴란드에서 가족과 함께 지내고 있는 타데우스는 미사에 오지 않을 것이다. 이런 일이 일어난 상황에서 그의 눈을 마주 볼 수조차 없었을 테니 차라리 잘된 것 같았다. 두려움과 수치심으로 얼굴이 화끈거렸다. 에밀리아가 한 짓에 대해서는 용서의 여지가 없었고, 앞으로도 절대 용서받지 못할 것이다.

초저녁에 길한테서 전화가 왔다. 에밀리아에게 일이 생긴 것을 알아차리기라도 한 듯이. 에밀리아가 함께 여행 갈 수 없다는 말을 꺼내기도 선에 길은 그녀의 목소리에서 뭔가 나쁜 일이 일어났음을 알아차렸다.

"무슨 일이에요, 에밀리아? 나한테 말해봐요." 에밀리아는 대답하지 않았다. 길이 재차 묻자 에밀리아는 흐느껴 울기 시작했다. 눈물을 멈출 수가 없었다.

에밀리아는 돈과 보석을 훔쳤다고 추궁하는 하바에게 서류를 넘겼다고 말했다. 하바 부부가 돈을 요구하면서 다음 날 오후까지 돈을 구해오지 않으면 자신을 경찰서로 데려갈 것이라고 했다는 말도 전했다. 길은 조용히 듣고 있다가 지금 어디에, 누구와 함께 있느냐고 물었다. 집으로 찾아오겠다는 길의 말에 에밀리아는 더 이상 거짓말하는 것이 소용없다고 생각했다. "잠잘 곳도 없고 당신 말고는 도와줄 사람도 없어요." 길은 몇 분 후에 다시 전화하겠다고 말하고는 30분이 훨씬 더 지나서야 다시 전화를 걸어왔다.

해가 지고 날이 어두워지기 시작했다. 얼굴이 아까보다 덜 화끈거렸고, 길의 전화를 기다리는 동안 마음속의 두려움도 누그러졌다. 길은 모든 것이 괜찮아질 거라면서 도와주겠다고 약속했다. 그는 에밀리아에게 시키는 대로 하라면서 버스를 타고 자신의 아파트로 가라고 말했다. 에밀리아는 택시를 탈까 고민했지만 다른 사람이 쳐다보거나 말을 거는 것이 싫었다. 버스에서는 다른 사람들의 시선을 피하기가 더 쉬웠다. 토요일 밤이라 버스는 거의 텅 비어 있었다. 에밀리아는 뒷문에서 가장 가까운 창가 자리에 앉았다. 버스를 타고 처음 길의 사무실에 갔던 일이 생각났다. 방금 전 자신이 버스를 탄 정류장에서 타데우스가 같은 버스를 탔던 일과, 자리를 양보해주는 사람이 없어서 그가 그냥 서 있던 모습도 생각났다. 버스는 빠르게 달렸고, 에밀리아의 옆자리는 계속 비어 있었다. 버스에서 내려 에밀리아는 길가를 따라 쭉 걷다가 오른쪽으로 돌았다. 길의 집 주소가 적혀 있는 공책은 아디나의 아파트에 두고 나온 상태였다. 하지만 에밀리아는 방향을 기억하고 있었고 길의 아파트가 있는 건물을 찾아냈다. 에밀리아는 건물 안으로 들어가서 불을 켜지 않은 채 깜깜한 계단을 올라갔다. 2층에 있는 길의 집 현관문 앞에서 발을 멈췄을 때, 다른 집 문이 열리거나 닫히지도 않았고 올라가거나 내려가는 사람이 없는데도 계단통에 불이 켜졌다. 현관문을 두 번 노크했지만 답이 없자 에밀리아는 길이 시킨 대로 두꺼비집에서 열쇠를 꺼내 안으로 들어갔다. 안으로 들어가자마자 에밀리아는 눈을 감고 눕고 싶었다. 이곳이 고마웠다. 얼핏 잠이 들었는지 문소리를 듣지 못한 것 같았다. 어깨 위로 길의 부드러운 손길이 느껴졌다. 길이 한 손에 물 잔을 들고 에밀리아를 내려다보고 있었다.

두 사람은 식탁에 마주 앉았다. 식탁에는 에밀리아가 가져온 자수 식탁보가 깔려 있었고 예전에 살던 아파트에서 가져온 고리버들 바구니가 놓여 있었다.

길은 에밀리아가 정신을 차리길 기다렸다가 무슨 일이 일어났는지 정확하게 이야기해달라고 요구했다. 길은 여러 가지 질문을 했고 에밀리아는 대답했다. 길은 혹시 아디나의 돈을 훔쳤느냐고 물었고, 에밀리아는 가져간 돈이 몇만 원밖에 안 된다고 맹세했다. 그것도 처음 몇 주 동안만 그랬고, 길의 집에서 일한 후로는 단돈 몇백 원에도 손을 대지 않았다. 두세 번 정도 보석을 허락 없이 썼지만, 저녁에 길을 만나러 나갈 때 잠시 쓰고는 돌아와서 즉시 보석함에 다시 넣어뒀다. 해명할 방법이 없었기 때문에 그녀가 왜 아디나의 돈에 손을 댔는지 그 이유를 설명할 수는 없었다. 그것은 돈 문제가 아니라 다른 이유들 때문이었다. 중요한 건 에밀리아가 나훔과 에스더의 돈을 훔친 적은 한 번도 없다는 사실이었다. 길은 에밀리아를 믿는다면서 혹시 아파트에서 가져가서는 안 될 것을 가져간 적이 있느냐고 물었다. 에밀리아는 절대 없다고 대답했다. 그러고는 나훔과 에스더의 집에서도 어떤 물건도 훔친 적이 없다고 맹세했다. 길은 부모님이 아니라 자기 아파트에 대해 묻고 있다고 조용히 말했다. "가져가서는 안 될 물건을 가져가지 않은 게 분명해요?" 길은 에밀리아의 손을 쓰다듬으며 불안해하는 그녀를 진정시켜줬다. 길은 그녀를 믿는다면서 도와주겠다고 말했다. "리가에 누구랑 함께 갈지 메이어와 하바에게 말한 적이 있어요? 그 두 사람한테 전화해서 당신이 도망치려고 한 게 아니라 나와 함께 리가에 갈 예정이었다고 말해줄게요." 에밀리아가 메이어와 하바에게 그에 대한 이야기를 하지 않았다고 하자 길은 자신이 나서겠다고 말했다. "어쨌든, 당신이 무슨 짓을 했건, 그 사람들이 당신의 여권을 뺏고 이런 식으로 당신을 협박해서는 안 돼요." 길이 말했다. "내가 그 사람들하고 이야기해볼게요. 상대가 변호사라는 사실을 알게 되면 그 사람들의 태도가 바뀔 거라 믿어요." 그런 다음 길은 에밀리아에게 차를 타주겠다면서 샤워를 하라고 권했다. 길은 메이어와 하바한테 전화를 하러 안방으로 들어가기 전에 먼저 에밀리아를 안심시켰다. "다 잘될 거예요, 에밀리아. 약속해요. 당신은 혼자가 아니에요."

에밀리아가 여행에 대해 미안하게 됐다고 말하자 길이 미소를 지으며 말했다. "그건 중요하지 않아요, 에밀리아. 다시 기회가 올 거예요."

뜨거운 물줄기 아래 서서 샤워를 하며 에밀리아는 나훔과 에스더 생각에 눈을 꼭 감았다. 부끄러움과 슬픔, 감사의 마음이 뒤엉켰다. 깜깜한 계단을 올라 길의 아파트로 들어왔을 때, 거실에 나훔이 있었다. 에밀리아는 나훔이 자신을 위해 그곳에 와 있었다는 것을 깨달았다. 나훔은 죽은 날부터 한순간도 에밀리아를 떠난 적이 없었다.

에밀리아가 비닐봉지에 넣어 온 옷을 입고 욕실에서 나오자, 길은 하바와 이야기를 나눴고 다 괜찮아질 거라고 알려줬다. 길이 돈 문제를 해결하면 하바 부부는 경찰서에 가지 않고 에밀리아에게 서류를 돌려주겠다고 약속했다. 에밀리아는 하바 부부에게 돈을 얼마나 줘야 하느냐고 물었지만 길은 다 괜찮아질 것이라는 말만 되풀이했다. 길은 그들이 요구하는 돈의 액수를 밝히진 않고 250만 원 이하라고만 했다. "전혀 걱정할 필요 없어요." 길이 말했다. "모두 다 지나갈 거예요. 내일은."

길은 에밀리아에게 그녀가 샤워하는 동안 타놓은 차를 마시라고 권했다. 차 맛이 이상했다. 너무 달고 차갑게 식었지만 에밀리아는 하루 종일 아무것도 먹지도 마시지도 못 했기 때문에 차를 전부 다 마셨다. 길은 에밀리아를 안방으로 데려갔다. 에밀리아는 기운이 없고 참을 수 없을 정도로 열이 나면서 어지러워 기진맥 진한 채 침대에 누웠다. 침대 옆에 앉아 아디나가 잠들기를 기다 리곤 했던 에밀리아처럼 길이 에밀리아 옆에 앉아 그녀를 바라 봤다. 블라인드가 살짝 열려 있어서 맞은편 건물의 불빛이 스며 들어왔다. 희미한 불빛을 통해 길의 얼굴이 보였다. 길은 에밀리 아를 어루만지지는 않고 옆에 앉아서 무슨 말인가를 했다. 오르 나에 대해 묻는 것 같았지만 정신이 몽롱해서 확실하지는 않았 다. 여기서 아침에 잠을 깨면 어떤 기분일까 가끔 생각해본 일이 떠올랐다. 이렇게 기분이 좋으리라고는 전혀 상상하지 못했다.

창문에 걸어놓은 종이 움직이지 않았지만 에밀리아에게는 종 이 내는 음악 소리가 들렸다. 에밀리아는 두 눈을 감았다 떴다가 다시 감았다. 나훔이 안방에 와 있었다. 에밀리아가 잠들 때 그 의 녹색 눈이 그녀를 바라보고 있었다. 에밀리아는 나훔에게 말 을 하고 싶었지만 그럴 수가 없었다. 온몸이 나른해졌고, 입에서 목소리가 나오지 않았다. 나훔도 무슨 말을 전하고 싶어하는 것 처럼 보였지만 입술을 움직이지 못했다.

토요일에서 일요일로 넘어가는 새벽 1시, 에밀리아가 잠에서 깼을 때 얼굴에는 그녀가 들고 온 비닐봉지가 씌어 있었다. 숨을 들이쉬자 입에서 비닐 냄새가 났다. 길은 에밀리아가 일어날 수 없도록 손으로 양쪽 무릎을 찍어 눌렀다. 그러나 에밀리아는 일 어나고 싶지 않았다. 일어나고자 반응한 것은 몸뿐이었다. 공기 부족 때문에 공포심은 커졌지만, 어쩐 일인지 에밀리아는 더 차 분해졌다.

길이 에밀리아 옆에 앉았다. 봉지 안의 공기가 점점 줄어드는 동안 길은 에밀리아를 쳐다보고 있었다.

나훔도 거기에 와 있었다. 그의 두 눈이 동그랗게 커져 있었다. 에밀리아는 그제야 나훔이 자신을 길에게 인도한 것이 아니라 경고를 보내고 있었다는 것을 깨달았다.

에밀리아는 눈을 떴다. 그러나 마음속으로는 눈을 감고 있었다. 그리고 마지막으로 잠들기 전 누군가가 읽어주는 이야기를 들은 것처럼 순식간에 에밀리아는 무슨 일이 일어났는지, 또한 무슨 일이 일어날지 전부 알게 됐다.

세 번째 여자

1

그는 전에 당신과 함께 앉아 있던 기바타임 카페에서 세 번째 여자를 만나요, 오르나. 그녀는 매일 아침 8시 직후 카페에 와서 겨울 동안 유리문을 달아놓은 파티오의 구석진 자리에 항상 앉아요. 그녀가 오고 나서 반시간 후 그가 카페에 와요. 처음에는 매일은 아니고 일주일에 한두 번 정도 출근길에 들렀어요.

두 사람의 첫 대화는 이렇게 이루어져요. 그녀는 노트북을 펼쳐놓고 혼자 앉아서 일에 집중하지만 드나드는 사람들을 전부 살펴보고 있죠. 한 시간에 한 번씩은 일어나서 담배를 피우러 밖으로 나가거나 전화를 걸어요. 그러다 어느 날 아침 그가 밖으로 그녀를 따라 나가서 담배를 한 개비 달라고 해요. 그녀는 거의 다 피운 흰 담뱃갑에서 윈스턴 라이트를 한 개비 꺼내 그에게 줘요. 그는 그녀에게서 라이터도 빌려 담배에 불을 붙여요. 담배를 많이 안 피워서 담배를 가지고 다니지 않는다는 그의 사과 말을 들을 때도 그녀는 계속 전화기를 봐요. 그녀는 자기도 담배를 끊어야겠지만 담배를 피우기 시작한 지 얼마 안 돼서 지금은 적당한 때가 아닌 것 같다고 말하죠. 그가 웃음을 터뜨리며 물어볼

게 있다고 하자 그녀는 전화기를 외투에 넣으면서 좋다고 말해요. 그때서야 비로소 그녀가 고개를 들고 그를 보죠. 그가 "매일 아침 거기서 무슨 일을 그렇게 열심히 하고 있어요?"라고 묻자 예의상 그녀도 그에게 무슨 일을 하느냐고 물어봐요.

두 사람이 카페 안으로 다시 들어갔을 때 그가 손을 내밀며 자기소개를 해요. "저는 길이라고 합니다." 그러자 그녀가 대답해요. "만나서 반가워요. 저는 엘라예요."

그날부터 길은 거의 매일 아침 카페에 들러요. 길은 매끄러운 얼굴에 향수 냄새를 풍기며 매일 다른 셔츠를 입고 나타나요. 당신들 두 사람이 기억하는 것보다 머리숱이 약간 줄긴 했지만 여전히 금발에 아직도 머리숱이 상당히 풍성한 편이에요. 길은 근처 주차장에 주차하고 카페로 걸어와요. 길이 두 번째로 엘라를 따라 나가서 담배를 얻어 피울 때는 두 사람의 대화가 더 길어져요. 엘라가 쓰려고 하는 논문 주제가 두 사람을 엮어주는 첫 번째 고리 역할을 하죠. 엘라는 자기 나이에 논문을 끝내기가 쉽지 않을 것이라고 생각해요. 길이 "무엇에 대해 쓰고 있는데요?"라고 묻자 엘라가 대답해요. "신경 쓰지 마세요. 정말 알고 싶은 건 아니죠?"

엘라는 로츠 게토에 대해 논문을 쓰고 있어요. 맞아요. '홀로코스트'에 대해서요. 1941년부터 1944년까지 로츠 게토 안에 있던 한 건물과 그곳에 살았던 사람들의 생활에 대한 논문이에요. 수십 명의 수감자들과 수십 가지의 사연들, 우열을 가릴 수 없을 정도로 비극적인 수십 건의 죽음에 대한. 엘라는 서른일곱 살이에요.

대학에서 논문을 쓰고 있어야 할 나이는 아니죠. 엘라는 대부분의 교수들보다 나이가 더 많아서 학생들의 엄마처럼 보여요.

길은 엘라가 쓰려는 논문의 주제를 듣고 놀란 것처럼 보여요. 엘라가 그곳 출신처럼 보이지 않는다고 하면서요. 엘라는 웃으면서 길을 인종주의자라고 불러요. 그렇지만 곧 자신은 그곳 출신이 아니라고 밝혀요. "내가 그곳 출신이 아니라는 게 그렇게 분명하게 드러나나요? 그 주제에 관심을 갖게 된 것은 군 복무를 할 때였어요. 교육대에서 역사를 가르쳤는데 그 일이 계기가 되어 바일란대학교에서 유대인 역사를 공부했어요. 그 후에는 단체 여행객을 위한 가이드로 디아스포라 박물관에서 몇 년 동안 일했고요."

"그럼 지금은요?" 길이 물어요. "지금은 주로 아이를 낳고 있죠." 엘라가 길 쪽으로 담배 연기가 가지 않도록 고개를 돌리며 말해요. "막내 아이가 10개월 전에 태어났어요. 미치지 않기 위해 석사과정에 등록한 다음 보모를 고용했어요. 보모가 매일 오전 집에 와서 아기를 봐주는데 별로 도움이 안 돼요. 하루는 오후에도 와요." "공부할 시간이 많지 않아서 도움이 안 되나요?"라고 길이 묻자 엘라가 대답해요. "내가 미칠 것 같아서 도움이 안 된다는 얘기예요. 그리고 사실 내가 왜 이러고 있는지도 모르겠어요."

엘라에게는 10개월 된 아기 말고도 여섯 살과 네 살 반이 된 딸이 둘 있어요. 세 아이를 돌보는 일 때문에 엘라는 미칠 지경이죠. 아침에 몇 시간 동안, 일주일에 한 번씩 학교에서 하루를 보내는 것이 엘라에게는 구원과 같지만 그걸로는 온전한 정신을 유지할 수 있을 만큼 충분하지 않아요. "우울증 치료제 없이는 견딜 수가 없어요. 그래서 첫 임신 후 거의 7년 동안 한 모금도 안 피웠던 담배를 다시 피우게 된 거예요." 인스딘 라이트 담배에 새로 불을 붙이면서 엘라가 말해요. 엘라의 남편은 직업 군인으로 연구를 해요. 그래서 9시가 넘어서야 집에 와요. "남편은 우리한테 새로 아기가 태어났다는 사실을 알고나 있는지 모르겠어요." 엘라가 딸들의 사진을 길에게 보여주기 위해 전화기를 꺼내면서 말해요. "오해는 마세요. 그 애들 셋 다 사랑하니까요. 모두 너무 예뻐요." 그녀가 덧붙여요. "그렇지만 이건 십 년 전 내가 상상했던 삶이 아니에요. 그런데 내가 왜 이런 걸 모두 당신에게 털어놓고 있는 거죠? 다시 공부하러 들어가기 싫어서 이러는 거 같아요."

이번에는 두 사람 모두 처음부터 결혼했다는 사실을 분명히 밝혀요.

길은 끼고 있던 결혼반지를 카페로 들어가기 전에 빼지도 않고, 반지를 엘라에게 숨기려고 하지도 않아요. 엘라도 남편에 대한 이야기를 많이 해요.

두 사람은 서로 아침 인사를 나누기 시작해요. 길이 카페에 도착하면 엘라가 이미 와 있고, 길은 그녀에게 세 번째, 네 번째로 담배를 부탁하죠. 그 후로는 엘라가 담배를 피우러 나갈 때마다 길에게 손짓을 하며 불러요. 두 사람은 비 오는 날이면 근처 술집의 차양 밑에 웅크린 채 담배를 피우고, 날이 추우면 카페 안쪽의 등유 히터에서 나오는 온기를 조금이라도 쬐려고 카페 문근처 보도에 서서 담배를 피워요. 날씨가 좋으면 흡연자들을 위해 밖에 놓아둔 둥근 테이블에 앉아 햇살을 즐기고요. 2월은 건조하지만 초순에는 따뜻한 날들이 있어서 여름이 꽃 속의 수술처럼 숨겨져 있어요. 길은 엘라에게 담배를 새로 한 갑 사주거나, 자신의 새로운 취미를 위해 엘라에게 계속 돈을 쓰게 할 수는 없으니까 커피를 사겠다고 제안해요. 그러면 엘라는 길에게 담배를 더 피우도록 만든 건 자기 잘못이라며 오히려 죄책감을 느낀다고 말해요.

길은 엘라에게 거짓말을 하지 않아요. 그에게는 딸이 둘 있는데 큰딸은 공군 훈련 기지에서 군 복무를 하고 있고, 작은딸은 곧 고등학교를 마칠 예정이며, 아내도 변호사라고 알려줘요. 루스의 이름은 밝히지 않았지만 두 사람이 이혼했다거나 곧 이혼할 거라는 거짓말은 하지 않고요. 엘라가 "어떻게 부인은 여기에 한 번도 같이 오지 않아요?"라고 물으면 길은 아내가 자신보다 먼저 출근하는 데다 아내의 사무실이 텔아비브 도심에 있다고 해명해요. 길이 동유럽과 연관 관계가 있다는 사실이 계속 두 사람의 공통점이 돼요. "아버지는 오스트리아에서 태어났고, 어머니는 폴란드에서 태어났어요. 로츠는 아니지만 바르샤바 근처의 작은 도시 그루예츠에서요. 부모님은 두 분 다 최근에 세상을 떠나셨어요. 아버지 나훔은 거의 3년 전에, 그리고 어머니 에스더는 여름이 끝날 무렵 나팔절이 지나고 돌아가셨어요."

길은 자신의 일에 대해 많이 이야기하고, 엘라는 그의 이야기에 관심을 보여요. "어떤 사람들이 루마니아나 폴란드, 혹은 불가리아 시민권을 신청하나요? 그런데 왜요? 어떻게 그런 종류의 일을 하게 됐어요?" 길은 90년대 중반 직업소개소에서 일할 때, 공산권이 무너진 뒤 동유럽에서 많은 싼 노동력, 주로 여성들을 이스라엘로 데려오면서 좋은 연줄을 쌓은 후 자기 사무실을 차렸다고 설명해줘요. "처음에 동유럽 국가들이 EU에 막 가입했을 때 내가 주로 한 업무는 여권을 신청하는 일이었어요. 이스라엘인들이 유럽 공항에서 EU 줄에 속해 입국 수속을 하고 싶어했으니까요. 그러나 지금은 대부분의 일이 부동산 투자에 관한 거예요. 이스라엘인들이 동유럽 땅을 점점 더 많이 사들이고 있어요. 언젠가 그곳으로 집단 이주라도 하려는 것처럼요. 그들은 현지 변호사들을 믿지 않아서 덕분에 내 사업이 잘되고 있어요. 나 역시 동유럽에 수익성 있는 땅을 세 곳이나 가지고 있고요. 현재 두 개의 큰 프로젝트를 추진하면서 동업자를 찾고 있는 중이라 한 달에 두 번씩 출장을 가요. 변호사를 세 명이나 고용했고요. 한 사람은 이곳에서, 한 사람은 루마니아에서, 또 한 사람은 폴란드에서요."

"내 인생과는 다르게 당신 삶은 분주하게 잘 돌아가고 있는 것 같네요." 엘라가 말하자 길이 대꾸해요. "과장은 하지 맙시다. 매일 아침 당신과 커피를 마시러 여기 올 시간은 있으니까요." 그러자 엘라가 물어요. "그러니까 당신 말은 나와 커피를 마시러 여기 온다는 거예요?"

길이 논문 주제를 왜 그렇게 정했느냐고 묻자 엘라가 대답해요. "솔직히 나도 더 이상 모르겠어요. 전에는 야심이 컸어요. 그곳에서 죽은 사람들이 나한테 자신들을 잊지 말아달라고 부탁하는 것 같았어요."

2

에밀리아의 시신은 일요일 이른 아침 중앙버스터미널 근처에서 발견됐어요. 에밀리아를 발견한 순찰 경관, 카림 나스리 경사가 제출한 보고서에는 이렇게 적혀 있었어요. "사망자는 40대 여성으로, 짧은 머리에 회색 바지와 티셔츠, 데님 재킷을 입고 있었다. 머리에 비닐봉지를 쓴 채 하갈릴 가의 건물 계단에 쓰러져 있었다." 시신에서 신원을 확인할 수 있는 서류나 문서가 발견되지 않았기 때문에 사망자는 며칠 동안 신원불명 상태였어요.

에밀리아의 몸에서 폭행 흔적이 발견되지 않았기 때문에 처음에는 자살로 추정됐어요. 부검 결과 사망 원인은 질식사였어요. "사망 전 여러 시간 동안 성관계는 없었고, 위장에서는 음식물 흔적이 사실상 거의 발견되지 않았다." 보고서에는 또한 치아의 크라운 상태로 판단해보건대 이 여성이 이스라엘인이 아닐 가능성이 높다고 진술되어 있었어요. 그녀의 옷에 붙어 있는 상표 역시 이런 추정과 일치했어요. 사망 시간은 토요일과 일요일 사이의 이른 새벽으로 추정됐어요.

며칠 동안 수사는 에밀리아가 발견된 지역을 조사하고, 지역

주민들을 탐문하고, 보고 결과와 실종자 사건들을 대조하는 일에 집중했어요. 시신이 발견된 건물 근처에는 감시 카메라가 거의 없어서 사망 전 몇 시간 동안 에밀리아의 모습이 찍힌 곳이 한 군데도 없었어요. 경찰관들은 인근 거리에 사는 주민들과 가게 주인들에게 에밀리아의 사진을 보여주며 탐문 수사를 했지만 그녀를 알아보는 사람은 아무도 없었어요. 마당과 쓰레기통도 수색했지만 에밀리아의 것이라 할 수 있는 물건이나 서류는 발견되지 않았어요.

에밀리아는 경찰 보고서에 '신원미상'으로 분류됐어요. 이스라엘 밀입국자로 어쩌면 자신도 모르는 사이에 매춘 일을 했을 것이라는 추측이 나왔지만 이런 가설은 즉시 반려됐죠. 인근의 매춘굴에서 일하는 여자들 가운데 에밀리아를 알아보는 사람이 아무도 없었기 때문이에요. 또한 그녀의 신체 상태도 이런 가정과 모순됐고요. 에밀리아는 영양부족 상태이긴 했지만 마약을 한 적도, 학대받은 흔적도 없었거든요.

신원 확인이 이루어지기까지 일주일 이상이 걸렸어요.

바트얌의 아야론 관할 경찰서에 요양원에서 돈을 훔치고 간병 노인을 학대하다가 사라진 간병인에 대한 고소가 접수됐어요. 그 간병인이 이미 이스라엘을 빠져나갔을 가능성도 있었어요. 고소를 제기한 메이어와 하바 야샤 부부가 당직 수사관에게 간병인의 이름과 인상착의를 제공했고, 며칠 후 관할 경찰서에서 이 간병인과 사망자의 연관성을 찾아냈어요. 하마스거 가에 있는 경찰서로 소환돼서 신원불명의 여성 사망자 사진을 본 야샤 부부가 즉시 사망자의 신원을 확인해줬어요. 사망자는 에밀리아 노디예프로, 46세에 라트비아 시민이었어요. 그녀는 1월 말부터 아디나 데니노의 간병인으로 일했고, 3월 1일부터는 바트얌의 요양원에서 아디나와 함께 살았어요. 에밀리아는 2년 전 한 직업소개소의 중개를 통해 합법적으로 이스라엘에 들어왔고, 비자와 취업허가증도 이상이 없었어요.

에밀리아를 마지막으로 본 것이 언제냐는 질문을 받고 야샤 부부는 에밀리아의 사망 추정 시간 몇 시간 전인 토요일 오전이라고 대답했어요. "에밀리아가 환자의 돈을 훔치고 있다는 의심이 들어서 감시 카메라를 설치했어요. 그 결과 의심이 사실로 확인됐고요. 그래서 토요일에 에밀리아한테 동영상을 보여주고 돈을 돌려달라고 요구했습니다. 그러나 협박을 가한 건 아니고 경찰서에 신고할 것이라는 경고만 했어요."

야샤 부부는 그날 에밀리아가 돈을 돌려주겠다고 약속한 다음 요양원을 나간 후 연락이 두절됐다고 말했어요. "에밀리아가 며칠 후 출국할 예정이라는 것을 알고 있었기 때문에 우리는 그녀에게 여권을 놓고 가라고 요구했어요. 에밀리아가 사라지고 나서 이틀 후 직업소개소에 연락했지만, 그녀의 행방을 아는 사람이 아무도 없었어요. 우리는 에밀리아가 여권 없이 어떻게든 출국했다고 생각해서 돈을 잃은 셈 치려고 했어요. 그런데 에밀리아가 끼친 손해를 직업소개소로부터 보상받을 수 있다는 사실을 알게 됐기 때문에 고소를 제기하게 된 겁니다."

여권 외에 에밀리아 노디예프의 다른 소지품이 있느냐는 질문을 받았을 때 그들은 없다고 대답했어요. 아직도 아디나의 침실

선반 위에 놓여 있는 옷 몇 벌과 욕실에 있는 몇 가지 세면용품
이 전부였어요.

사체의 신원이 확인되고 야샤 부부의 증언이 있은 후, 경찰
수사관들은 이 사건을 의심의 여지가 거의 없는 자살로 규정했
어요. 야샤 부부의 이야기 때문에 에밀리아가 자살했다는 가정
이 더욱 확고해졌고, 수사관들은 사망 이전의 시간을 대충 그려
볼 수 있게 됐어요. 오전에 요양원을 나온 에밀리아는 야샤 부
부에게 여권을 몰수당했기 때문에 이스라엘을 떠날 수가 없었어
요. 두 사람이 자신을 경찰서에 신고하지 않을까 두려워서 요양
원으로 돌아갈 수도 없었던 거죠. 하루 종일 해결방법을 찾아 혼
자 돌아다녔지만 에밀리아에게는 갈 곳이 없었어요. 에밀리아가
왜, 어떻게 바트얌에서 텔아비브 남부의 네베 샤아난까지 갔는
지, 그곳에 지인이나 다른 연고가 있었는지는 알려진 바가 없어
요. 그러다 밤이 되자 자포자기 상태에 빠진 에밀리아는 스스로
목숨을 끊기로 결심했어요. 또 다른 가정은 에밀리아가 돈을 구
하기 위해 텔아비브 남부 지역의 매음굴에 갔다가 막판에 마음
을 바꿨다는 것이었어요.
　사건을 담당한 첫 번째 형사는 텔아비브 남부 관할 경찰서에
근무하는 수사 경관 A였어요. 그는 41세에 여섯 자녀를 둔 유부
남이었고, 국경 순찰 경관으로 일한 경력이 있는 예후두 주민이
었어요. 키가 크고 마른 몸에 느리고 침착한 태도를 지녔으며,
눈빛이 고단해 보였어요. A는 에밀리아가 절망과 두려움 때문에
목숨을 끊었다고 확신했어요. 하지만 그는 빈틈없는 수사관인

데다 엄정하게 보고서를 제출하는 것에 항상 자부심을 느껴왔던 터라 에밀리아의 마지막 날에 대한 미해결 문제를 깨끗이 해결하고 싶었어요. 그가 의문을 가졌던 문제는 에밀리아가 자살하기 전 몇 시간 동안, 멀지 않은 곳에 경찰서도 있는 중앙버스터미널 주변에서 그녀를 본 사람이 아무도 없다는 것이 어떻게 가능한가라는 점이었어요.

A는 요양원에서 토요일 아침 무슨 일이 일어났는지 더 정확하게 상황을 파악하기 위해 야샤 부부에게 두 번째 면담을 요청하는 전화를 했어요. 그는 부부를 용의자로 간주하진 않았지만, 무슨 일이 있었는지 그들이 사실대로 전부 털어놓진 않았을 것이라고 생각했죠. A의 요청에 따라 부부는 에밀리아가 아디나의 옷장을 열고 보석과 돈을 꺼내는 영상이 들어 있는 플래시드라이브를 가져왔어요. A는 영상을 여러 번 본 다음 그것을 자신이 보관해도 되느냐고 물었어요. 아야론 경찰서에 제출한 첫 고소장에서 부부는 에밀리아가 아디나를 학대했다는 주장도 했지만, 감시 카메라 영상에는 학대 주장을 뒷받침할 만한 증거는 들어 있지 않았어요. 두 번째 면담에서 부부는 고소를 취하했어요.

두 사람의 증언에 따르면 에밀리아는 이스라엘에 친척이나 친구도 없이 외롭게 살았어요. 전에 북 텔아비브에서 간병인으로 일한 적이 있었고, 요양원으로 들어오기 전 바트얌에서 몇 주 동안 아파트를 빌려 살았어요. 일주일에 엿새 일하고 개인적인 용무도 보고 성당에도 갈 수 있도록 일요일에는 쉬었죠. 최근에는 리가에 다녀오기 위해 며칠간 휴가를 요청했어요. 야샤 부부는 에밀리아가 이스라엘을 떠나서 다시 돌아오지 않을 작정이었던 것 같다고 추측했어요. A는 에밀리아에 대해 아디나가 좀 더 자세히 알지 않겠느냐고 물었지만 야샤 부부는 아디나의 정신이 오락가락하는 상태라고 대답했어요.

시체가 발견되고 나서 거의 한 달이 지난 어느 날 아침, A는 평소처럼 예후드의 유대교 회당에서 기도를 드린 후 곧장 바트얌 요양원으로 갔어요. 그곳에서 이스라엘인 직원들과 외국인 직원들을 조사했지만 에밀리아의 죽음을 둘러싼 정황에 대해 중요한 정보는 더 나오지 않았어요. 다들 에밀리아에 대해 아는 것이 별로 없었어요. 에밀리아는 내성적인 성격이었고 사람들과 가깝게 지내지 않았어요. 제니라는 필리핀 간병인이 자파의 성당에서 에밀리아를 봤다고 말해줬고, 긴 머리에도 불구하고 굉장히 남성적으로 보였던 캐롤이라는 다른 간병인은 에밀리아가 데이트하러 가는 것처럼 저녁때 옷을 빼입고 나가는 것을 최근에 여러 번 봤다고 알려줬어요. 캐롤은 에밀리아가 누구를 만났는지, 친밀한 관계를 맺고 있는 사람이 남자인지 여자인지는 알지 못했어요. 라트비아에서 에밀리아의 시신을 찾아가겠다는 사람이 없었기 때문에 이스라엘에서 열린 그녀의 장례식 때 요양원에서는 아무도 오지 않았어요. 그 후에도 에밀리아에 대해 묻거나 그녀의 안부를 궁금해하는 요양원 사람은 아무도 없었어요.

A는 사무실로 돌아가려고 했지만 필리핀 간병인과 야샤 부부의 증언에 따라 자파에 있는 성당에 잠깐 들르기로 했어요. 마침 일요일이라 A는 해변가 카페에서 바가지요금을 내고 빠르게 점심을 먹은 뒤 1시 직전 성당에 도착했어요. 예전에 아내와 함께

파리의 노트르담 성당을 방문했을 때는 성당 밖의 큰 광장에서 야물커(유대인 남자들이 머리 정수리 부분에 쓰는, 작고 둥글납작한 모자)를 벗었지만 이번에는 야물커를 벗지도 않은 채 성당 안으로 들어갔어요. 한 신부가 여러 가지 색깔의 환한 기도실 뒤에 있는 작은 방으로 안내한 다음 기다리라고 말했어요. 신부는 A가 보여준 사진을 보고 에밀리아를 알아본 것 같았어요. 신부가 다른 세 신부들을 데려왔어요. 그중 한 신부는 명확하게 에밀리아를 알아보고 그녀를 잘 안다고 했어요. 그의 이름은 타데우스였어요. 타데우스는 에밀리아가 죽은 것을 알고 슬퍼한 첫 번째 사람이었어요.

A와 타데우스는 테이블을 사이에 두고 마주 앉았어요. 타데우스는 거의 매주 일요일 바로 그 테이블에 에밀리아와 함께 앉아서 이야기를 나누곤 했다고 말했죠. "에밀리아는 서너 달 전부터 성당에 오기 시작했어요. 어느 날 기도가 끝난 후 제게 와서 이야기를 나누자고 하더군요. 에밀리아에게는 조언을 해주고 함께 이야기 나눌 사람이 필요했어요. 우리 두 사람은 매우 친밀한 대화를 나눴어요."

A는 자기 앞에 앉아 있는 신부가 바로 에밀리아가 밤에 가끔씩 만나러 간 사람이 아니었을까 생각했어요. 타데우스는 젊었고 굉장한 미남이었으니까요. A는 신부나 랍비라고 해서 욕구나 욕망이 전혀 없다고 생각하지 않았어요. 특히 아내와 함께 영화 〈스포트라이트〉(보스턴 교구 가톨릭 사제들의 아동 성추행 사건을 다룬 2015년 영화)를 본 후에는 더 그랬죠. A는 에밀리아가 죽은 날 밤 어디에 있었느냐고 신부에게 물어볼까 잠시 고민했어요.

요양원에서 쫓겨난 후 에밀리아가 도움을 청하러 신부를 찾아왔을지도 모른다는 생각이 들었으니까요. 그런데 폴란드인 신부가 선수를 쳤죠. 에밀리아가 먼저 자신을 피했고, 아니 피하는 것처럼 보였고, 두 번째는 그 자신이 가족을 만나러 폴란드에 가 있었기 때문에 에밀리아가 죽기 전 몇 주 동안 그녀를 보지 못했다고 해명하면서요. 게다가 신부는 에밀리아가 자살했을 리 없다고 주장했어요. 그렇게 주장한 사람은 신부가 처음이었어요. "에밀리아는 매우 외로워했지만 외로움을 극복하는 중이었습니다. 에밀리아가 죽기 전 2주 동안 정말로 기이한 일이 일어나지 않은 이상, 그녀가 자살했다고 믿기 힘들어요." 에밀리아가 라트비아가 아니라 이스라엘에 묻혀 있다는 사실을 알게 된 신부는 깜짝 놀라며 찾아가서 꽃이라도 놓아줄 수 있도록 A에게 묘지 위치를 알려달라고 부탁했어요.

에밀리아가 간병하던 노인의 돈을 훔쳤다는 A의 말을 들은 신부는 아무 말도 하지 않았어요. 혹시 아는 것이 있느냐는 A의 추궁에 타데우스가 부드럽게 말했어요. "아니오, 그런데 뭔가 수상쩍은 점이 있었던 것 같아요. 기도 후 돌리는 헌금 바구니에 많은 액수의 돈을 넣는 에밀리아의 모습을 여러 번 봤으니까요. 고해성사를 하러 오라고 재촉했는데도 숨기는 것이 있는 듯 그러길 거부했어요. 그렇지만 그 돈이 다른 어딘가에서 생긴 것이지 훔친 돈은 아닐 거라고 생각합니다. 그 밖에도 에밀리아가 저한테 숨기는 게 있다는 인상을 받았어요."

간병하던 노인 환자 외에 에밀리아가 연락하며 지내는 사람에 대해 말한 적이 있느냐는 A의 질문을 받았을 때, 신부는 에밀리아가 죽기 전 몇 주 동안 어떤 남자를 만난 것에 대해 언급한 적이 있다고 대답했어요. "에밀리아가 그 남자의 아파트를 청소해 주고 있었으니까 그에게서 돈을 받았을 거라고 추측합니다. 그 남자에 대해 많이 알진 못 해요. 다만 그 남자가 에밀리아가 요양원으로 옮겨오기 전에 간병했던 남자 노인 환자의 아들이라는 것과, 일요일마다 성당에 오기 전 그의 집을 청소했다는 것은 알고 있어요. 혹시 그 남자를 조사하셨나요?" 타데우스의 질문에 A는 아니라고 대답하고 그 부분을 마음에 새겨뒀어요. 그날 오후 A는 에밀리아의 직업소개소에 전화를 걸어서 나훔과 에스더의 집 전화번호를 알아냈어요.

A는 5시가 조금 지났을 때 나훔과 에스더의 집으로 전화를 걸었어요. 그 시각, 주일 미사를 준비하던 타데우스 신부는 에밀리아를 추도하는 봉헌 미사를 드리면서 에밀리아와의 만남과, 그녀의 삶과 죽음에 대해 이야기하기로 결심했어요.

에스더는 에밀리아가 죽었다는 소식을 듣고 울음을 터뜨린 첫 번째 사람이었어요. "우리 에밀리아, 그 애가 가도록 내버려 두지 말았어야 했는데. 나랑 함께 지냈어야 했는데." 에밀리아가 죽기 직전까지 아들의 집을 청소해줬다고 말하면서 A가 아들의 전화번호를 묻자, 에스더가 깜짝 놀라며 물었어요.

"제브를 말하는 건가요? 아니면 길을 말하는 건가요? 에밀리아가 일해주고 있다는 말을 나한테 한 적이 없는데요."

에스더는 두 개의 전화번호를 알려줬고 A는 먼저 제브에게 전화를 걸었어요.

3

어느 날 아침 길이 엘라에게 점심 식사를 같이 하자고 해요.
엘라가 안 된다고 하자 길이 이유를 물어요. 엘라는 "그게 나쁜
생각이라는 건 당신도 알잖아요. 이런 식으로 만나는 것도 괜찮
은데 왜 그걸 망치죠? 넘어서는 안 될 선들이 있다고 생각해요,
안 그래요?"라고 대답해요.

길은 이 말에 물러서지만 그 후 며칠 동안 카페에 나타나지 않
아요. 다시 나타난 그를 보고 엘라가 묻죠. "그러니까 점심 식사
를 같이 하지 않으면 아예 안 만나겠다는 거죠?" 길은 놀라는 척
하면서 엘라에게 점심 식사를 같이 하자고 했던 일을 잊은 것처
럼 행동해요. 그는 그동안 출장을 다녀왔다고 해명해요. "어쨌든
언제 한번 점심 정도 같이 할 수 있겠죠." 길이 덧붙이자 엘라가
웃으면서 말해요. "진짜로 배고파요?" 그날 아침 길이 자리에서
일어나 출근하러 가기 직전 엘라가 그의 테이블로 와서 말해요.
"좋아요. 점심 먹어요. 그런데 일찍요. 두세 시까지 애들을 봐줄
수 있는 날이 언제가 될지 보모에게 물어볼게요. 그리고 점심은
내가 살게요." 길이 미소를 지으며 진짜냐고 묻자 엘라가 말해

요. "그럼요, 제기랄. 왜 안 되는데요." 그러나 엘라는 남편과 부딪힐 가능성이 전혀 없는 곳에서 만나야 한다고 덧붙여요.

일주일 후, 3월 초 수요일 자파 항구에서.

두 사람은 엘라의 남편이 근무하는 기지가 있는 북 텔아비브의 정반대편에서 만나기로 약속을 정하고 따로따로 그곳에 도착해요. 날이 더워서 거의 폭염 수준이라 엉덩이 부분은 끼고 무릎 위로는 벌어지는 파란색 원피스를 입고 힐을 신은 엘라의 모습은 완전히 달라 보여요. 멀리서 엘라의 모습이 보이자 길은 불현듯 오르나 생각을 하게 돼요. 엘라는 예쁘지는 않지만, 걷는 모습과 와인 잔을 들고 길을 바라보다가 할 말이 없으면 눈을 내리뜨는 모습이 상당히 매력적이었어요.

두 사람은 항구에 있는 해산물 식당에서 식사를 해요. 화창한 봄 날씨와 선착장의 오래된 낚싯배들이 보이는 경치도 포기하고, 자유롭게 흡연할 수 있는 선택권도 포기한 채, 두 사람은 덱에 앉지 않고 사람들 눈에 띄지 않는 실내에 앉아요. 점심 식사 후에는 항구를 따라 북쪽으로 걸어서 타데우스의 성당 바로 근처에 있는 시계탑까지 짧은 산책을 해요. 엘라는 그곳에 몇 년 만에 와본다고 말하고, 길은 엘라를 바라보며 자신도 그곳에 마지막으로 온 게 언제인지 기억이 가물가물하다고 말해요.

식사 초반에는 서로 아무 말도 하지 않는 순간들이 있어서 어색할 지경이었어요. 카페에서 담배를 피우며 짧은 휴식 시간을 즐기던 상태를 벗어나면 서로 할 말이 아무것도 없는 것처럼요. 엘라는 이런 어색함을 깰 수 있는 유일한 방법이 직설적으로 묻고 솔직하게 말하는 것이라고 생각했는지 이렇게 물어요. "그런데, 아내를 속이고 바람을 피운 지 얼마나 됐나요?"

길은 놀라지만 그렇다고 경악하지는 않아요. 그냥 미소를 지으며 말하죠. "와, 대화를 시작하는 방법치고는 정말 대단하네요." 그런 다음 "몇 년 됐어요. 그렇지만 당신이 생각하는 것과 달리 아주 드물게요."라고 덧붙여요.

"아주 드물게란 무슨 뜻이죠?"라고 엘라가 묻자 길은 사귀는 관계라고 말할 정도로 발전된 잠깐 동안의 정사나 교제는 두세 번밖에 없다고 우겨요.

"아내가 뭔가 의심하지 않아요?"

길은 아마 그럴 거라고 말해요. 알고 있지만 모르는 척하는 것 같다고요. 아내에게는 선택의 여지가 없으니까요. 아내 역시 일을 하고 있어도 경제적으로 그에게 의지하고 있거든요. 이번에는 길이 엘라에게 물어요. 엘라는 고개를 저은 다음 와인 잔을 입으로 가져가며 "한 번도 없어요."라고 대답해요. 그녀는 일이 년 전까지만 해도 그런 일은 생각조차 할 수 없었다고 덧붙여요.

"그럼 왜 여기 와 있어요?" 길이 묻자 엘라가 대답해요. "지금은 일이 년 전이 아니니까요. 사실 왜 여기 와 있는지 나도 아직 잘 모르겠어요. 아마 호기심이겠죠."

"무엇에 대한 호기심요?"

"정확히는 모르겠어요. 당신에 대한 호기심? 당신은 이상한 사람 같아요. 정말로 이상해요. 그렇지만 그건 나에 대한 호기심일 가능성이 더 높아요. 내가 무엇을 할 수 있고 무엇을 할 수 없는지에 대한 호기심요. 아니면 더 중요하게는 내가 무엇을 느낄 수 있고 무엇을 느낄 수 없는지에 대한 호기심이랄까요."

길이 엘라에게 그게 무슨 말인지, 자신의 어떤 점이 이상해 보이는지 설명해달라고 해요. 엘라는 대답을 회피해요. 대신 남편을 두고 바람을 피우면서 굉장히 신나게 떠들어대는 친구들이 있지만 자기는 절대 그럴 수 없을 것이라고 말해요. "애브너는 세상에서 질투심이 가장 강한 남자예요. 그는 절대 그걸 용납하지 않을 거예요."

"그렇지만 당신 남편이 당신에게 어떻게 할 수 있겠어요?" 길이 묻자 그녀가 대답해요. "그건 생각하고 싶지 않아요. 남편은 모든 걸 다 부숴버릴 거예요. 날 절대 용서하지 않을 거예요. 무섭지 않아요?"

잠깐 동안 두 사람은 다른 것들에 대해 이야기를 나눠요.

길이 어린 웨이트리스를 보니 노아 생각이 난다고 하자 엘라는 딸들과의 관계에 대해 물어요. 길은 딸들과 항상 사이가 좋았고 딸들이 크면서 더 좋아지고 있다고 말해요. "지금은 노아가 남자친구가 없어서 군 생활을 하다 주말에 집으로 돌아오면 가끔 극장에 같이 가요. 2주 전에는 함께 술집도 갔어요. 하다스는 시험 때문에 정신없이 바쁘고 다소 마마 걸 같은 면이 있어요. 그래도 나와 사이가 매우 각별한 편이에요."

길은 와인을 한 잔 더 주문하면서 점심 식사 후에 사무실로 돌아가지 않기로 했다고 말해요. 전채 요리로 그는 밥과 그린 빈을 곁들인 바다 농어를 먹고, 엘라는 샐러드를 먹어요. 길이 엘라에게 딸들과의 관계는 어떤지, 아버지와의 관계는 어떤지 물어요.

그러나 엘라가 "어떻게 바람을 피워요?"라고 실질적인 측면들에 대해 묻기 시작하면서 곧 바람피우는 것에 대한 이야기를 다시 하게 돼요. 길은 처음에는 내게 온라인에서, 혹은 다른 식으로 안면을 쌓다가 그 단계가 지나면 텔아비브나 헤르츨리야에 있는 호텔 또는 시간제로 방을 빌려주는 B&B 같은 데서 만난다고 알려줘요. "기바타임에 아파트가 한 채 있는데 작년에는 에어비앤비를 통해 관광객에게 빌려줬어요. 그곳이 가끔, 대개는 겨울에 비어 있는 경우가 있어요. 그럴 때 아파트를 이용하기도 해요. 관계가 길어지면 주말에 아테네나 키프로스, 아니면 부쿠레슈티 같은 가까운 곳으로 여행을 다녀오기도 하고요. 여자들이 쇼핑을 하거나 출장을 가는 것으로 쉽게 위장할 수 있고, 빨리 다녀오면서 돈도 많이 안 드는 여행이 될 수 있으니까요."

난생처음으로 들어보는 아주 중요한 말을 듣는 소녀처럼 엘라는 집중해서 들어요. "그런데 왜 그런 게 필요하죠? 한번 설명해 봐요."라고 엘라가 말하자 길이 대답해요. "필요한 게 아니라 그냥 일어나는 거예요. 내 말은 우리가 결혼한 상태고 나이가 좀 들었다고 그만둬야 한다는 게 말이 안 된다는 거예요. 안 그래요?"

"뭘 그만둬야 해요?"

"새로운 사람들을 만나서 가까워지는 것 말이에요. 나를 흥분시키는 것은 섹스가 아니라 가까워지는 것이에요. 어느 순간 갑자기 새로운 누군가와 나누는 진짜 친밀감 말이에요. 이전에는 몰랐지만 점차 모습을 드러내는 누군가요. 그게 바로 나를 흥분시키는 거예요. 그렇지 않아요?"

두 사람이 식사하는 동안 식당은 사실상 텅 비었고, 디저트와 커피를 마실 때쯤은 그곳에서 식사를 하는 사람이 아무도 없었어요. 길은 손을 잡아도 되느냐고 물었고 엘라는 좋다고 말해요. 부드럽고 축축한 길의 손이 몇 분 동안 엘라의 손 위에 머무르며 그녀의 결혼반지를 가려요. 엘라는 길의 손길을 막지 않고 조용히 말해요. "지난 십 년 동안 남편 말고 나를 만진 사람은 아무도 없었어요."

짧은 산책을 한 후 길은 시계탑 광장 근처의 모래밭에 주차된 차까지 엘라를 바래다줘요. 3시가 거의 다 돼가고 있었어요.

길은 비어 있는 자기 아파트나 호텔로 가지 않겠느냐고 물어요. 지금도 괜찮고 엘라가 원하는 다른 때도 괜찮다면서요. 그러나 엘라는 보모와 약속한 시간에 늦었다고 말해요. 그녀가 차문을 열고 핸드백을 조수석에 놓은 다음 길을 보며 말해요. "즐거웠어요, 정말로. 그런데 당신이 내게서 얻을 수 있는 것은 딱 이만큼인 것 같아요, 길. 아니면 내가 나 자신에게서 얻을 수 있는 것이 이만큼이거나. 모르겠어요. 나는 그렇게 못 할 것 같아요. 어쨌든 내가 의도했던 것보다 훨씬 더 많은 일이 일어났네요." 길은 미소를 지으며 말해요. "가끔 같이 담배를 피울 수 있으면 그걸로 좋아요. 어쨌든 이제는 당신 때문에 담배에 중독됐으니까요."

두 사람이 작별 포옹을 하며 몸이 가까워질 때 길이 엘라의 입술에 입을 맞춰요. 엘라가 이에 응하고, 두 사람은 키스를 해요. 그 후 몇 주 동안 길은 엘라를 다르게 대하죠. 더 대담하고, 더 간절하게 굴면서요. 거짓말은 거의 하지 않고, 엘라가 안 된다고 해도 쉽게 포기하지 않죠. 당신들 두 사람이 알았던 길이 아닌 것처럼 행동해요. 시간이 그를 변화시키기라도 한 것처럼 행동하죠.

4

경찰 보고서에 의하면 하갈릴 가에서 에밀리아 노디예프의 사체가 발견된 후 약 6주가 지나 변호사 길 함트자니가 그녀의 죽음에 관한 1차 증언을 하러 소환됐어요. 11시경 텔아비브 하마스거 가에 위치한 이프타흐 관할 경찰서에 도착한 길은 사건을 총괄하는 수사 경관 A의 2층 사무실에서 조사를 받았어요. 점점 늘어나고 있는 조사 파일에 A가 자필로 작성하고 길이 서명한 증언의 개요가 보태졌어요. 파일 맨 아래에는 사체 발견 당시 머리에서 비닐봉지를 제거한 후 찍은 에밀리아의 얼굴 사진 확대본이 있었어요.

길은 에밀리아와 아는 사이라는 것을 조사 초반부터 시인했어요. "에밀리아가 2년 동안 아버지의 간병인으로 일했기 때문에 부모님을 방문했을 때나 가족 행사에서 만난 적이 있었어요. 에밀리아를 고용한 사람은 내가 아니라 형인 제브였어요. 나는 그 문제에 전혀 간여하지 않았죠. 에밀리아가 부모님을 위해 일하는 동안 그녀와 개인적으로 이야기를 나눠본 적은 한 번도 없었어요. 당시에는 에밀리아가 라트비아인이라는 사실 이외 아는 게 전혀 없었고요. 에밀리아가 실제 나이보다 더 들어 보여서 마흔 여덟이나 쉰 살 징도 됐으려니 생각했어요. 아버지가 세상을 떠나고 나서 몇 주 후에 어머니의 소개로 에밀리아가 내 사무실로 전화를 걸어왔죠. 취업허가증과 비자에 대한 법률 상담이 필요하다면서요. 어머니의 부탁 때문에 무료로 그녀에게 조언을 해줬어요."

"무슨 문제였는데요? 왜 상담이 필요했죠?"

"에밀리아는 직업소개소 알선으로 간 요양원에서 여자 노인 환자를 간병하는 일 외에 다른 일자리를 얻고 싶어했어요. 기존의 취업허가증으로 그렇게 할 수 있는지, 혹은 이스라엘에 오기 전 내무부에서 발급받은 허가증을 변경할 수 있는지 알고 싶어했죠. 부수입이 급하게 필요하다면서요. 에밀리아의 행동과 외모를 통해 그녀의 상황이 매우 힘든 것 같다는 인상을 받았어요."

"어떤 종류의 힘든 상황을 말하는 거죠? 설명을 좀 해주시겠어요?" A는 의자에서 몸을 곧추세우고 길 쪽으로 몸을 숙였어요. 길의 말은 A가 진전시키고 있던 가정과 일치했어요. A는 길의 증언 덕으로 사건에 미제로 남아 있던 몇 개의 공백이 메워질 수 있을 것이라고 생각했어요. "재정적인 어려움이겠죠. 어쩌면 정서적인 어려움도요. 정확하게 말할 수는 없습니다. 에밀리아한테 급히 돈이 필요한가 보다는 느낌을 받았어요. 빚을 갚거나 다른 나라로 보내기 위해 많은 돈이 필요한 것 같았어요. 모르겠어요. 그래서 그녀에게 몇 주 동안 약간의 일거리를 준 겁니다. 그게 불법이라는 걸 알면서도요."

"그건 곧 우리가 확인해보겠습니다." A가 불쑥 끼어들었어요. "그 만남에서 그녀에게 어떻게 하라고 조언해줬습니까?"

"기존의 허가증으로는 다른 일을 할 수 없다고 설명해줬어요. 허가증을 변경하는 것은 힘들겠지만 노력해보겠다고 했고요. 그랬더니 그녀도 그렇게 해달라고 부탁하더군요. 그동안 직업소개소에 더 많은 일을 찾아달라고 부탁해보라 했더니 그곳에서는 아무 일도 찾아주지 않는다고 하더군요. 그녀는 몰래 집 청소 일을 하면 무슨 일이 일어나느냐고 물었어요. 혹시 자기를 추방할 수 있느냐고요. 리가로 돌아가고 싶지 않다면서요. 나는 추방당할 수 있다고 설명해줬어요. 몇 주 후 허가증이 변경됐는지 알아보기 위해 에밀리아가 전화했을 때 우리 집에 와서 청소를 해달라고 제안한 것은 사실입니다."

A는 변호사의 증언을 듣고 난 후에도 여전히 풀리지 않는 몇 가지 의문을 길의 증언 밑에 써놓았어요. 나사렛에서 초등학교를 다닐 때부터 장점으로 내세우게 된 단정한 필체로 말이죠. *에밀리아는 라트비아의 누구에게 돈을 보내고 있었을까? 리가로 추방당하는 것을 그렇게 두려워했으면서 왜 리가에 가려고 했을까? 그녀가 라트비아에서 재정적인 문제나 법적인 문제가 있었을까?* 그런 다음 A는 해야 할 일을 잊지 않도록 메모를 적은 다음 밑줄을 그었어요. *영사관에 다시 문의할 것.*

A는 에밀리아가 길에게 두 번째로 전화한 때가 언제였고, 정확하게 무엇을 요청했느냐고 물었어요. "에밀리아가 내 사무실로 찾아오고 나서 이삼 주 후였어요. 그녀는 취업허가증이 변경

됐는지 알고 싶어했고, 나는 그렇게 해주지 못해서 미안하다고 사과했어요. 에밀리아에게 어떻게 할 것이냐고 묻자 그녀는 불법적인 청소 일을 맡는 모험 말고는 선택의 여지가 없다고 하더군요. 그러고는 나한테 혹시 청소부를 구하는 사람을 알고 있느냐고 물었어요. 자기 이름과 전화번호가 적힌 광고 팻말을 세우는 것보다 아는 사이여서 믿을 수 있는 사람들을 위해 일하는 편이 더 낫다고 생각한 거죠. 처음에는 그런 사람이 없다고 말했지만, 대화가 끝날 무렵 에밀리아가 너무 괴로워하는 것 같아서 우리 아파트를 청소해달라고 제안했어요. 기바타임에 투자용으로 사놓은 집이 있었는데, 이전 세입자가 나가고 새 세입자가 들어오기 전이라 리모델링을 계획하고 있던 터여서 그 당시에는 비어 있었어요. 그 집을 정기적으로 청소해줄 사람이 마침 필요하던 참이었죠. 내가 그런 제안을 한 중요한 이유는 에밀리아가 불쌍해 보이기도 했고 또 우리 부모님과 각별한 사이기 때문이기도 했어요." 에밀리아에게 청소 일을 맡겼다는 사실을 에스더에게 알리지 않은 이유가 무엇이냐는 A의 질문에 길은 좋지 않은 에밀리아의 상황을 에스더에게 알리고 싶지 않았다고 대답했어요.

"에밀리아가 정확하게 언제부터 청소 일을 시작했죠?"

"정확한 날짜는 기억나지 않아요. 날짜를 적어놓지도 않았고요. 처음에는 에밀리아가 라마트간에 있는 내 사무실로 왔어요. 자동차로 같이 아파트에 가서 정확하게 무엇을 어떻게 청소해야 할지 알려줬어요."

"그러면 그때 에밀리아의 모습은 어땠습니까? 전에 봤을 때와 달라진 게 있었습니까?"

"그런 것 같아요. 아까 말씀드린 대로 에밀리아를 자주 본 적이 없어서 확실하지는 않아요. 너무 말라서 앙상해 보일 지경이었어요. 스트레스를 엄청나게 받고 있었던 것 같아요. 아까도 말했듯이 무척 힘들어 보였어요."

"에밀리아가 아파트 청소를 몇 번이나 했습니까?"

"어림잡아 여섯 번에서 여덟 번쯤일 겁니다. 대략 2주에 한 번 정도였어요. 내가 에밀리아에게 전화를 걸어서 일할 시간을 정했어요. 몇 주 동안 에밀리아를 본 것은 딱 한 번뿐이었습니다. 리모델링에 입찰한 공사 계약자를 기다리기 위해서 아파트에 갔을 때였죠. 그때 에밀리아는 막 청소를 마친 상태였어요. 대개는 열쇠와 현금 봉투를 두꺼비집에 넣어두면, 일을 마친 에밀리아가 열쇠를 다시 두꺼비집에 넣어두고 갔어요."

경찰은 아직 에밀리아의 전화기를 찾지 못한 상태였어요.

"에밀리아에게 열쇠를 맡겨두는 게 걱정되지 않았습니까?"

"아니오, 왜 걱정을 했어야 하죠?"

"그러면 에밀리아를 다른 곳에서는 만나지 않았나요? 가령 저녁에요?"

"뭐 하러 그 여자를 저녁에 만나겠어요?"

"나도 이유는 모르죠. 나는 질문하고 당신은 대답하면 됩니다." A가 말했어요. 그러나 길이 에밀리아를 아파트 밖에서 사적으로 만난다는 생각은 A에게도 터무니없게 느껴졌죠.

"물론 아닙니다. 그렇지만 왜 그런 질문을 하는지 이해하려고 애쓰고 있어요. 어쨌든 당신이 아무 이유 없이 질문을 하지는 않을 테니까요. 지금 나를 의심하는 겁니까?"

"에밀리아와 데이트하는 남자가 있었다는 증언이 있었기 때문에 묻는 겁니다. 그런데 에밀리아가 당신 아파트에서 일했다고 하니까 두 사람 사이에 무슨 연관이 있는지 궁금하군요."

길이 미소 지으며 말했어요. "아니에요. 나는 분명코 에밀리아와 데이트를 하지 않았어요. 원한다면 아내에게 물어보세요. 아파트에 갔다가 에밀리아를 만났던 그날, 자파에서 회의가 있었기 때문에 에밀리아를 그쪽까지 태워다줬어요. 그것 말고는 아파트 밖에서 본 적이 없습니다."

"에밀리아가 당신에게 무슨 말을 했습니까? 자신의 상황에 대해 말한 게 있나요? 가령 이스라엘이나 라트비아에 있는 가족이라든가 남편, 혹은 청소 일을 맡은 다른 아파트에 대해 말한 게 있습니까?"

길은 잠시 생각에 잠겼다가 대답했어요. "아무리 기억을 더듬어봐도 에밀리아가 친척이나 남자친구, 혹은 다른 일자리에 대해 언급한 적은 없었지만 번 돈을 남편이나 애인, 혹은 리가에 있는 아이한테 몽땅 보내오고 있던 터라 절박하게 돈이 필요한 것 같다는 인상을 받았습니다. 그런데 이스라엘에 있는 남자친구한테 돈을 주고 있었는지도 모르죠."

"왜 그렇게 생각하십니까? 그녀가 그런 비슷한 말을 한 적이 있었습니까?"

"아니오, 아무것도 자세히는 기억나지 않아요. 에밀리아와 나눈 짧은 대화와 외모를 통해서, 급하게 돈이 필요했다는 인상을 받은 겁니다. 옷차림과 겉모습으로 판단해보면 그녀가 번 돈을 자기 자신을 위해 쓰는 것 같진 않았어요."

에밀리아가 바트얌의 요양원에서 간병하던 노인 환자의 물건을 훔치다 발각됐다는 사실을 A로부터 들은 길은 깜짝 놀란 것 같았지만 바로 미소를 지었어요. 길은 자기 어머니와 아버지로부터 그런 불평을 들어본 적이 한 번도 없었기 때문에 한편으로는 놀라는 것 같았지만, 또 한편으로는 크게 충격을 받진 않은 듯했어요. 길 자신도 아파트에 귀중품을 두지 않는 것이 좋겠다는 생각을 자주 했었으니까요. 너무 절박한 나머지 에밀리아가 돈을 위해서라면 무슨 짓이든 할 것처럼 보였기 때문이에요.

A는 길이 무슨 말을 하는지 금세 알아차렸어요. "무슨 의미입니까? '무슨 짓이든'이라고요?"

"확실하지는 않아요. 아파트에 처음 온 날 에밀리아가 '청소 이상의 일'을 기꺼이 할 수 있다는 뜻을 넌지시 비쳤던 것 같습니다. 정말로 그녀가 그런 뜻을 비쳤는지 확신할 수는 없었지만 어쨌든 나는 그런 데에는 관심이 없었어요."

A는 잠깐 길을 쳐다보고는 메모를 했어요. "에밀리아가 형편이 너무 쪼들려 안마시술소에서 일을 찾거나 길거리에서 매춘 일을 하려 했을 수도 있다고 생각하십니까?"

길은 잘 모르겠지만 그랬을 수도 있다고 대답했어요. "에밀리아가 요양원에서 물건을 훔치다 발각됐고, 또 경제적으로 쪼들렸기 때문에 자살했다고 생각하는 겁니까?" 길의 질문에 A는 고개를 끄덕였어요. "그것도 관련이 있다고 생각합니다." A가 말했어요. "그러나 에밀리아에 대한 충분한 정보를 라트비아 당국으로부터 아직 못 받았어요. 재정적, 경제적 어려움과 외로움, 소외감, 절도와 불법 취업으로 인해 체포될지 모른다는 두려움,

리가로 추방될지도 모른다는 두려움, 이런 문제들 때문에 자살한 것 같습니다. 지금 당신이 내게 이야기해준 내용과 다른 증언들을 종합해보면, 여기든 아니면 라트비아에서 그녀는 상당한 빚을 졌거나 다른 나라에 있는 누군가에게 돈을 부치고 있었는데 더 이상 일을 계속할 수 없게 되어 앞으로 돈을 보내지 못할까봐 두려웠을 겁니다. 이런 여자들에게 매우 흔하게 일어나는 일이에요. 너무 궁핍한 나머지 에밀리아가 매춘 일도 마다하지 않았을 것이라는 점 또한 배제하지 않고 있어요. 이런 일은 라트비아에서 온 여자들에게 많이 일어나요. 아마 에밀리아는 그걸 견딜 수 없었을 겁니다. 이런 사연이 많아요. 특히 중앙버스터미널 주변의 한물간 지역에서는요."

길은 조사를 마치고 A의 사무실을 떠났어요. A는 리가 경찰로부터 에밀리아에 대한 상세한 정보가 조금이라도 더 온 게 있나 알아보려고 라트비아 영사관에 전화를 걸었어요. 그러나 일요일이라 전화를 받는 사람이 없었죠. A는 에밀리아가 왜 자살했는지 상황을 어느 정도 이해했다고 확신했어요. 다만 그녀의 사망 전말에 뚫려 있는 몇 개의 공백을 메우고 싶었을 뿐이었어요. A는 에밀리아의 얼굴 사진을 비닐봉지 안에 넣고 서류를 가지런히 정리했어요. 서류가 하얀 종이 파일 밖으로 비어져 나와서 구겨지는 것이 싫었으니까요. 그런 다음 파일을 책상 구석에 있는 다른 폴더 더미 위에 올려놓았어요. 그것이 그 사건에 대해 그가 마지막으로 한 일이었어요.

5

길은 매일 아침 카츠넬슨 가에 있는 카페에 들르지만 엘라가 와 있지 않아요. 그는 엘라를 기다리며 신문이나 전화기를 보다가 문이 열리는 소리가 들릴 때마다 고개를 들지만 그녀가 앉았던 테이블은 여전히 비어 있어요. 길은 9시 30분이나 45분쯤 자리에서 일어나 일하러 갔다가 오후 늦게 퇴근하는 길에 다시 카페에 들러보죠.

두 사람이 데이트를 하고 나서 일주일이 지났을 때, 길은 더 이상 기다리지 않고 사무실에서 엘라에게 전화를 걸기로 마음을 정해요. 아침에 두 사람이 카페에서 주로 만났던 시간 무렵 전화를 걸자 엘라가 즉시 전화를 받아요.

"안녕하세요, 엘라?" 길은 자기가 건 전화번호가 진짜 엘라의 전화번호가 맞는지 알 수가 없어서 그렇게 말해요. 그러나 "여보세요"라는 한마디로는 그것이 그녀의 목소리인지 분간하기가 힘들죠. 그녀는 즉시 대답하지 않고 잠깐 말을 멈춰요. 길의 목소리를 알아들었기 때문이에요. 길이 왜 전화했는지 설명하려는 찰나 엘라가 말을 자르며 물어요. "어떻게 내 번호를 알았어요?" 길은 엘라가 전화로 누군가에게 전화번호를 알려주는 소리를 듣고 그것을 적어놓았다고 대답해요. 엘라는 전화하지 말아달라 말하고는 끊으려고 해요. "적어도 이유는 설명해줄 수 있지 않나요? 내가 뭘 잘못했나요?" 길이 묻자 엘라는 재빨리 아니라고 대답하고는 지금은 이야기를 나눌 수 없다며 카페에 가지 못하는 것은 보모가 아파 못 나오고 있는 터라 집에서 딸들을 돌봐야 하기 때문이라고 말해요. 엘라는 길에게 전화하지 말라고 다시 부탁한 다음, 적당한 때를 봐서 전화하겠다고 약속해요.

보모가 아파서 자신이 딸들을 돌보며 집에 있다는 엘라의 말을 그는 믿지 않아요. 주변으로 아이들 우는 소리나 목소리가 전혀 들리지 않고, 전화벨 소리와 시끄러운 소음이 들렸기 때문에 그녀가 사람들로 붐비는 공공장소에 있다는 생각이 들어서죠. 엘라가 자신을 피하면서 약속대로 전화를 다시 걸지 않자 길은 화가 나서 그날 저녁 다시 전화를 걸어요. 남편이 틀림없이 집에 있을, 밤 10시가 넘은 시간에요. 엘라가 전화를 받지 않자 길은 메시지를 남기려고 벨이 열 번 울릴 때까지 기다리지만 음성 메시지를 남기는 기능이 없어서 결국 끊어요. 다음 날 아침 길은 여전히 유리문으로 가려진 덱 구석 자리에 엘라가 앉아 있는 것을 보고 깜짝 놀라요. 길이 카페 안으로 걸어 들어가자마자 엘라가 그에게 담배를 피우러 나가자며 손짓을 해요. 두 사람이 문밖 포장도로에 나란히 섰을 때 엘라가 속삭여요. "미쳤어요? 남편이 집에 있을 때라는 걸 알면서 왜 전화를 해요? 날 죽이려는 거예요?"

길은 그날 아침 청바지에 파란색 폴로셔츠를 입고 있어요. 하비마 광장에서 오르나와 첫 데이트를 했을 때 입었던 바로 그 옷이죠. 엘라는 가볍지만 얇진 않은 바람막이 점퍼를 목까지 지퍼를 올린 채 입고 있어요. 아침의 구름이 흩어지고 날이 따뜻해지는데도 지퍼를 내리지 않죠. 길은 엘라가 왜 카페에 오지 않는지 이해할 수가 없어서 그 이유를 알고 싶었다고 해명해요. "나는 우리가 즐겁게 데이트를 했다고 생각해요. 당신과의 만남은 절대 놓치면 안 될 특별한 만남이라는 느낌을 받았어요." 엘라는 입에 손을 대고 "쉿!" 하고 속삭이며 말해요. "이런 자리에서 큰소리로 그런 말을 하다니 제정신이에요?" 카페 밖의 흡연석에는 검은색 아디다스 운동복 바지를 입은 얼굴이 부스스한 키 큰 남자가 통화를 하고 있었어요. 그 남자의 표정 때문에 두 사람 모두 신경이 쓰였죠. 길과 엘라는 아직 닫혀 있는 부동산 사무실의 창문 옆으로 자리를 옮겨요. 엘라는 담배에 불을 붙여서 한 모금 피우고는 평소와 같은 목소리로, 그러나 퉁명스럽게 자신도 같은 감정이었다고 말해요. "이미 말했듯이 우리가 점심을 먹은 다음 날 보모가 정말로 아파서 이틀 동안 아기를 보며 집에 있어야 했어요. 그 이틀 동안 내가 한 행동에 대해 생각하게 됐고 점점 걱정이 됐어요. 그래서 그 모든 일이 없었던 일이 되길 바라며 한동안 카페에 가지 않기로 한 거예요."

길가 쪽으로 등을 돌린 채 빈 집들의 사진이 실린 네모난 매물 간판들 사이에 서 있는 두 사람의 모습이 창문에 비쳐요. 길이 자파에서 그랬던 것처럼 다시 엘라의 손을 잡으려 하자, 그녀가 점퍼 호주머니에 손을 넣으며 "쉿!" 하고 제지해요. "도대체 왜 이래요? 당신 바보예요?"

"이게 터무니없는 생각이라는 걸 알아요." 조금 뒤 엘라가 길에게 설명해요. "그런데 집에 앉아 있으면 남편이 아는 것 같은 느낌이 들어요. 알고 있는 게 분명해요. 나를 바라보는 눈빛이 달라진 것 같아요. 그러다가 딸들을 보면 공포스러워져요. 이해가 되나요? 당신 딸들은 우리 아이들보다 더 크니까 이해할 수 없겠죠. 그 사람이 알기라도 하면 무슨 일이 일어날지 상상이 가요. 모든 것이 내 눈앞에서 무너져 내릴 거예요. 그러다가도 당신에 대해 생각하고 우리가 아침에 함께 피우는 담배, 그리고 당신과 나눈 대화와 자파에서의 만남에 대해 생각해요. 나는 그런 걸 원해요. 정말로 원해요. 나쁜 일을 한 게 하나도 없다고 나 스스로에게 말해요. 빌어먹을, 내가 무슨 짓을 했는데요? 내가 한 거라곤 드디어 내 일과 내 삶에 관심을 가져준 누군가와 이야기를 나눈 것뿐이에요. 그러니까 겁낼 게 뭐가 있겠어요. 나 자신과 그 사람 때문에 내가 왜 무서워해야 하죠? 좀 설명해줄 수 있어요?"

카페 안으로 들어가서 두 사람은 각자 자기 자리에 앉아요. 그러나 오가는 눈길로 나누는 말 없는 대화가 두 테이블을 연결해줘요. 길은 "날 포기하지 말아요, 엘라."라는 문자 메시지를 보낸 다음 그 메시지를 읽으며 미소 짓는 엘라의 표정을 쳐다봐요. 엘라가 답장을 보내죠. "제발 나한테 메시지를 보내지 말아요. 절대로 이런 메시지는 안 돼요. 절대로요. 이메일을 보내요. 당신 번호를 지우고 차단할 거예요!" 길이 "이메일 주소를 알려줘요."라고 문자를 보내자 엘라는 "당신 주소를 나한테 보내줘요."라고 답을 보내요.

몇 분 후 ella_hazany333@gmail.com으로부터 아무 내용도 없는 메일을 받은 길이 전화기로 바로 답메일을 써요. "그럼 내일이나 오늘 밤에 만날까요?" 엘라는 미소 지으며 메일을 읽고 몇 분 후에 답장을 보내요. "오늘이나 내일은 안 돼요. 그런데 당신 때문에 내가 이번 주 내내 한 자도 못 쓴 거 알아요? 제출해야 할 세미나 보고서가 있다고요! (내 나이에 보고서나 쓰고 있다니 믿을 수가 없어요.)"

며칠 동안 두 사람은 카페에서 가까운 두 테이블에 앉아 계속 이메일을 주고받아요. 선생님 모르게 수업 중에 앞뒤로 쪽지를 돌리는 애들처럼요. 길은 낮에도 사무실에서 엘라에게 이메일을 보내요. "오늘 아침에는 글을 좀 썼어요? 세미나 보고서는 잘돼가고 있어요? 무엇에 관한 거예요? 딸들하고 오후를 어떻게 보내고 있어요? 내가 보고 싶어요?" 길은 텔아비브의 호텔에 아침을 같이 보낼 방을 잡아놓겠다고 제안해요. "지금 진심으로 그런 말을 하는 건 아니겠죠,? 내 남편 사무실 바로 앞에 방을 얻는 건 어때요?" 엘라의 답장을 받은 길은 다른 장소들을 제안해요.

다른 사람한테 그에 대해 이야기한 적이 있느냐는 길의 질문에 엘라는 이야기할 거리도 없고 설사 있다 해도 절대 그러지 않을 거라고 대답해요. 길은 군 생활을 하고 있는 맏딸 노아가 주말 동안 집에 와 있을 때 엘라에 대해 말해줬다고 이메일을 써요. 그렇지만 그건 절대 사실이 아니에요. 딸한테도 거짓말을 하지 않고는 못 배기는 사람이 바로 길이니까요.

그렇게 이메일을 주고받다가 길이 외국 여행이라는 아이디어를 먼저 꺼내요.

6

에밀리아의 사망 사건에 대한 수사는 잊혔어요. 그러나 공식적으로는 미해결 사건이었어요. 길을 조사한 직후 A는 텔아비브 남부 관할 경찰서에서 샤론 관할 경찰서로 자리를 옮겼어요. 새 근무지에서 승진길을 모색하면 마흔다섯 살까지는 경찰서 서장이 될 수 있을 것이라고 믿었으니까요. A의 후임자는 아직 20대의 잘생긴 형사였는데 눈빛이 약간 맹해 보이고 무표정했어요. 업무를 인수인계하는 만남에서 A는 후임자에게 다음과 같이 사건을 요약해줬어요. "이스라엘에 친척이 없는 외국인 노동자의 명백한 자살 사건이에요. 모든 조사는 완결됐고, 라트비아 영사관을 통해 리가 경찰서에 보낸 질문들에 대한 답변을 기다리고 있지만 그곳 직원들은 우리보다 일처리가 확실히 느린 것 같아요. 답변이 오면 사건은 완전히 종결될 거라고 봐요."

시간은 빠르게 지나갔어요. 당신들의 시간은 결코 변함이 없을지라도 말이에요.

아기들이 태어났고, 병들고 나이 든 사람들은 죽었어요. 그중에는 아디나도 있었어요. 아디나는 요양원에서, 에밀리아가 팔을 쓰다듬어주던 침대에서, 필리핀인 새 간병인 로지 크리스틴이 임종을 지켜보는 가운데 세상을 떠났어요. 몇 주 후에 하바가 에밀리아의 물건이 든 종이상자를 들고 하마스거 가의 경찰서로 찾아왔어요. 내근 경사는 하바를 어디로 보내야 할지 몰랐어요. 그 사건을 담당한 젊은 형사가 외출 중이었기 때문에 그녀는 하바에게 당직 경관을 기다려보라고 했어요.

하바는 에밀리아의 상자를 발밑에 놓고 자기 차례를 기다렸어요. 벽에 걸린 TV 화면에서는 요리 프로그램이 방송되고 있었죠. 기다리는 시간이 예상보다 훨씬 더 길어졌기 때문에 하바는 모든 것을 다 포기하고 돌아갈까 고민했어요. 이래 봐야 아무 소용도 없다는 생각이 들었고 메이어도 동의했어요. 그런데 마침 그녀 앞사람이 뒷마당에 있던 가스통을 도난당해 신고하러 왔다가 짜증이 나서 자리를 포기하고 가버리는 바람에 줄이 짧아졌어요.

우연히도 그날 아침 담당 경관은 오르나 벤하모 경감이었어요. 당직 경관을 만나러 안으로 들어간 하바는 자리에 앉아서 옆의자에 상자를 올려놓고 왜 찾아왔는지 설명했어요. "어머니가 세상을 떠나셨어요." 오르나는 조의를 표했어요. "가족들이 어머니의 아파트를 치우다가 발코니에 있던 플라스틱 의자 밑에서 에밀리아의 물건이 든 상자를 발견했어요. 값비싼 물건은 아니었지만 에밀리아에게 친척이 있다면 갖고 싶어할 것 같았어요. 그래서 하바는 상자를 보내주려고 에밀리아를 소개한 직업소개소에 연락해서 라트비아에 그녀의 친척이 있느냐고 물었죠. 그랬더니 그곳 직원이 에밀리아의 물건을 경찰서에 가져가는 게 좋을 것 같다고 말해줬어요."

"안에 뭐가 들어 있는지 아시나요? 봤어요?" 오르나가 물었어요.

"네, 안에 있는 물건들이 전부 진짜로 에밀리아의 것인지, 아니면 어머니의 물건을 훔친 것은 없는지 확인하고 싶어서 들여다봤어요. 처음에는 그 상자가 누구 것인지조차 몰랐어요."

"무엇이 들어 있는지 말씀해주실 수 있어요?" 상자가 코앞에 있는데도 오르나가 물었어요.

"아까 말씀드린 대로 많진 않아요. 옷 몇 벌하고 공책들, 몇 가지 가정용품들이에요. 가족이 있으면 옷하고 작은 책들을 갖고 싶어할 것 같아서요."

오르나 벤하모 경감은 에밀리아 노디예프 수사의 요약본을 꺼내서 무슨 사건인지 알아보기 위해 재빨리 훑어봤어요. "사건 담당 수사관에게 상자를 전해줄게요. 그러면 그걸 어떻게 처리할지 결정할 겁니다. 됐죠? 우리는 상자를 다른 나라로 배달해주진 않아요. 만약 수사관이 상자가 필요 없다고 결정하면 그곳에 사는 친척 주소를 알아내서 당신에게 연락할 겁니다. 그러면 당신이 직접 보내도록 해요."

떠나기 전 하바는 에밀리아의 자살을 둘러싼 상황에 대해 경찰에서 더 알아낸 게 있느냐고 물었어요. 그러나 벤하모 경감은 자신에게는 답을 해줄 권한이 없다고 말했어요.

오후 교대 근무가 끝났을 때 오르나는 다음 날 아침 젊은 형사에게 줄 수 있도록 에밀리아의 상자를 자기 사무실에 뒀어요. 3시에는 어머니에게 전화를 걸어서 딸들이 어떻게 지내고 있는지 알아본 다음 차가 막히지 않으면 반시간 후 집에 도착할 것이라고 알렸어요. 남편에게도 전화를 걸었지만 받질 않았죠.

오르나는 인스턴트커피에 갈색 설탕 한 스푼을 넣어서 커피를 탄 다음 작은 주방에서 눅눅해진 레몬 웨이퍼를 집어 들었어요. 먹을 것이 그것밖에 없었으니까요. 그녀는 사무실에서 혼자만의 시간을 조금 더 즐기다가 딸들한테 돌아가기로 했어요. 4개월 동안 출산휴가를 갔다가 그 전주 복직했기 때문에 경찰서와 사무실, 그리고 장시간 동안 시민들과 마주 앉아 불만 사항을 들어주는 일과 제복에 다시 적응하는 중이었어요. 오르나는 원래 그날 오전의 담당 경관이 아니었는데 달리기를 하다 종아리 근육이 찢어져서 출근할 수 없는 경관 대신 막판에 불려 나온 것이었어요. 그녀가 출산 전에 맡았던 마지막 사건은 은행계좌를 개설하기 위해 신원을 도용한 몇 건의 유사한 사건들과 관련이 있었어요. 그런데 휴가를 가 있는 동안 그 사건이 한 국가 부서로 이송돼버렸기 때문에 수사 진척 상황을 전혀 알 수 없게 됐어요.

오르나는 호기심에서 에밀리아의 상자 안을 들여다봤죠. 그녀에게도 고등학교 때부터 대학 때까지의 서류들과 증명서들, 심지어는 옛 남자친구들로부터 받은 연애편지들을 모아놓은 비닐봉지까지 보관해둔 종이박스가 있었으니까요. 그 상자는 욕실밖 다용도실 창고의 맨 꼭대기 선반 위, 방독면 옆에 보관돼 있었어요. 파일을 읽고 난 오르나는 에밀리아의 소지품을 보내줄 사람이 없을 것 같다고 생각했어요. 라트비아에서 에밀리아의 친척들을 전혀 찾을 수가 없었으니까요. A가 파일에 덧붙여놓은 미결 문제들이 흥미를 불러일으켰어요. A가 왜 그 사건을 종결

된 사건이라고 요지를 설명했는지 이해가 안 됐어요. *그녀는 라트비아의 누구에게 돈을 보내고 있었는가? 리가로 추방당하는 것을 그렇게 두려워했으면서 왜 리가에 갈 계획이었는가? 그녀가 그곳에서 재정적으로, 혹은 법적으로 문제가 있었는가?*

에밀리아의 상자 안에는 대부분 회색인 티셔츠 몇 장과 러시아어로 된 성경처럼 생긴 책 한 권, 탈리스(유대인 남자가 아침 기도 때 어깨에 걸치는 숄)처럼 접힌 얇은 흰색 커튼, 수건 한 장, 녹색 식탁보, 유리 화병이 들어 있었어요. 또 오래된 신문들과 두 개의 팸플릿, 공책 한 권이 들어 있었는데 이것들을 하바는 "작은 책들"이라고 부른 것 같았어요.

오르나는 서둘러 가봐야 했기 때문에 공책을 펴볼 겨를은 없었어요. 유아원에서 로니를 데려오고 학교에서 나오미를 데려온 다음에는 이른 아침부터 다니엘을 봐준 어머니 대신 아기를 돌봐야 했으니까요.

그날 오후 네 사람이 작은 동네 공원에 갔는데 로니가 목줄이 없는 개한테 물릴 뻔했어요. 그날 밤 잠들기 전 오르나는 파일에 있던 사진 속 에밀리아의 죽은 얼굴에 대해 생각했어요. 그리고 한밤중에 다니엘에게 젖을 먹이러 일어났을 때 상자 생각이 났어요. 아침에 상자를 보내기 전 그녀는 왜 그랬는지 모르겠지만 그것을 다시 열어봤어요.

공책의 첫 페이지에는 히브리어 알파벳을 나타내는 글자들이 전부 세로로 길게 줄지어 적혀 있었고 그 옆에는 그에 상응하는 소리를 내는 라틴어 글자가 다른 색으로 적혀 있었어요. 두 번째 페이지에는 단어들 목록이 있었고요. 첫 번째는 히브리어로, 다음에는 라틴어 음역이, 마지막으로는 뜻이 적혀 있었어요.

나이 든 사람의 필체였어요. 히브리어가 모국어인 사람은 아니었고, 글자들이 흔들려 있었어요. 단어들을 쉽게 알아볼 수는 없었지만 간단한 단어들이라 약간 주의를 기울이자 읽을 수가 있었어요. "אבא – ABA – 아버지; אמא – IMA – 어머니; סים – MAYIM – 물; סוכ – KOS – 유리; לכא – OCHEL – 음식; הפורת – TRUFA – 약." 세로줄들로 가득 찬 몇 페이지 다음에는 비어 있는 페이지들이 있었죠. 그러다가 필체가 바뀌고 단어들의 형태가 바뀌었어요. 정연한 세로줄 대신 연필로 쓴 히브리어 단어 하나가 가득 적혀 있었어요. 글씨체가 큼지막해서 글자를 썼다기보다는 그렸다고 하는 편이 맞을 것 같았어요. 9월에 학교를 다니기 시작한 나오미의 글씨처럼요.

예를 들어 몇 페이지에는 *mapah* – 식탁보, *Yetziah* – 출구, *koma* – 마루, *knesiyah* – 교회 같은 단어들이 가득 적혀 있었어요. 또 어떤 페이지에는 대화 같기도 한 히브리어 문장들이 적혀 있었고 그 옆에는 오르나가 읽을 수 없는 언어로 번역된 것처럼 보이는 문장이 적혀 있었고요.

"오늘 밤에 만날 수 있어요?"

"언제 당신을 만날 수 있어요? 당신의 냄새가 그리워요, 에밀리아."

"당신 생각을 점점 더 많이 하고 있어요."

공책에는 이름도 몇 개 적혀 있었어요. *타데우스*라는 이름은 크고 둥근 글씨로 몇 번씩 매우 꼼꼼하게 적혀 있었어요. 여러 가지 크기로 그려진 *에밀리아*도 있었고 *나훔*과 길도 있었죠. 에밀리아의 생애에 대해 이미 약간은 알고 있었기 때문에 오르나는 그 이름들을 하나의 이야기처럼 읽을 수 있었어요. "아디나"는 에밀리이가 간병했던 여자 노인 환자였고 "하바"는 아디나의 딸이었어요. 그리고 "길"은 에밀리아를 도와줬던 변호사가 틀림없었죠. 에밀리아가 청소했던 아파트의 주인이기도 했고요. "나훔"은 에밀리아가 처음 이스라엘에 왔을 때 2년 동안 돌봤던 남자 노인 환자였어요. "타데우스"는 에밀리아가 매주 일요일에 이야기를 나누곤 하던 신부였는데 조사받을 때 그는 에밀리아가 자살했을 리 없다고 주장했어요.

그런데 공책의 마지막 부분에서 오르나는 자기 이름을 발견했어요.

7

엘라는 아무 설명도 없이 며칠 동안 다른 나라로 그냥 훌쩍 떠
난다는 것은 비현실적이라고 말해요. 길이 이유를 묻자 엘라는
주말 내내 도와줄 사람도 없이 남편에게 딸들을 맡겨놓고 떠날
수는 없다고 말해요. "시어머니는 도움이 안 되고, 친정 부모님
은 돌아가셨어요. 게다가 남편한테 무슨 이유를 대면서 여행을
가고 싶다고 말할 수 있겠어요? 그냥 쉬거나 기분 전환하러 혼
자서 다녀오겠다고 말할 수는 없어요. 그건 나답지 않은 행동이
고 남편도 그걸 알아요. 친구와 함께 간다고 말할 수도 없어요.
설사 당신과 함께 갈 용기가 있다 해도, 친구들 중 어느 누구에
게도 말하지 않을 거예요. 나를 위해 거짓말을 해달라고 부탁하
고 싶진 않으니까요. 그리고 발각될까봐 너무 무서워요."

엘라는 길에게 여행 가는 것을 포기하라고 말하고 길도 그 말을
따라요. "만족스럽지는 않지만 함께 커피를 마시고 메일을 주고받
으며 견뎌야 해요." 엘라는 길한테 이렇게 이메일을 보내죠. "물론
나는 당신과 정말로 떠나고 싶어요. 단 이틀이라도 나 혼자 보내
본 적이 언제였는지, 얼마나 오래됐는지 상상할 수도 없어요."

며칠 동안 두 사람은 이메일만 주고받으며 매일 아침 카페에서 만나요. 길은 그 이상은 아무것도 원하지 않죠. 그런데 얼마 후부터 길의 이메일이 바뀌어요. 유혹하고, 애원하며, 욕망으로 불타올라요. "사무실에서 고객들과 상담할 때도 당신에 대해, 당신이 아침에 했던 말에 대해 생각해요. 당신이 그렇게 하라고 하면 기꺼이 결혼생활을 끝내고 아내를 떠날 수 있어요." 5분 후에는 또 다른 메일을 보내와요. "미안해요. 지난번 메시지는 삭제해버려요. 당신이 원하는 것이 그게 아니라는 걸 알아요. 당신에게 스트레스를 주려는 의도는 아니었어요. 나는 인내심을 가지고 당신을 기다리고 있어요. 정확히 어디서 기다리고 있는지 당신은 알 거예요. 우리가 지금 많은 것을 나누고 있지만 당신이 그 이상을 원한다면, 나는 여전히 그곳에 있을 거예요."

4월이 됐어요. 길과 오르나 사이의 관계가 시작된 달이죠. 유월절 축제 기간 동안 긴 방학이 시작돼요. 엘라는 딸들이 집에 있고 보모가 휴가를 가서 카페에 자주 못 갈 거라고 해명해요. 며칠 동안 폴란드와 불가리아를 다녀올 예정이라 길도 역시 카페에 못 갈 거라고 말해요.

봄이 되자 찬바람을 막기 위해 11월부터 카페 덱에 둘려 있던 유리벽이 치워져요. 이제는 덱이 거리에 노출돼서 두 사람은 하루 종일 에어컨이 돌아가는 작은 실내 공간으로 자리를 옮겨요. 밖에서는 봄의 첫 폭염이 시작되죠. 우울한 공기는 건조해지고 모래로 희뿌옇게 변하지만 꽃향기를 머금고 있어요. 사람들은 외투를 벗어던지고 다시 티셔츠를 입기 시작해요. 그러나 엘라는 밖으로 나가 햇살 속에서 담배를 피울 때조차 바람막이 점퍼나 얇은 데님 재킷을 입고 있어요. 한데 리가에서는 가장 추운 4월을 기록해요. 그달 초에 열흘 동안 눈이 내렸고 강이 아직도 거의 꽁꽁 얼어 있어요.

길은 엘라를 자기 아파트로 초대해요. 5월에는 여름 관광객으로 채워지겠지만 지금은 비어 있으니까요. 엘라는 거절하죠. 길은 더 이상 함께 여행을 가자는 말은 하지 않아요. 그런데 길이 다가오는 출장에 대해 말해주자 더 많은 것을 알고 싶어한 사람은 오히려 엘라였어요. 엘라가 "혼자 가요?"라고 묻자 길이 그러죠. "무슨 말이에요?"

"내 말은, 당신이 같이 여행 가자고 하는 유부녀가 나 혼자만은 아닐 거라 생각해요. 나 혼자예요? 당신이 전에도 그랬다고 말했잖아요." 엘라는 미소를 짓고, 길은 잠깐 뜸을 들였다 부드럽게 말해요. "내가 지금 다른 여자들을 만나고 있다고 생각하는 거예요? 진심으로?"

엘라는 길에게 너무 예민하게 굴지 말라고 하면서 사과해요. "그런데 우리가 함께 떠나면 거기서 뭘 할 거예요? 어쨌든 당신은 일하러 가는 거잖아요." 길은 가끔은 회의에 참석해야겠지만 나머지 시간에는 함께 돌아다니기도 하고, 다른 사람들한테 들킬 걱정 없이 호텔에서 시간을 보낼 수 있다고 설명해요. 이스라엘에서는 절대 할 수 없는 방식으로 긴장을 풀게 될 거라면서요. "그렇지만 여기에서는 어떻게 하죠? 함께 택시를 타고 공항에 가나요?"

"함께 시간을 보낼 수 있도록 내가 하루나 이틀 먼저 가서 일을 처리해놓을 테니 당신은 나중에 나와 합류하면 돼요. 우리가 같은 비행기를 탈 필요는 없어요. 텔아비브와 폴란드, 혹은 루마니아 사이를 매일 오가는 비행기가 몇 대나 되는지 알아요?"

엘라는 길의 말을 진지하게 들어요. 여행이 어떻게 이루어질지 그의 설명을 듣고 나서 마음이 달라진 것처럼요. "그러면 거기에서는요?"

"거기에서는 뭐요?"

"거기에서는, 우리가 같은 호텔에서 묵어요? 같은 방에서요? 항상 그런 식이었어요?"

길은 마지막 질문은 무시하고 같은 방일 수도 있고 옆방일 수도 있다고 말해요. "부쿠레슈티나 바르샤바에는 호텔이 차고 넘쳐요. 이 문제는 모두 당신에게 달려 있어요. 그런데 왜 같은 방을 쓰면 안 돼요? 그곳에서는 우리를 아는 사람이 아무도 없을 것 같은데요."

"사진 가지고 있어요? 호텔이 어떻게 생겼는지 보여줘요." 엘라가 말하자 길은 출장을 가서는 사진을 찍지 않을뿐더러 항상 같은 호텔에 묵지는 않기 때문에 사진이 없다고 대답해요. 그렇지만 사무실에 도착하면 링크를 보내주겠다고 약속해요. "당신이 남편을 그렇게 무서워하다니 유감이에요." 길의 말에 엘라는 대답하지 않아요. "그 사람이 당신에게 어떻게 할 수 있겠어요, 엘라? 그 사람이 무슨 짓을 할지 말해봐요."라고 길이 묻자 엘라가 말해요. "잊어버려요. 남편이 무서워서가 아닌 것 같아요." "그럼 누가 무서워요?" 길의 질문에 엘라가 대답해요. "제발요, 길. 잊어버려요."

여기까지가 길이 출장을 떠나기 전 마지막으로 만났을 때 두 사람이 나눈 대화예요. 길은 출장 중 엘라에게 사진 한 장을 보내요. 복원된 붉은색 성당 앞 광장에 관광객들과 흰 말이 끄는 마차들이 넘쳐나는 저녁 시간의 바르샤바 구도시 사진이었죠. 엘라에게서 답장이 오고 길은 그것이 새벽 3시에 쓴 글이라는 걸 알아차려요. "이틀 동안 여행 갈 수 있는 완벽한 구실을 찾아낸 것 같아요. 논문 말이에요, 길! 세미나 논문을 쓸 자료 조사를 해야 해요! 천재적이지 않아요?"

이스라엘로 돌아온 길은 엘라가 달라졌다고 생각해요. 물론 아직 두려움이 남아 있고 자신의 결정에 대해 완전히 마음 편한 상태는 아니었지만 두려움을 물리쳐보려고 결심한 것처럼 보였어요. 학교가 아직 방학 중이라 두 사람은 카페에서 만날 수가 없었죠. 대신 처음으로 밤에 야르콘 공원에서 만나기로 했어요. 엘라는 남편에게 하루 종일 딸들과 집에 처박혀 있어서 신선한 공기가 필요하다고 말했고, 길은 루스에게 체육관에 다녀올 거라고 둘러댔죠. 두 사람은 강둑에 있는 가로등들로부터 안전하게 거리를 유지하면서 강을 따라 걷다가 한적한 곳에 있는 벤치를 찾지만 대부분 벤치는 이미 다른 사람들이 차지하고 있어요. 엘라는 길이 다시 키스하고 만지도록 해줘요. 길이 엘라의 손을 놓아줄 때도 엘라는 계속 그의 손을 잡고 있고요. 두 사람은 길이 공항에서 사온 벨기에산 초콜릿을 나눠 먹어요. 엘라가 오래 간직할 수 있는 물건보다는 먹거나 써서 없앨 수 있는 것을 선호하리라 생각해서 사온 선물이었어요. 엘라는 남편한테 이렇게 설명했다고 말해요. 세미나 보고서를 쓰다가 폴란드의 기록 보관소에 있는 중대 문서를 발견했는데 그것이 중요한 발견일 수도 있기 때문에 직접 가서 확인해봐야 한다고 했다고. 엘라의 남편은 가족 모두 함께 가자고 제안했죠. 여름이나 그보다 더 일찍, 오순절(유월절 후의 50일째 성령 강림의 축일) 휴일에 잠깐 휴가를 내서 딸들과 함께 가자고요. 엘라는 혼자 가야 한다고 우겼어요. 기록 보관소에 가서 계속 조사를 해야 하는 데다 혼자 가야 빨리 마치고 돌아올 수 있다면서요. "아직 남편한테 확실하게 갈 거라고 말하진 않았어요. 그렇지만 남편이 가도 괜찮다고 할 것 같아요."

두 사람이 공원에서 함께 있을 수 있는 시간은 한 시간뿐이었어요. 헤어질 때쯤 엘라가 거의 확실하게 여행을 가고 싶다고 말해요.

"그런데 어떻게 그렇게 갑자기 결정했어요? 무슨 일이 있었어요?" 길이 묻자 엘라가 대답해요. "이렇게 계속 두려움 속에서 살 수는 없어요. 두려워할 게 하나도 없는데 말이에요." 길이 한 팔로 엘라의 어깨를 감싸면서 말해요. "드디어 가게 되는군요."

길이 언제 출장을 갈 것인지 알아보고 엘라에게 알려주기로 해요. 다음 날 길은 다음 주 부쿠레슈티에서 하루 정도만 있으면 되고 그 후로는 둘이 바르샤바나 크라쿠프에서 이틀이나 사흘 정도 머물 수 있다고 이메일을 보내요.

엘라가 답장을 써요. "다음 주에요? 너무 빠르지 않아요? 나한테는 조금 부담스러운데요. 일정을 미룰 수 없어요?" 길은 엘라가 함께 가겠다고 약속만 해준다면 며칠 동안 회의를 미룰 수 있다고 대답해요.

엘라는 그날 길에게 최종적인 답을 해주지 않은 채 다음 날 카페에도 나타나지 않아요. 길은 카페에서 엘라를 기다리며 무슨 일이 일어난 것이라고 생각해요. 엘라의 남편이 두 사람이 주고받은 이메일을 발견했을지 모른다고 생각하죠. 그러나 사무실에 출근해보니 엘라에게서 두 개의 이메일이 와 있어요. 첫 번째 이메일에는 이렇게 적혀 있어요. "갈게요. 다다음주 주말에요. 4월 30일 목요일에 떠나서 일요일에 돌아올 수 있어요. 그런데 그때까지 몇 번이나 카페에 갈 수 있을지, 우리가 이메일을 주고받는 게 좋은 생각인지 모르겠어요." 길이 어쩌다 먼저 읽게 된 두 번째 메일에는 엘라의 영어 이름과 여권 번호가 적혀 있었어요. 그날 길은 두 사람의 항공권을 예약해요.

8

잘생긴 젊은 형사는 에밀리아의 자살 사건을 오르나 벤하모에게 넘기는 데 전혀 반대하지 않았어요. 오르나가 그 사건에서 무엇을 봤는지 알 수 없었고, 건설 현장에서 일어난 일련의 고의 파업 행위 때문에 바쁘기도 했으니까요. 그는 국가 수사 기관에 배정받고 싶었고 아버지는 꼭 그래야 한다고 생각했어요. 그래서 자신이 원하던 자리에 배정해달라고 우기지 않고 텔아비브 남부 관할 경찰서로 가라는 인사부의 압력에 굴복한 것을 내심 후회하고 있었어요. 아침 일찍 빨간색 르노 클리오를 타고 건물 지하 주차장에 들어갈 때면 그는 빨리 퇴근하고 싶다는 마음뿐이었어요.

오르나는 살라메 가 경찰서 건물 3층에서 텔아비브 지구의 수사와 정보 분과를 총괄하는 일라나 리스 서장으로부터 이야기를 나누자는 호출을 받았어요. 그녀는 리스 서장에게 A가 추정한 것처럼 에밀리아가 자살했다고 확신하지 못하는 이유에 대해 열심히 설명했어요. "에밀리아와 가장 가까운 사람이었던 신부의 증언이 있어요. 신부는 에밀리아가 자살했을 리 없다고 분명히 말했어요. 에밀리아는 가톨릭을 믿었고 가톨릭 신자들에게 자살은 분명히 죄예요. 거기다 휴가차였는지 아니면 돌아오지 않으려고 결심한 여행이는지 정확하게 알 수는 없지만, 에밀리아는 막 리가로 떠나려던 참이었어요. 떠나기 며칠 전에 왜 여기서 자살을 하겠어요? 말이 안 돼요. 그리고 데이트 강간 약물처럼 온갖 종류의 독극물에 대한 검사 보고서들이 있잖아요. 시간이 지나 지금은 검사를 할 수가 없지만 당시에 왜 독극물 검사를 하지 않았는지 매우 이상해요."

리스 서장은 오르나에게 담배를 피워도 괜찮겠느냐고 물었어요. 그녀는 이미 오랫동안 암 치료를 받아오던 터였고, 본인은 아직 모르고 있지만, 직장에 나와 일하는 시간이 몇 주밖에 남지 않은 상황이었어요. 오르나가 고개를 끄덕이고 말했어요. "어쩌면 제가 한 대 얻어 피울 수도 있어요." 두 사람은 전에 같이 일해본 적이 거의 없었어요. 리스 서장은 아야론 관할 경찰서에서 수사와 정보를 총괄하다가 일 년 전쯤 이곳으로 부임했고, 이후 몇 달 뒤 오르나가 출산휴가를 갔기 때문이에요. 이는 사건을 계속 진행할 가치가 있는지 결정을 내려야 하는 여자의 표정을 오르나가 읽어낼 수 없다는 것을 의미했어요. 오르나가 덧붙였어요. "그런데 가장 중요한 것은 발견된 사안들이에요. 아니, 그녀가 자살한 것으로 추정되는 그날 밤에 대해 우리가 찾아내지 못한 사안들이라고 해야겠네요. 에밀리아가 자살하는 것을 본 사람도 없고, 전에 그녀를 본 사람도 없는데, A가 어떻게 우리 경찰서로부터 200미터 떨어진 중앙버스터미널 근처 건물 마당에서 그녀가 자살했다고 결론을 내릴 수 있었는지 이해할 수가 없어요. 에밀리아가 그날 오전 바트얌에 있는 요양원에서 나간 것은 모두 알고 있어요. 그런데 하루 종일 그 지역을 걸어 다닌 그 여자를 단 한 대의 카메라도 포착하지 못했다고요? 그런 불안정한 상태의 여자를 눈여겨본 사람이 아무도 없었다고요? 게다가 자기 머리에 비닐봉지를 씌워서 자살한 사람을 본 적이 있으세요?"

일라나 리스는 불붙인 담배를 재떨이에 내려놓았어요. 25년간 경찰로 일하면서 그녀는 온갖 가능한 죽음, ─ 당사자뿐만 아니라 다른 사람들에 대한 ─ 상상 가능한 온갖 형태의 잔인함을 목격했어요. 그러나 그녀는 그것을 오르나에게 말하고 싶지 않았어요. 오르나의 열정이 어쩐지 예루살렘 지구에서 경찰로 첫발을 내디뎠던 15년 전이나 20년 전 자기 모습을 떠올리게 했으니까요. 그녀는 당시 도시 외곽 마을의 마당 딸린 오래된 돌집에서 남편과 살고 있었어요. 소나무들이 마을 주변을 둘러싸고 있어서 비가 올 때마다 강한 생명의 냄새를 뿜어냈죠.

A는 에밀리아 노디예프 사건에 대해 할 일이라고는 끈기를 가지고 리가 경찰로부터 답변을 기다렸다가 사건을 종결하는 것뿐이라고 생각했어요. 그러나 오르나는 포기하려 하지 않았어요. "누군가 가져온 상자에 대해 나한테 전화로 뭐라고 했죠? 이해를 잘 못 해서요." 일라나가 말했어요.

"상자에 대해 잘 모르겠지만 조사해보고 싶은 게 있어요. 그게 이 시점에서 제가 따라가보고 싶은 방향 중 하나예요." 오르나는 상자에서 발견한 에밀리아 노디예프의 공책에 분명히 에밀리아의 필체로 또 다른 여자의 자살과 연관된 내용이 적혀 있었다고 일라나에게 전했어요. 그 여성은 홀론 주민인 오르나 아즈란으로 4년 전 루마니아의 호텔방에서 죽은 채 발견됐어요. "신문 기사를 에밀리아가 베껴 적은 것 같아요. 그 이유를 모르겠어요."

"무슨 말이에요? 베끼다니?"

"에밀리아는 온갖 종류의 것을 베껴 적은 것 같아요."

"예를 들면?"

"여기저기 온갖 군데서 찾아낸 문장들과 단어들을 베껴 적었어요. 어디에서 따왔는지는 확실치 않지만요."

공책에는 사실 명확하게 알 수 있는 글이 하나 반복적으로 나타났지만, 오르나는 그것을 일라나에게 알리고 싶지 않았어요. 그것은 상자 안에 같이 들어 있던 성당 안내책자에서 에밀리아가 여러 번 베껴 적은 이야기였어요. 자파에서 죽었다가 다시 살아난 타비사에 관한 이야기였죠. 이것을 말하면 에밀리아가 제정신이 아니어서, 아마도 다시 살아날 것이라 생각했기 때문에 자살했을지도 모른다는 일라나의 가정을 확고하게 굳힐 수도 있을 것 같아서, 오르나는 이 글에 대해 일라나에게 알리지 않기로 했어요.

"이 공책이 에밀리아의 것이라는 게 확실해요?"

"네, 그런 것 같아요. 히브리어를 공부하기 위해 직접 만들었거나 누군가 그녀를 위해서 만들어준 공책처럼 보여요. 이 이스라엘 여성의 자살에 관한 이야기는 신문에서 한두 구절을 베낀 것인데 왜 그랬는지는 모르겠어요. 제가 알아본 바로는 오르나 아즈란의 자살과 신문에 그 기사가 실렸던 일은 에밀리아 노디예프가 이스라엘에 오기 전에 일어났거든요."

일라나 리스는 담배를 끄고 일어나 창문을 열어서 환기를 시켰어요. 모든 움직임이, 특히 검은 중역 의자에 앉아 있는 것이 힘들었어요. 그래서 가죽 의자 위에 부드러운 쿠션을 세 개나 놓아뒀죠. 그녀는 통증을 숨기려고 애를 썼어요. "그런데 왜 이것 때문에 라트비아 여성의 자살에 의구심이 생긴다고 생각해요? 그게 내가 이해할 수 없는 점이에요. 그 반대인 것 같은데 그렇지 않나요? 에밀리아는 어디선가 신문을 발견하고 외국에서 자살한 이스라엘 여성의 이야기를 읽었어요. 그 기사 때문에 에밀리아가 여기서 자살하겠다는 생각을 하게 된 거고. 아니에요?"

"저도 처음에는 그렇게 생각했어요, 일라나. 그리고 어쩌면 당신 생각이 맞고, 실제로 그런 일이 일어난 것일 수도 있어요. 그런데 오르나 아즈란의 기사를 확인해보다 그 또한 특이한 자살이었다는 걸 알았어요. 목을 매서 죽었는데 전깃줄로 목을 맸어요. 오르나 아즈란의 사건에서도, 그 여자를 아는 모든 사람이 그녀가 자살할 가능성이 전혀 없다고 말하면서 살인이라고 주장했어요. 에밀리아의 사건에서 신부가 그랬던 것처럼요. 이상하다는 생각이 들지 않으세요? 그들을 아는 모든 사람이 자살할 가능성이 절대 없다고 말하는 두 여성이 있어요. 서로 알지도 못하는 사이인 것 같은데 그들 중 한 사람의 개인 일기에 다른 사람의 이름이 적혀 있어요. 그리고 에밀리아 역시 공책에 루마니아에 있는 호텔 이름과 주소를 적어놓았어요. 물론 오르나 아즈란이 자살한 호텔은 아니에요. 그렇지만 이상하지 않나요?"

책상 위에서 일라나 리스의 휴대전화기가 진동했어요. 일라나는 전화기를 힐끗 본 다음 뭔가 쉿 하는 소리를 내고는 그것을 돌려놓았어요. "우연의 일치 같은데요." 그녀가 말했어요. "루마니아에서 일어난 이 자살 사건을 우리가 수사했나요?"

"아니오, 이스라엘에서는 수사가 전혀 이루어지지 않았어요. 오르나 아즈란의 친척들은 루마니아인들이 수사한 것을 받아들이지 않고 우리에게 사건을 의뢰했어요. 그런데 이스라엘 경찰은 그들에게 부쿠레슈티 경찰이 이미 조사를 마쳤다고 통보하고 사건을 종결해버렸어요."

통증이 번개처럼 등을 타고 지나가자 일라나는 몸을 바로 세웠어요. 그런 다음 오르나에게 말했어요. "당신이 그 사건을 맡아서 언제, 어떻게 사건을 종결할 것인지 결정을 내리고 싶다면 나는 전혀 반대할 생각이 없어요. 그런데 여기서 그 부쿠레슈티 자살 사건을 어떻게 수사하려고 하는지 정말 이해가 안 돼요."

첫 번째 단계는 오르나 아즈란의 죽음에 대해 루마니아 경찰이 확보한 모든 세부적인 자료를 요청해서 그 자료 파일을 히브리어로 번역하는 일이었어요. 오르나는 하이파에 살고 있는 체르노비츠의 원어민을 찾아내서 번역을 부탁하기로 했어요. 그와 전화 통화를 한 뒤 오르나는 파일 번역본을 받으려면 몇 주는 걸리겠다고 예상했죠. 서른여덟 살인 그 남자가 컴퓨터를 잘 못 다루기 때문에 자료를 팩스로 보내달라고 요청했거든요. 그런데 놀랍게도 다음 날 정오쯤 번역본이 팩스로 왔어요. 오르나는 어머니에게 두 시간 더 딸들을 봐달라고 부탁하고 6시가 넘어서 집에 갔어요. 그녀는 자료를 두 번 읽어보고 즉시 전화를 걸기 시작했어요.

당장은 루마니아 증인들과 이야기를 나눌 수 없었어요. 증인들 대부분이 오르나가 발견된 트리아농 호텔 직원이었으니까요. 그러나 이스라엘 증인들인 오르나의 친구들과 친척들과는 통화에 성공했어요. 다음 날 오르나는 긴 머리를 뒤로 넘겨서 포니테일로 묶은, 마르고 키 작은 남자와 책상 앞에 마주 앉았어요. 몇 년의 시간이 흐른 데다 반백이 된 머리 때문에 얼굴 표정과 냄새가 아니었다면 당신은 로넨을 못 알아봤을 거예요, 오르나. 그녀는 로넨에게 오르나의 남편이냐고 물었고, 그는 무심코 그렇다고 했다가 전남편이라고 정정해요. 이어 언제 이혼했으며 왜 루마니아 경찰서 파일에 오르나의 남편으로 기재돼 있느냐고 묻자 로넨이 대답하기를, 이혼은 살인이 일어나기 일 년 전에 했지만 루마니아 경찰을 압박하기 위해 자신을 남편으로 소개했다고 했어요. "오르나는 혼자가 아니며, 그녀 뒤에 가족이 버티고 있다는 것을 알리려고 했죠. 사건을 소홀히 다루지 못하도록 말이에요." 그는 이렇게 말했어요.

로넨은 밝은 갈색 가죽 지갑과 전화기, 뒤 호주머니에 들어 있던 커다란 열쇠꾸러미를 책상 위에 올려놓았어요. 그는 오르나에게 왜 자신을 소환했는지 물었어요. 오르나는 사실을 말해주지는 않고, 이스라엘 경찰에게 사건을 조사해달라는 가족의 반복된 요청이 재고되고 있다고만 설명했어요.

"그건 시간문제예요. 그런데 나한테 뭐가 필요한 거죠?"

오르나는 수사할 만한 것이 있는지 확신할 수 없는 척했어요. "사실을 말하자면, 당신의 청원과 파일을 읽었어요. 그런데 그다지 확신은 안 서더군요. 두 사람이 힘들게 이혼했다고 들었어요. 당신이 이스라엘을 떠났다가 돌아와서 아들을 데려가고 싶어했다면서요. 그것만으로도 그녀의 행동을 상당 부분 정당화시켜줄 수 있는 배경처럼 보여요. 왜 자살이 아니라고 생각하는지 설명을 좀 해주실 수 있나요?"

"오르나는 자살하지 않았으니까요. 그녀는 절대 자살할 사람이 아니에요. 우리가 힘든 이혼을 했다는 게 어떻다는 거예요? 물론 오르나가 힘들어한 건 사실이에요. 모두 힘들어해요. 그러나 오르나는 전반적으로 행복했어요. 그리고 에란을 혼자 남겨두고 떠날 사람이 아니에요. 절대로요. 오르나는 절대 에란을 두고 떠날 사람이 아니에요."

"에란이 아들이에요?"

"에란은 우리 아들이에요. 오르나는 아들과 하루도 떨어지고 싶어하지 않았어요. 그러니까 절대 자살을 하지 않았을 거예요. 또 당신 말처럼 나는 오르나에게서 에란을 데려가려고 돌아온 게 아니었어요. 그냥 그 애를 보러 왔던 거예요."

"그럼 왜 오르나가 루마니아에 갔는지 설명해봐요."

"무슨 말이에요, 왜냐고요?"

"왜 오르나가 에란을 놔두고 갔죠? 당신은 오르나가 하루도 아들과 떨어지지 않으려 했다고 말했잖아요. 그런데 어떻게 그 애를 놔두고 며칠이나 여행을 갔어요? 어쩌면 오르나가 아들에게서 벗어나고 싶어하지 않았을까요? 그러니까…… 자살을 하려고요."

로넨은 오르나가 제일 좋아하던 빛바랜 빨간 티셔츠를 입고 있었고 바지는 새것이었어요. 면도를 하지 않아서 덥수룩해 보였고 마른 얼굴에 난 까칠한 수염이 희끗희끗했어요. 커다란 갈색 부츠는 매우 지저분했고요. "솔직히 오르나가 왜 거기 갔는지 나도 몰라요. 그걸 조사해봐야 해요. 아무도 모르는 것 같아요. 에란이 모샤브에서 나와 함께 며칠을 지냈기 때문에 혼자 좀 쉬러 갔을 수도 있어요. 하지만 영원히 에란을 두고 떠난다고요? 그건 어림없어요."

"오르나에게 무슨 일이 일어났다고 생각해요?" 하고 묻자 로넨은 "잘은 모르겠지만 누군가가 오르나를 죽인 거지 그녀가 자살한 것은 분명히 아니에요."라고 대답했어요. 루마니아의 경찰에 의하면 오르나가 호텔에 도착한 순간부터 다른 사람과 함께 있는 것을 본 사람이 아무도 없었어요. 오르나 말고는 그녀의 방을 출입한 사람이 아무도 없었고요. 물론 호텔 복도에는 카메라가 없었고, 당연히 방에도 없었어요.

"죄송한 말씀이지만," 오르나가 신중하게 말했어요. "당신 마음이 편해지려고 그렇게 믿는 건 아닌가요? 오르나의 자살 원인 중에는 당신들 두 사람 사이의 상황이, 그러니까 이혼과 아들 양육 문제에 대한 갈등이 들어 있어요, 아닌가요? 당신이 이렇게 말하는 건 죄책감 때문일 수도 있지 않나요?"

"물론 죄책감을 가지고 있어요. 한없는 죄책감을요. 하지만 죄책감 때문에 이렇게 말하는 건 아니에요. 그 사람이 자살하지 않았다는 것을 알기 때문에 이러는 겁니다."

"그러면 오르나가 아들에게 보낸 작별 메시지는요?" 오르나는 로넨에게 번역문을 읽어줬어요. "오르나는 자신에게 닥친 일들 때문에 죽고 싶다고, 계속 살 수가 없다고 분명히 썼어요. 아닌가요?"

로넨이 되받아쳤어요. "바로 그게 문제예요. 오르나가 에란에게 왜 그런 말을 보내겠어요? 당신이 자살하려고 한다면 아들한테 그런 말을 보내겠어요? 그리고 어쨌든 그건 사실이 아니에요. 그날 에란과 전화 통화를 할 때 오르나는 좋아 보였어요. 에란에게 줄 선물도 샀다고 했고요. 그 선물들은 호텔방에서 발견됐어요. 그런데 왜 오르나가 아들한테 그런 말을 했겠어요? 그리고 오르나의 전화기는 어디 있는 거죠? 루마니아 경찰은 왜 그걸 못 찾는 거예요? 오르나는 작별 메시지를 자기 전화기로 보내고 자살했어요. 그런데 그 전화기가 사라졌어요."

부쿠레슈티 경찰은 시신을 발견한 호텔 청소부가 전화기를 훔쳤을 거라고 추정했어요. 로넨에게 그것을 설명하면서 오르나 자신도 그런 얘기는 전혀 설득력이 없다고 생각했죠. 트리아농의 고참 직원 중 한 사람이 몇 년 동안 호텔 투숙객들로부터 전화기와 보석, 현금을 훔친 혐의로 몇 주 후에 체포됐어요. 오르나 아즈란의 사망에 연루됐는지 그 직원을 신문했지만 그는 오르나의 전화기를 훔친 것을 부정했어요. 호텔 기록에 따르면 그 직원은 오르나가 사망한 날 근무하지도 않았어요.

오르나는 짧게 단편적으로 여러 다른 질문들을 하기 시작했어요. 이제는 그녀의 어조가 더 부드러워졌죠. "혹시 오르나가 누군가와 함께 갔는지 알고 있어요? 오르나와 함께 여행을 갔을 수도 있는 누군가요."

로넨은 모른다고 말했어요.

"오르나가 다른 남자를 만났는지 혹시 아는 게 있나요? 여기서나 다른 나라에서요. 오르나가 술집이나 식당에 갔다가 남자를 만나서 함께 호텔로 돌아왔을 수도 있다고 생각해요? 그러니까 다른 나라에서요."

로넨은 그렇게 생각하지 않는다고 대답했어요.

"오르나가 당신에게 타데우스라는 이름을 언급한 적이 있나요?"

"타데우스요?"

"네."

"아니오."

"나훔에 대해서는요? 아니면 길은요?"

"아니오. 그런데 왜 이런 이름들에 대해 묻는 거죠?"

"혹시 오르나가 에밀리아라는 여자를 이스라엘에서 알고 지냈나요? 에밀리아 노디예프라는 라트비아 여자 말이에요."

오르나는 계속 질문을 했고, 로넨은 계속 "아니오"라고 대답했어요. 에란이 지금 어디서 사느냐고 묻자 로넨은 "나와 살아요."라고 대답했어요. "인도에서요? 당신이 거기 산다고 들었어요."

"인도에서는 산 적이 없어요. 네팔에 살다가 이스라엘로 돌아와서 지금은 홀론에 살고 있어요. 이런 일들이 벌어진 상황에서 에란을 다른 나라로 데려가고 싶지 않았어요."

오르나는 자신도 홀론 출신이라고 말하면서 로넨이 사는 곳을 물었어요. 그러나 그들은 완전히 반대 방향에 살았어요.

"그럼 당신과 에란 두 사람만 여기서 사나요?"

"아니에요. 두 번째 아내와 그녀의 아이들과 함께 살아요. 우리 아이들이죠. 그리고 에란과요."

루스와 커트, 토마스, 피터, 줄리아와 함께. 그리고 그들이 여기로 오고 나서 두 달 후에 태어난 아기 린과 함께. 에란은 지금 그들과 함께 살고 있어요. 줄리아는 열두 살인데 작년 한 해 동안 키가 쑥쑥 자라서 이제는 거의 두 오빠들만큼 컸고 에란보다는 머리 하나 정도가 더 커요. 줄리아와 에란은 아직도 한방을 쓰지만 더 이상 면전에서 옷을 갈아입지는 않고, 잠들기 전에 이야기를 나누는 것도 줄어들었어요.

오르나는 잠깐 고민하다가 로넨에게 물었어요. "에란과 이야기를 나눠볼 수 있을까요?"

"모르겠어요. 아이한테 그 모든 일을 다시 떠올리게 하는 것이 옳은 건지 확신할 수가 없어요. 치료사에게 상의해볼까요?"

"물론이죠. 지금 전화를 해봐요. 그리고 대화 자리에 치료사가 참석하고 싶다고 하면 그렇게 해도 좋아요."

"그런데 에란과 굳이 이야기를 나눠야 하나요? 그 애가 당신에게 무슨 말을 해줄 수 있다고 생각하죠?"

오르나는 뭐라고 대답해야 할지 몰랐어요. 반드시 에란을 만나봐야 한다는 것을 그냥 직감했다고 말할 수는 없었으니까요.

9

두 사람이 함께 떠나기로 예정된 날 사흘 전 두 주요 일간지의 범죄란에 거의 똑같은 기사가 실려요. 『오늘의 이스라엘』에는 "루마니아 경찰이 이스라엘 여성의 사망 사건 수사를 재개하다"라는 헤드라인이 붙었고, 『예디오트』에 실린 기사의 헤드라인은 "부쿠레슈티 호텔 사망 사건은 자살로 위장된 살인이었는가"였어요. 두 기사 모두 안쪽 지면에 실려서 특별히 눈에 띄지는 않았어요.

이 두 기사에 의하면 최근 몇 주 동안 부쿠레슈티 경찰이 확보한 새로운 정보에 따라 루마니아 수도의 한 호텔방에서 시신으로 발견된, 아들 하나를 둔 38세의 이혼녀 오르나 아즈란의 사망 사건에 대한 수사가 재개됐어요. 전에는 분명히 빠뜨리고 그냥 넘어갔던 프런트 데스크 직원의 새 증언 때문에 부쿠레슈티 형사들이 수색의 범위를 넓히고 부가적인 증언들을 수집하게 된 거였어요. 이 증언들에 의하면 아즈란이 사망하기 전 몇 시간 동안 그녀가 어떤 남자와 함께 있는 것이 목격됐어요. 루마니아 경찰은 그 남자가 현지인일 것이라고 추정했지만 이스라엘 시민일 가능성에 대해서도 조사하고 있었죠. 비디오 영상뿐만 아니라 새로운 설명들을 바탕으로 부쿠레슈티에서 만든 몽타주가 대사관을 통해 루마니아에서 이스라엘 경찰로 전송됐어요.

『오늘의 이스라엘』 기사에는 오르나의 작은 사진과 신원미상의 남자를 그린 흑백 몽타주가 실렸어요. 오르나의 사진은 그녀의 사망 사건이 처음 보도됐을 때 신문에 실린 것과 같은 사진이었어요. 에밀리아가 발견했던 바로 그 사진이죠. 기사 말미에는 사건의 전말을 알려주는 설명이 실렸고요. 이 사건은 아즈란이 자살한 것이 아니라 살해됐다는 가족의 주장과 그녀가 어린 아들을 두었다는 사실 때문에 몇 년 전 이스라엘 언론에서 잠깐 동안 대대적인 관심을 불러일으켰어요.

엘라는 전화기로 그 기사를 찍어 길에게 보내면서 사진 밑에 이렇게 적어요. "헤이, 이거 당신은 아니죠? 맞아요? 내가 겁내야 하나요?" 몇 분 후 그녀는 길에게 또 다른 메시지를 보내요. "오늘은 카페에 안 와요? 법을 피해 도망가고 있나요?" 경찰서 몽타주 속의 남자는 정확성이나 세부적인 사항이 부족한 전체적인 윤곽에 불과했지만, 둥글고 넓적한 얼굴에 밝은색 눈과 비교적 풍성한 머리카락이 길의 얼굴과 대체로 닮아 있었어요.

길에게서 하루 종일 답이 오지 않아요. 그래서 엘라는 저녁에 또 다른 메시지를 보내요. "당신이 모를까봐 하는 말인데, 그건 농담이었어요. 당신을 짜증 나게 할 의도는 없었어요. 화나지 않았길 빌어요. 사진도 비슷하고 부쿠레슈티 여행도 비슷해서 그랬어요. 이해하죠? 그렇죠? 나는 그게 재미있다고 생각했어요.

어쨌든 당신 실물이 더 나아요. 루마니아인처럼 보이는 것도 덜하고요. 벌써 짐 싸고 있어요? 나는 그러고 있거든요. 적어도 마음으로는요." 그러나 그날 밤 길은 여행을 취소했어요. 우선 사무실에 일이 생겨서 이스라엘에 있어야 한다며 며칠 후 이야기하자고 짤막하게 이메일을 보내와요. 엘라는 놀라서 새벽 3시에 짧게 이메일 답장을 보내요. "이 여행을 위해 온갖 어려움을 헤쳐왔는데 이제 와서 취소하다니 믿을 수가 없네요. 진짜로 취소하는 거예요?"

아침에 카페에서 엘라는 길게, 더 날카롭게 이메일을 써요. "진심이에요, 길? 보고서 작성을 위해 조사하러 간다고 존재하지도 않는 기록 보관소도 만들어내고, 가상 연구자들과의 모임도 만들어내서 기껏 이야기를 전부 짜 맞춰놨는데 취소한다고요? 사무실에서 무슨 일이 그렇게 급한데요? 그것도 주말에요. 이게 우리의 유일한 기회이자 다시 못 올 기회라는 걸 알아주면 좋겠어요." 엘라는 11시까지 카페에 머무르지만 한 글자도 못 쓰고 평소보다 더 자주 담배를 피우러 나가요. 다음 날 엘라는 다시 카페에 와서 길을 기다리다가 10시쯤 노트북을 끈 뒤 택시를 타고 집으로 가요.

엘라는 저녁에 다른 전략을 시도해요. 더 부드러운 방법으로요. 엘라는 적어도 무슨 일이 일어났는지 설명해달라고, 안심시켜달라고 길에게 이메일을 보내요. 괜찮다고, 아무 일도 일어나지 않았다고 말해달라고 부탁해요. 그러나 길에게서는 답장이 없어요. 다음 날 엘라는 이메일도 보내지 않고 카페에도 가지 않아요. 밤에는 지금까지 한 번도 해보지 않은 일을 해요. 바로 길에게 전화를 건 거죠. 그러나 길의 전화기가 꺼져 있어서 음성 메시지도 남길 수가 없었어요.

엘라는 목요일 밤에 마지막 이메일을 쓰고, 길은 그것을 금요일에 읽어요. 제목 칸은 비어 있지만 메시지 본문에는 이렇게 적혀 있어요. "그러니까 중요한 점은 이거예요. 월요일 신문에서 루마니아에 갔던 어떤 여자에 대한 기사를 보고 당신에게, 순전히 농담으로, 그 이야기를 보냈어요. 그런데 지금 벌어진 일들을 보니까 이제는 나도 잘 모르겠어요. 그게 당신이에요, 길? 내가 경찰서에 가야 하나요? 당신이 그 여자와 관련이 있는 거예요? 당신이 그 여자한테 무슨 짓을 했어요? 그래서 사라져버린 건가요? 여러 가지 일들이 상상돼서 미칠 것 같아요. 그런데 도대체 당신은 무엇이 두려운 거예요? 왜 갑자기 사라졌어요??? 며칠 전까지만 해도 너무 자신만만했잖아요. 당신은 나를 안심시켰어요. 같이 여행 가는 것이 너무나 쉬운 일인 듯 믿게 만들었고, 내게 두려워할 것이 없다고 믿게 해줬어요. 그런데 무슨 일이 일어난 거죠? 만약 당신이 내게 답장을 쓰지 않는다면, 진짜 무슨 일이 있었고, 왜 나한테서 사라졌는지 해명하지 않으면 내가 결국에는 어떻게 할지 각오해요. 당신인 것 같다고 경찰에 말할 거예요. 그리고 당신이 나도 루마니아로 데려가려 했다고요. 어쩌면 심지어는 같은 호텔로??? 하지만 당신 스스로의 해명으로 나를 이 망상증에서 벗어나게 할 기회를 줄게요. 그리고 바로 지금 이 순간 우리가 처음으로 함께 지내고 있었을 것을 생각하면! 생각만 해도 소름이 돋아요. 모든 것을 깊이 후회해요."

길한테서 몇 시간 이내에 답장이 와요. 그러나 오르나라든지 루마니아에서 일어난 일, 뉴스 기사에 대해서는 한마디도 언급하시 않죠. "미안해요. 사무실에서 소득세 회계감사가 있어 이리저리 뛰어다니며 서류를 작성하느라 한 주 내내 바빴어요. 당신이 얼마나 실망했는지 알고 있지만 나는 당신보다 훨씬 더 실망했어요. 그 점에 대해서는 반드시 보상해줄게요. 당신이 여전히 나와 함께 여행을 가고 싶다면, 다시 날을 잡을 수 있을 거예요." 엘라에게서 답이 오지 않자 길이 전화를 걸어요. 엘라가 침실에서 속삭이는 소리로 전화를 받자 길의 목소리는 안도하는 것처럼 들려요. 이번에는 길이 신문 기사에 대해 언급해요. "진심은 아니죠, 맞죠? 지난번 메시지에서 당신이 한 말 말이에요. 당신이 나를 살인자로 생각했다는 사실과 내가 그 사진 속의 남자처럼 생겼다는 당신의 주장 중에서, 어느 쪽이 더 모욕적인지 모르겠어요." 엘라는 대답하지 않아요.

그러고서 길은 그 주 주말에 엘라를 만나야겠다고 말해요. 엘라는 절대 불가능하다고 속삭이죠. 길은 그녀에게 사과하고 용서를 구하고 싶다며 만나자고 우겨요. 엘라는 더 이상 통화할 수 없다며 끊겠다고 해요. 5분 후 길에게서 다시 전화가 오지만 엘라는 받지 않아요. 그러나 길은 끈질기게 전화를 하고 엘라는 결국 욕실에서 전화를 받아 일요일에 카페에서 보자며 이제는 제발 전화하지 말라고 간청해요.

그러나 길은 기다릴 수가 없다면서 이렇게 말해요. "알다시피, 당신만 나를 협박할 수 있는 게 아니야. 나도 당신을 협박할 수 있어. 안 그래, 엘라?"

엘라는 즉시 대답하지 않고 몇 초 후에 말해요. "그게 무슨 말이에요, 길?"

"만약 당신 남편이 우리 이메일을 보면 뭐라고 할까? 아마도 관심을 가질 것 같은데, 안 그래? 또 당신의 연구 조사 여행이 왜 취소됐는지 진짜 이유를 알고 싶어하지 않을까?"

엘라는 욕조 가장자리에 앉아서 잠깐 동안 눈을 감았다가 떠요. 그러고는 다음 날인 토요일에 30분 정도 만날 수 있다고 말해요. 어디서 만나고 싶으냐고 엘라가 묻자 길은 야르콘 공원에서 만나자고 해요.

"미안하지만 안 돼요. 토요일 오후에 야르콘 공원에서 당신과 돌아다닐 수는 없어요."

그러자 길은 거기 말고 자기 아파트에서 만나자고 제안해요.

"거기서는 아무도 우리를 볼 수 없다고 확신해요?" 엘라가 묻자 그가 그렇다고 장담해요.

엘라는 주소를 적을 필요가 없어요. 외울 테니까요.

다음 날 엘라가 도착할 즈음 길은 그녀를 기다리고 있어요.

엘라는 계단 등을 켜지 않은 채 깜깜한 계단을 올라가 문 앞에 잠시 멈춰 서요.

그런 다음 두 번 문을 두드려요. "똑똑." 그리고 한 번 더. "똑."

10

　에란과의 만남은 오르나가 로넨을 만나고 나서 이틀 후 에란이 치료를 받는 텔아비브의 진료실에서 이루어졌어요. 치료사는 과거 일에 대해 이야기하는 것이 에란한테 힘들 수 있다고 전화로 오르나에게 경고했어요. 오르나가 그늘진 안쪽 중정을 향해 창문이 나 있는 1층 진료실로 가서 에란이 기다리고 있는 방문 앞에 이르렀을 때 치료사가 말했어요. "대화를 중단시켜야 할 필요가 있겠다 싶으면 그렇게 할 테니까 그때는 중단했다가 며칠 후에 계속하면 좋겠어요. 괜찮죠?"

　오르나는 에란을 보자마자 로넨과 많이 닮았다는 생각을 했어요. 이제는 아이가 아니었어요. 에란의 두 눈은 로넨의 눈처럼 검고 진솔해 보였어요. 오르나는 에란과 악수를 한 다음 제일 가까운 나무 의자에 앉았어요. 빨간 안락의자에 앉아 있던 에란은 들고 있던 전화기를 다리 밑으로 밀어 넣었죠. 치료사가 말을 시작했어요. "그러니까 우리는, 에란과 나는 당신이 왜 여기 왔는지 이야기를 조금 나눴어요. 당신이 조금 더 말해줄 수 있어요?"

　오르나는 가족의 요청으로 에란의 어머니에게 일어난 일을 다시 수사하고 있는데 몇 가지 질문을 하고 싶다고 말했어요. 앞서 전화 통화를 할 때 치료사는 오르나에게 몇 가지 부탁을 했어요. 먼저 새 소식을 기다리고 있는 에란의 기대감을 너무 높이지 않게 신경 쓰고, 엄마 아빠의 이혼이나 두 사람의 관계에 대해 지금 당장은 질문하지 말아달라는 것이었죠. 오르나도 동의했어요.

오르나는 에란과 이야기하고 싶은 주제들의 목록이 들어 있는 새 종이 파일을 꺼냈어요. 치료사가 에란을 보호하기 위해 함께 있는 것이 신경에 거슬렸어요. 로넨이 진료실에 있어서는 안 된다고 우겼던 것처럼 치료사한테도 그곳에서 나가달라고 요청하고 싶었어요. 사실 오르나는 에란과 마주 보고 앉고 싶었거든요. 그러나 오르나가 에란 옆에 앉도록 치료사가 맞은편 안락의자를 차지하고 있었어요. 오르나는 자신이나 에란에게 치료사가 거기 있어야 할 필요가 없다고 생각했어요.

"그날 엄마하고 마지막으로 이야기를 나눈 사람이 너였지? 그렇지 않니?" 오르나는 보고서를 통해 답을 알고 있었지만 그렇게 시작했어요.

그날 두 사람이 나눈 대화는 매우 짧았어요.

"어떻게 지내니, 아가?"

"좋아요, 엄마. 어디 있어요?"

에란이 엄마에게 마지막으로 물은 것은 아빠와 며칠 더 지내도 되느냐는 것이었고, 오르나 당신은 에란이 보고 싶어질 것이기 때문에 안 된다고 말했어요.

"그 전화 통화에 대해 조금만 더 말해주면 좋겠구나. 내가 그것에 대해 잘 모르거든. 엄마의 행동이나 말에서 뭔가 이상하다는 기분을 느끼진 않았니? 아니면 네가 놀랄 만한 무슨 말이라도 하진 않았어? 아니면 이상한 것을 보진 않았니? 스카이프로 대화를 나눈 거지? 맞지?"

에란은 자기 앞에 앉아 있는 치료사를 쳐다봤다가 바닥에 깔린 러그를 내려다봤어요.

앞선 전화 통화에서 오르나는 치료사에게 에란 앞에서 엄마의 자살에 대해 말해도 되느냐고 물었어요. 치료사는 괜찮다고 했어요. 에란이 이미 알고 있다고요. 최근 치료사가 에란과 주로 나누는 대화는 엄마가 에란 때문에, 혹은 에란이 로넨과 그의 새 가족과 지내러 갔기 때문에 자살한 게 아니라고 에란을 이해시키는 것이었어요. 바로 그 이유 때문에 이 만남이 매우 중요했어요. "당신이 조사하고 있는 것이 정확하게 뭔지는 모르겠어요." 치료사가 말했죠. "그렇지만 만약에 오르나가 자살하지 않았고 그녀에게 다른 일이 일어났을 가능성이 있다면 에란에게는 그 점이 매우 중요할 수 있어요. 바로 그 문제 때문에 우리가 이런 이야기를 나눠야 한다고 생각했어요." 그러고는 치료사들이 일반적으로 사용하는 표현은 "자살했다"보다 "죽기로 결심했다"라고 알려줬어요. 그러나 에란 자신도 때로는 "엄마가 자살했다"고 말했어요.

"엄마 기분이 보통 때 같아 보였니, 아니면 다르게 보였니?"

에란은 말할 때 여전히 오르나를 쳐다보지 않았어요. "보통 때 같았어요."

"너랑 얘기할 때 엄마가 혼자 있었지, 맞지? 엄마 방에서 다른 사람을 보진 않았니?"

"못 봤어요."

"그런데 엄마가 누군가와 함께 있다는 말을 했니? 아니면 거기서 누군가를 만났다는 말을 했어?"

"그건 모르겠어요."

"여행을 가기 전에 엄마가 기분이 어떤지, 무슨 일을 겪고 있는지 네게 말해준 게 있니? 엄마가 기분이 썩 좋지는 않은 것 같다고 느끼진 않았어?"

이 질문을 하고 나서 오르나는 후회했어요. 몇 달이나 떨어져 있던 아빠를 만나게 된 아홉 살짜리 아이가 엄마의 기분을 살필 수 있었겠어요? 그래서 오르나는 방향을 바꾸기로 했어요. "몇 가지 다른 질문을 하고 싶어. 어떤 질문은 바보 같거나 말도 안되는 소리처럼 들릴 수 있어. 그래도 우리 일이 때로는 그런 식으로 이루어진단다."

치료사는 두 사람 모두에게 미소를 지으며 말했어요. "우리 일도 그래요, 맞죠?"

"혹시 엄마가 에밀리아라는 여자에 대해 말한 적이 있었니?"

"아니오."

"이스라엘 사람은 아니야. 다른 나라에서 온 사람인데 에밀리아 노디예프라고 못 들어봤어?"

에란이 고개를 저었어요.

"타데우스라는 남자는?"

에란은 여전히 치료사와 바닥에 깔린 러그를 번갈아 쳐다봤어

요. 그러나 오르나가 "길이나 나훔이라는 이름은 들어봤니?"라
고 물었을 때, 에란은 예쁜 눈으로 그녀를 올려다보며 고개를 끄
덕였어요.

"어떤 이름을 들어봤어?"

"길요."

"엄마 친구예요. 엄마가 그 친구 아저씨와 영화관에도 가고,
함께 예루살렘에 간 적도 있어요." 치료사는 오르나가 친구에 대
해 언급한 적이 있었지만 그의 이름을 기억하지는 못 한다고 확
인해줬어요.

그러나 오르나는 이것이 사건에 대한 관점을 바꿔줄 순간이라
는 걸 아직 깨닫지 못했어요. 에란에게 "혹시 길의 성을 기억하
고 있니?"라고 물었을 때도 마찬가지였어요. 그녀는 치료사와
에란에게 수사 방향을 숨기고 싶었어요. 에밀리아의 자살과 혹
시 연관이 있을 수 있다는 것도요. 그래서 이렇게 덧붙였어요.
"내가 그 사람과 이야기를 나눠보면 좋을 것 같아. 그리고 그 사
람도 기꺼이 나한테 엄마에 대한 이야기를 해줄 것 같아. 혹시
엄마가 그 사람에 대해 말한 걸 기억하고 있니? 가령 어디서 일
을 했다거나?"

"몰라요."

"그 사람을 본 적이 있니?"

"세 번 봤어요." 에란이 즉시 대답했어요.

"어디서 봤는지 기억나니? 아니면 언제인지?"

에란은 모든 것을 기억하고 있었어요. "〈드래곤 길들이기〉를
보러 디젠코프 센터에 갔을 때 극장 매표소 옆에서 그 아저씨를

만났어요. 그 아저씨는 다른 아줌마와 저보다 더 큰 누나들과 함께 있었고요. 엄마가 저한테 그 아저씨를 소개해줬어요. 또 한 번은 아저씨를 멀리서 봤는데 영화관에서 만난 것보다 훨씬 전이었을 거예요. 그 아저씨는 차 안에 타고 있었어요. 예루살렘으로 여행을 가기 위해 엄마를 태우러 왔었어요. 저는 창문으로 엄마가 손을 흔들며 작별 인사를 하는 것을 봤어요."

길을 세 번째로 본 것에 대해서는 에란이 말하기 어려워했기 때문에 치료사가 도와주려고 했어요. 그가 에란에게 경찰관 아줌마한테 말해줘도 되느냐고 묻자 에란이 고개를 끄덕였죠. 치료사는 에란이 집에서 엄마와 그 아저씨를 봤다고 말해줬어요. 오르나는 에란에게 길이 찾아올 거라는 말을 하지 않았어요. 또한 자다 깬 에란이 잠자는 두 사람의 모습을 봤다는 사실도 몰랐고요. 다음 날도 에란에게 길이 집에 왔다 간 것에 대해 말해주지 않았어요. 사실 오르나와 에란은 그 일에 대해 한 번도 이야기를 나눠본 적이 없었어요. 루마니아에서 오르나에게 그런 일이 있은 후 몇 주가 지나 에란이 치료사에게 그 얘기를 해줬어요. 엄마가 어떻게 자기한테 비밀을 숨겼는지에 대한 한 예로요. 치료사는 엄마가 숨긴 게 아니라 여행을 떠나기 며칠 전에 일어난 일이라 경황이 없어서 말하지 못했을 뿐이라고 에란을 설득하느라 애를 먹었죠.

오르나는 긴장하면서 정확하게 언제 그런 일이 있었느냐고 물었어요. 가족과 친구들의 증언에 의하면 루마니아로 여행을 떠나기 전 몇 주 동안은 오르나에게 사귀는 사람이 없었으니까요.

"내가 어딘가에 메모를 해놓았을 거예요."라고 치료사가 말했지만, 에란은 벌써 안락의자 옆의 바닥 위에 놓인 파란색 백팩으로 몸을 기울여서 오르나가 생일 선물로 사준 갈색 공책을 꺼냈어요.

에란이 엄마와 길을 본 날이 공책에 적혀 있었어요. 에란은 오르나에게 날짜를 알려준 다음 공책 책장을 몇 장 뒤로 넘겨보고 나서 덧붙였어요. "그 아저씨 차가 뭔지 알아요. 그게 그 아저씨를 찾아서 이야기를 나누는 데 도움이 된다면요. 그 아저씨는 빨간색 기아 스포티지를 탔어요. 엄마를 예루살렘으로 데려가려고 왔을 때 봤어요."

그날 밤 오르나는 사법등기국에서 두 번째 전화를 받은 다음, 일라나 리스 서장에게 전화를 걸었어요.

첫 번째 전화는 실망스러웠어요. 에밀리아 노디예프에게 아파트 청소를 맡긴 변호사 길 함트자니는 두 대의 자동차를 소유하고 있었어요. 회색 토요타 C-HR과 폭스바겐 폴로였죠. 오르나는 질문이 적힌 종이 위에 사각형을 그리는 낙서를 하면서 직원에게 물었어요. "C-HR은 토요타 새 모델이죠, 그렇지 않나요? 그건 제가 필요한 게 아니에요. 그 차들 이전에 그가 소유했던 차들이 뭔지 알려줄 수 있나요?"

일라나 리스에게 전화를 걸었을 때 오르나는 자신이 틀리지 않았고, 에밀리아와 오르나의 죽음 사이에 연관 관계가 있다고 거의 100퍼센트 확실하게 믿게 됐어요.

"그래서 무슨 말을 하는 거예요?" 일라나가 물었어요. "이해가 안 돼요. 그가 그 두 사람을 모두 죽였다는 거예요?"

"아직은 몰라요. 지금까지 알아낸 사항은 길이 분명히 그 두 사람을 모두 알고 있었고, 결혼한 상태에서 오르나와 사귀었다는 점이에요. 어쩌면 에밀리아와도 사귀었을지 몰라요. 에밀리아의 경우에는 다를 수 있어요. 길이 첫 번째 죽음과 연관돼 있다는 사실을 에밀리아가 어떻게 알아낸 것 같긴 한데, 아직은 확실히 모르겠어요. 이렇게 생각하면 에밀리아가 공책에 적어놓은 것들이 설명이 돼요. 분명한 건 두 사람이 특별한 상황에서 자살한 것으로 추정되고 있는데 그 두 사람과 가까웠던 이들은 하나같이 자살 이유를 납득하지 못한다는 점과 두 사람 모두 길을 알고 있었다는 점이에요."

"그럼 그 '추정'에 대해 설명해봐요."

"에밀리아는 분명히 길 함트자니 변호사를 위해 일했어요. 그건 다 아는 사실이에요. 그리고 오르나는 여행을 떠나기 직전에 길이라는 이름의 남자와 사귀고 있었고요. 그런데 길이라는 이 남자는 당시에 길 함트자니가 소유했던 것과 똑같은 차를 소유하고 있었어요. 그래서 저는 그 두 사람이 같은 사람일 거라고 추정하고 있어요. 그러나 아직 확증은 없어요. 물론 아직 조사 중이고요."

일라나 리스는 서재로 들어가서 남편과 아이들이 담배 연기를 마시지 않도록 창문을 열어놓고 담배에 불을 붙였어요. 그녀는 제복 대신 검은색 셔츠와 검은색 운동복 바지 위에 두꺼운 녹색 카디건을 걸치고 있었죠. 담배 연기가 어둠 속으로 흩어지는 것을 바라보며 그녀가 물었어요.

"정확하게 무엇을 조사하고 있죠?"

"오르나가 자살한 것으로 추정되는 날 길 함트자니가 어디에 있었는지, 부쿠레슈티에 있었는지 아니면 이스라엘에 있었는지 알아내고 싶어요. 그리고 에밀리아의 사체가 발견된 날 그가 어디 있었는지에 대해서도요. 의심을 불러일으킬 수 있으니까 길의 가족이나 가까운 주변 사람들에 대한 조사 없이 길에 대해 더 자세히 알고 싶어요. 그의 이력과 여자관계에 대해서요."

사실 오르나는 그 두 길이 동일인이라는 것에 대해 아직 확신할 수 없었지만 그런 추정을 따라가보기로 결정했어요. 나중에 왜 그렇게 행동했느냐는 질문을 받았을 때는 그 이유를 설명할 수가 없었죠. 오르나는 길의 통화 기록과 정확한 출입국 날짜를 확보하고 싶었어요. 아직은 시기상조였지만 그의 집 전화와 사무실 전화를 감청할 수 있는 권한도 요청하고 싶었고요.

일라나 리스로부터 비밀 수사를 시작할 수 있는 권한을 부여받고 나서야 오르나는 남편 애브너에게 사건에 대해 이야기해줬어요. 애브너는 피곤했지만 아내가 얼마나 흥분해 있는지 알았기 때문에 집중해서 들어주려고 노력했죠. 그는 딸들의 독서 등을 끄고 이불을 잘 덮어준 다음, 졸린 눈을 계속 뜨고 있기 위해 오르나가 함께 마실 커피를 두 잔 탔어요. 주방에 앉아서 오르나는 애브너에게 에란을 만나 돌파구를 찾아낸 일에 대해 이야기해줬어요. 에밀리아 노디예프의 공책에서 오르나 아즈란에 대한 글을 읽은 후, 두 사건이 연결돼 있다는 생각을 처음 했을 때 느꼈던 긴박감에 대해서도요.

"그게 사실로 판명돼봐. 당신이 그걸 알아냈다니 정말 믿을 수가 없어." 애브너가 감격해하며 말했어요.

"그럴 거라고 거의 확신해. 전부 오르나의 아들 덕분이야, 그렇지? 그 애가 없었다면 연관성을 입증할 수 없었을 거야." 오르나는 하바 야샤가 그날 자기 앞에 에밀리아의 종이상자를 내려놓은 이후, 뭔가가 이 사건 쪽으로 자신의 등을 계속 떠밀어준 것 같은 느낌을 받았다고 말했어요. 전에도 큰 사건들을 맡았지만 이런 기분은 이번이 처음이었죠.

"그게 다 출산휴가 때문이야. 안 그래?" 애브너는 그렇게 추측했어요. "여섯 달 동안 집에 있다 보니까 이런 활동이 필요했던 거야."

"꼭 그렇지만은 않은 것 같아. 내가 그 아이를 만나도록 예정돼 있었던 것 같은 기분이 들어. 이해가 돼?"

그러나 애브너는 이해하지 못했어요. 오르나더러 항상 그런 식이었다면서 그녀의 화를 돋우죠. 자신의 능력을 입증해서 정상에 오르려고 너무 안간힘을 쓴다고요. 만약에 그녀의 생각이 사실로 밝혀지면 이 사건은 모두에게 그녀의 능력을 보여줄 기회가 될 거라는 얘기죠.

오르나는 애브너가 잠든 후에도 오랫동안 잠들지 못했어요. 새벽 3시에는 잠에서 깨어 다니엘에게 젖을 먹이고, 집 안에 누군가 있다며 울면서 깬 로니를 달랬어요.

그런데도 아침에는 애브너보다 더 일찍 일어났어요. 아직도 밖이 깜깜했죠. 오르나는 달콤한 차에 레몬을 넣은 다음 빗방울이 세차게 때리고 있는 닫힌 창문 옆에서 차를 마셨어요. 그런 다음 딸들에게 아침을 만들어 먹이고 점심 도시락을 싸줬어요.

닷새 후에 새로운 돌파구가 만들어졌어요. 길의 이웃들에게 오르나와 에밀리아의 사진을 보여주기로 한 거예요. 사진과 길의 연관성에 대해서는 밝히지 않은 채로요. 오르나는 길 부부가 출근한 것을 확인한 다음 10시 직후 건물에 도착해 이 집 저 집 다니며 사진을 보여주고 사진 속의 여자들을 본 적이 있느냐고 물었어요. 2층에 가서야 건물을 잘못 찾아왔다는 사실을 깨달았어요. 에밀리아가 공책에 적어놓은 주소와 첫 조사 때 길 자신이 제시한 증언을 토대로 판단해보면, 그곳은 그가 오르나를 데려갔던 곳도, 에밀리아가 청소했던 아파트도 아니었어요.

오르나와 동행한 사복형사가 기바타임에 있는 다른 건물 안으로 먼저 올라가서 길 함트자니의 아파트 문을 두드렸어요. 아파트 안에 아무도 없다는 것을 확인한 오르나는 이웃집들을 돌아다니며 사진을 보여줬어요.

복도 맞은편에 사는 이웃은 오르나의 사진은 알아보지 못했지만 에밀리아의 사진을 보고는 이렇게 말했어요. "이 여자는 알아요. 확실하게요. 맞은편 아파트를 청소했어요."

그건 오르나도 이미 알고 있는 사실이었지만, 이웃집 여자는 그녀가 모르는 것에 대해서도 알려줬어요.

에밀리아와 이야기를 나눠본 적이 있느냐는 오르나의 질문에 이웃집 여자가 대답했어요. "그럼요. 우연히요. 그 여자가 저 집에 왔을 때 내가 문을 두드려서 혹시 우리 집에서도 일할 수 있는지 물어봤거든요."

"그 여자를 마지막으로 본 게 언제인지 기억해요?" 오르나가 물었어요.

"마지막으로요? 아니오, 기억이 안 나요. 아주 오래전이었거든요. 그 여자가 저녁에 오는 것을 한 번 본 기억은 확실히 나요. 그게 평소와는 다른 날이었거든요. 금요일이나 토요일이었던 것 같아요. '저기서 저 여자가 뭐 하는 거지? 저 여자는 일요일에 청소하러 오지 않나? 길에게 알리지도 않고 온 거 아냐?'라는 생각이 들었기 때문이에요. 길이 그 여자를 위해서 열쇠를 항상 두꺼비집에 넣어뒀으니까요. 오기로 약속이 된 건지 길에게 전화로 물어봐야겠다는 생각도 했지만 길의 전화번호도 몰랐고 또 그 여자를 곤경에 빠뜨리고 싶지도 않았어요. 그 여자에게 무슨 일이 생겼나요?"

이웃집 여자는 저녁때 길의 아파트에서 에밀리아를 본 날이 정확하게 어떤 금요일이나 토요일이었는지는 기억하지 못했어요. 그러나 오르나는 그날이 에밀리아의 사체가 하갈리 가에서 발견되기 전날이었다는 것을 전혀 의심하지 않았어요. 길과 만난 다른 여자들이 있었고 지금도 있을지 모른다는 생각이 불현듯 그녀의 머리를 스쳤어요. "그 이후에 다른 여자가 여기로 오는 걸 본 적이 있어요?"

이웃집 여자는 오르나의 질문을 이해하지 못한 것처럼 그녀를 쳐다봤죠. "청소하러 오는 여자를 말하는 거예요?"

"청소하러 오건, 아니면 여기에 자주 오는 다른 누구이건요."

"몇 달 전에 아파트 리모델링을 했어요. 그곳에 오래 눌러서 지내는 사람은 없는 것 같아요. 관광객들에게 단기로 세를 놓는 것 같아요. 그래서 대체로 많이 비어 있어요. 그런데 당신이 찾는 사람이 누구인지 모르겠네요. 이 여자를 찾고 있어요? 이 여자 이름도 기억이 나는 것 같아요. 에밀리아, 그렇지 않나요?"

"신경 쓰지 마세요. 제가 저 사람들에게 직접 물어볼게요." 오르나는 이웃집 여자에게 고맙다고 인사한 다음 돌아서서 길이 없다는 것을 알면서도 그의 집 현관문을 두드렸어요. 이웃집 여자가 안으로 들어갈 때까지 기다렸죠. 리모델링을 했는데도 문은 여전히 명패가 붙어 있지 않은 똑같은 갈색의 낡은 나무문이었어요. 문에는 "3"이라고 적힌 살짝 녹슨 똑같은 구리 번호판이 붙어 있었고요.

11

길은 심각한 표정으로 문을 열어요. 그의 얼굴은 며칠 동안 잠을 못 잔 것처럼 창백하고 긴장돼 있어요. 엘라를 보고 한마디도 하지 않죠. 엘라는 그곳에, 거의 텅 비어 있는 아파트의 현관에 어색하고 조마조마한 모습으로 서 있어요. 그냥 가야 하는 건지, 아니면 길이 이야기를 나누고 싶어하는 건지 모른 채로요.

주방 식탁에는, 그 똑같은 식탁에는, 에밀리아가 산 자수 식탁보와 고리버들 바구니가 놓여 있어요. 바구니에 과일이 담겨 있진 않아요. 길은 식탁 위에 놓인 김이 모락모락 나는 물 잔을 가리키며 뭘 마시겠느냐고 물어요. 엘라가 아무것도 마시고 싶지 않다고 하자 길이 말하죠. "내가 마실 것은 탔으니까 당신 것도 타줄게요. 보통 차에 레몬과 설탕을 넣어줄까요? 그거면 괜찮아요?"

엘라는 아직 일어나서 도망칠 수도 있지만 그냥 앉은 채로 있어요. 길이 식탁에 차를 놓아주고 엘라 옆에 앉자 그녀가 날카롭게 물어요. "왜 나를 협박했는지 설명해줄래요?"

길은 거의 놀란 것 같은 표정을 지어요. "내가 언제 당신을 협박했어요?"

엘라가 대답해요. "무슨 말이에요? 남편한테 우리 이메일을 보여주고 여행에 대해 말하겠다고 협박하지 않았어요?"

"내가 절대 그러지 않을 거라는 걸 알잖아요." 길이 말해요. "당신이 나를 만나러 오게 하려면 그 방법밖에 없었어요."

리모델링을 하는 동안 중국 노동자들의 담배 냄새가 스며들었던 방에서 이제는 페인트와 풀 냄새, 습기 냄새가 희미하게 나요. 주방과 욕실, 변기는 새것이고, 다른 방들에는 새 나무 쪽마루가 깔려 있어요. 에밀리아가 자기 방처럼 꼼꼼하게 청소했던 작은 침실들에는 길이 이케아에서 혼자 산 물건들이 비치돼 있어요. 안방에 있던 나무 옷장은 슬라이딩 유리문이 달린 새 옷장으로 바뀌었고요. 마당 쪽 창문에는 오래된 블라인드 대신 자동 블라인드가 설치돼 있었고, 창문틀에 달아놓은 구리종은 사라지고 없었어요. 그 창으로 에밀리아는 나훔을 봤었고 오르나는 바람에 흔들리는 나무들을 바라보길 좋아했었죠. 옷장 안에는 옷과 세면도구들, 현금 300만 원, 초超 정통파 유대인 복장인 검은 외투와 검은색 중절모자, 그 주에 브네이 브라크에서 산 가발이 들어 있는 옷가방이 있었어요. 한쪽 서랍에는 그의 사진이 붙어 있지만 이름은 다른 두 개의 여권과, 사용하게 될지 길 자신도 아직 모르는, 목적지가 다른 두 장의 비행기 표가 들어 있었고요.

엘라는 길이 타준 차를 마시지는 않고 손으로 잔을 감싸고 있어요. 길이 엘라를 만지려고 하자 그녀는 뒤로 물러서며 그러지 못하게 하죠. 길이 말해요. "여행을 취소해서 미안해요. 그렇지만 정말로 선택의 여지가 없었어요. 날 용서해주지 않을 거예요? 지금까지 너무 잘 지내왔잖아요." 엘라가 말해요. "길, 당신이 이해해야 해요. 나는 더 이상 당신을 안 믿어요. 단 한 마디도요. 여행 때문이 아니라 협박 때문에요. 내가 여기 온 것은 당신에게 부탁할 게 있어서예요. 그런 다음에는 바로 떠날 거예요. 우리가 이 관계를 점잖게 끝낼 수 있도록 당신이 내 말을 잘 듣고 이성적으로 행동해주길 빌어요. 알았어요?" 그러자 길이 말하죠. "물론이에요. 당신이 원하는 것은 뭐든지."

엘라가 여기서 나가기에 아직까지 너무 늦진 않았어요. 초저녁이었고, 밖은 이제 막 어두워지기 시작했어요. 지나가는 차도 한 대 없이 토요일 밤치고는 밖이 이상할 정도로 조용해요.

"나는 당신을 더 이상 믿지 않아요. 아주 간단해요. 우리에게는 더 이상 할 말이 없어요. 당신이 왜 나한테 접근했는지, 왜 당신과 함께 여행을 떠나자고 했는지, 왜 막판에 여행을 취소했는지, 당신이 실제로 나한테 원하는 것이 무엇인지 알고 싶지 않아요. 당신이 누구인지, 무엇을 원하는지 알고 싶지 않아요. 당신이 변호사건 아니건, 유부남이건 아니건, 이제는 당신이 무섭고, 당신이 내 목숨을 어떻게 할까봐 겁이 나요. 내 말 듣고 있어요? 그러니까 내 전화번호와, 내가 당신에게 보낸 문자 메시지와 이메일을 전부 삭제해주면 좋겠어요. 그런 다음 이 관계를 청산하면 좋겠어요. 당신 메시지를 삭제하고 다시는 당신에게 연락하지 않을 것을 약속해요. 동의해요?"

길은 잠시 엘라를 쳐다보며 고민하는 것처럼 보여요. "좋아요, 동의해요. 기쁘지는 않지만. 당신을 해칠 의도는 없었어요."

"그러니까 전부 삭제하겠다는 거죠? 내일 말고 지금요. 내가 여기 있는 동안 삭제하고 나한테 보여줄래요?"

"당신이 원하는 게 그거라면 좋아요. 내 업무용 컴퓨터는 여기 없어요. 그렇지만 전화기는 있어요." 길은 엘라가 처음 보는 전화기를 호주머니에서 꺼냈다가 다시 집어넣고 그녀도 본 적이 있는 전화기를 꺼내 테이블 위에 올려놔요. "그런데 알고 싶은 게 있어요. 당신은 정말로 내가 신문에 나온 사람이라고 생각했어요? 내가 그 여자한테 무슨 짓을 했다고 생각한 거예요? 그리고 내가 당신도 해칠 계획을 짜고 있다고 생각했어요?"

"모르겠어요. 어떻게 생각해야 할지 모르겠어요. 그건 우연의 일치였어요. 그 사진 말이에요. 그런데 당신이 아무 설명 없이 갑자기 여행을 취소했어요. 모든 게 나한테 스트레스를 줬어요. 내가 여행 생각에 그냥 정말로 공황 상태에 빠진 것일 수도 있지만 당신의 행동 방식도 도움이 안 됐어요."

"다른 사람한테 그것에 대해 말했어요?"

"무엇에 대해서요?"

"그 사진에 대해서요. 신문에 실린."

"내가 누구한테 말하겠어요? 누구한테 말할 수 있겠어요? 나와 당신에 대해 아무도 몰라요. 그리고 계속 그러면 좋겠어요."

"나도 그래요."

그러나 엘라는 그 주제에 대해 이야기를 멈추지 않고 계속해요. "당신이 왜 그렇게 상처를 받았는지 그 이유를 설명해줄 수 있어요? 당신이 그 기사와 아무 관련이 없다면 내가 보낸 메시지에 왜 그렇게 기겁을 한 거예요? 이해가 안 되는 건 바로 그 점이에요. 내가 당신의 감정을 상하게 했기 때문에 여행을 취소한 게 아니라는 건 확실해요?"

거실에 있는 블라인드는 살짝 열려 있지만 두꺼운 외부 창유리
는 닫혀 있어요. 바로 그것 때문에 아파트가 그렇게 조용했던 거
죠. 창문이 꽁꽁 닫혀 있어서 침실 안은 완전히 깜깜해요. 길은
엘라가 화장실에 간 틈을 이용해 현관문의 잠금장치를 안에서 채
우고 열쇠를 호주머니 속에 집어넣어요. 엘라가 화장실에서 나오
기 전에 침대 위로 안 쓰는 오래된 회색 시트도 덮어두죠.

길은 주방 식탁에서 일어나 물 한 잔과 작은 비닐봉지를 들고
와서는 비닐봉지를 식탁 다리 옆에 내려놓아요. "그런데 내가 루
마니아에서 죽은 그 여자와 뭔가 정말로 관련이 있다면, 그렇다
면……?" 그가 그렇게 물었을 때 어떻게 할지 이미 마음을 정했
다는 것이 확연히 드러나요.

길을 쳐다보는 엘라의 얼굴에는 두려운 기색이 전혀 없고 단
지 놀라는 표정만 어려 있을 뿐이에요. "그렇다면 뭐요? 당신이
관련이 있다면요? 이해가 안 돼요."

"그렇다고 해서 그게 내가 당신을 같은 방법으로 해치려고 계
획을 짜고 있었다는 것을 의미하지는 않아요. 알겠어요?"

엘라는 긴장하고, 길은 그런 그녀의 모습을 봐요. 일어나서 가
겠다고 하는 엘라에게 길은 문이 잠겨 있고 열쇠는 자기한테 있
기 때문에 나갈 수 없다고 말해요. 길이 엘라의 손을 붙잡자 그
녀가 말해요. "길, 그만해요. 나가게 해줘요. 집에 가야 해요. 당
신이 다시 무서워지고 있어요." 그러나 공포에 질린 것 같은 목
소리는 아니에요.

엘라의 말에 대답하는 대신 길은 식탁 옆의 비닐봉지 안에 넣어둔 장갑도 끼지 않은 채 맨손으로 엘라의 입을 막으려고 해요. 그러나 그럴 수가 없어요. 그때서야 엘라가 갑자기 목소리를 바꿔 말하죠. "날 건드리지 마. 내 몸에는 지금 도청 장치가 돼 있어. 밖에는 경찰이 대기하고 있고. 이제 당신을 체포하러 들어올 거야. 그러니까 저항하지 마. 이젠 끝났어."

"수작 부리지 마."

"끝났어, 길. 정말이야. 나는 경찰이야. 당신을 체포하겠어. 이제는 꼼짝하지 않는 게 좋아."

길은 여전히 엘라의 말을 믿지 못해요.

밖에서 경찰차의 파란 불빛이 블라인드 슬랫 사이로 스며들어오고, 경찰의 사이렌 소리에 거리의 적막함이 깨질 때도, 무거운 쇠망치로 문을 내리치는 소리가 들려올 때도, 길은 그녀의 말을 믿지 못해요.

12

오르나 벤하모 경감이 지휘한 비밀 수사의 첫 번째 단계는 1월 초부터 2월 중순까지 6주 정도 걸렸어요. 이 시간 동안 오르나 는 길의 가족과 친구들을 조사하지 않은 상태에서 길에 대해 확보할 수 있는 모든 정보를 수집했어요.

오르나는 길이 1962년 5월 텔아비브에서 태어났고, 군대에서 부관으로 복무했다는 것을 알아냈어요. 길은 텔아비브 대학교 에서 법률을 공부한 다음 람레의 치안판사법원에서 사무직 직원 으로 일했고, 1988년 변호사 시험에 합격했죠. 1991년에는 텔아 비브 지역에 많은 토지를 소유한 집안 출신인 루스 레바논과 결혼했어요. 루스의 부모님은 두 사람에게 루스가 어렸을 적부터 살았던 기바타임의 아파트를 줬죠. 길과 루스에게는 딸이 둘 있었는데 한 딸은 군 복무 중이었어요. 에밀리아가 간병했던 길의 아버지는 2년 전쯤 세상을 떠났고, 처음 이 사건을 맡았던 A에게 증언을 해준 그의 어머니는 몇 달 전 세상을 떠났어요. 길은 2002년까지 대형 직업소개소에서 일하다가 장인의 돈으로 법률 사무소를 차렸어요. 업무의 특성상 동유럽으로 자주 출장을 가야 했죠. 가장 큰 이유는 그곳에서 부동산 투자업체를 운영하고 있었기 때문이에요. 다른 사업체에도 간여했을 가능성이 있었고요. 오르나는 오르나 아즈란이 부쿠레슈티를 방문했을 때 길도 그곳에 있었다는 사실을 알아냈어요. 그러나 길이 적어도 한 달에 한 번씩은 그곳에 가고, 설사 두 사람이 연락하며 지내는 사이였다는 것을 길이 부정하지 않는다 해도, 그들이 같은 시기에 그곳에 있었던 건 우연의 일치일 뿐이라고 주장할 수 있었어요. 오르나는 세무 당국과 내무부를 통해 길이 탈세나 세금 신고 누락 혐의를 받아본 적이 없고, 이민국과 함께 하는 그의 일 또한 조사를 받은 적이 없다는 점을 알아냈어요. 그러나 그의 고객 가운데 동유럽에서 불법 노동자들을 들여온다는 혐의를 받고 있는 이스라엘인 사업자가 있었어요. 오르나는 그것을 빌미 삼아 길을 소환해서 직접 조사해볼까 잠깐 고민해보기도 했지만 그 생각은 그냥 포기하기로 했어요. 길의 아내, 루스 레바논 함트자니가 대형 법률사무소에서 파트너로 일하고 있었으므로 수사에 매우 신중을 기해야 했으니까요.

2월 초에는 실망스러운 일이 연달아 일어났어요. 오르나는 길이 오르나 아즈란의 부쿠레슈티행 항공권과 호텔방을 예약했다는 증거를 확보하려고 애썼지만, 너무 오래전이라 거래 내역이 더 이상 제공되지 않았어요. 통화 기록에서도 아무것도 드러나지 않았죠. 길이 선불 심 카드를 넣은 세컨드 폰을 사용했기 때문이었어요. 오르나가 여행을 떠났을 무렵 길이 오르나와 사귀었고 어쩌면 에밀리아와도 사귀었다는 구체적인 증거를 찾아낸다면 공개수사로 바뀔 수 있었을 거예요. 그렇게 되면 길을 조사실로 불러서 심리를 통해 그의 주장을 반박하고, 친척과 친구들로부터 증거를 수집할 수 있었을 거예요. 그러나 오르나는 그런 모험을 하고 싶지 않았어요. 그리고 길과 오르나, 길과 에밀리아의 관계가 그들의 사망 시까지 계속됐음을 보여주는 객관적인 증거가 전혀 없었어요. 길이 집에 온 것을 본 에란과, 에밀리아가 금요일이나 토요일에 길의 아파트로 들어가는 것을 봤다는 이웃집 여자의 증언이 있었을 뿐이에요. 그리고 그 두 증언은 반박당할 여지가 있었어요.

어떤 날은 포기하고 싶은 생각이 들기도 했어요. 다른 사건들이 일어났고, 어느 때는 전국의 노인들을 표적으로 삼은 범죄계획을 수사하는 관내 수사팀에 합류하라는 요청을 받기도 했어요. 오르나와 에밀리아의 사망 사건을 잠시라도 보류해야 하는 것은 아닐까 고민이 됐죠. 에밀리아에게는 계속 수사하라고 압박을 가할 친척들이 전혀 없었고, 다만 로넨이 며칠마다 한 번씩 전화를 걸어서 수사에 진척이 있느냐 물으면 오르나는 수사가 교착상태라고 말해줬어요. 오르나의 상관 중에서 수사를 계속하는 것이 이치에 맞는다고 생각하는 사람은 아무도 없었어요. 그러나 여전히 오르나는 포기할 수 없다고 생각했어요. 뭔가가 그녀를 계속 앞으로 나아가게 만들었으니까요. 그 뭔가는 애브너가 말했던 것 같은 "활동"은 아니었어요. 사건에 대해 처음으로 남편과 이야기를 나눴을 때 그는 "여섯 달 동안 집에 있다 보니까 이런 활동이 필요했던 거야."라고 말했었어요. 그 뭔가는 최고가 되려는 투지도 아니었고, 그녀의 마음이나 삶에 존재하는 다른 어떤 것도 아니었어요. 적어도 오르나는 그렇게 느꼈어요. 누구에게도 털어놓지 않았지만, 그것은 에밀리아를 볼 수 있다는 생각이었어요. 사실 오르나는 가끔 자신도 모르게 바트얌의 벨푸어 가를 따라 차를 운전하거나 에밀리아가 일했던 요양원 앞을 지나가기도 했어요. 에밀리아가 마지막 날 앉아 있었던 자파의 성당 앞 광장에서 담배를 피우기도 했고요. 사실 이런 일은 그녀에게 처음이었어요.

바로 그곳에서 오르나는 길을 미행해보자는 아이디어를 떠올렸어요. 마음이 너무 급했기 때문에 그녀는 성당 앞 광장에서 일라나 리스에게 전화를 걸었어요.

일라나는 회의적이었어요. "그러면 정확하게 뭘 얻을 수 있어요? 당신은 그가 여러 해 전에 일어난 범죄와 연루돼 있다고 의심하고 있지만, 지금은 그 사건과 연관된 일은 절대 하지 않을 거예요. 우리가 그렇게 만들지 않는 한 분명히요."

미행을 통해 무엇을 얻을 수 있을지 확실하진 않았어요. 오르나는 길을 가까이서 관찰해보고 싶었을 뿐이었어요. 길이 다른 여자들을 만날 수 있었고, 그 여자들이 위험할 수도 있었으니까요. 바로 그 생각에 일라나도 드디어 마음을 바꿨죠. 2월 말에 비 오는 사흘 동안 형사들이 길을 미행했어요. 그러나 많은 것을 알아내진 못 했어요. 길은 매일 아침 사무실로 출근했고, 오후나 이른 저녁에 퇴근했어요. 한번은 야르콘 공원에서 단체로 자전거 타기를 하러 갔고, 또 한번은 체육관에 갔죠. 길은 기바타임에 있는 아파트에는 가지 않았고 아내가 아닌 여자도 만나지 않았어요. 그런데 사흘 중 이틀은 아침 출근길에 기바타임에 있는 집 근처 카페에 들렀어요.

일라나 리스는 오르나가 직접 길과 접촉하거나 그를 감시하는 일은 승인하지 않았어요. 그래서 어느 날 아침 오르나는 아무에게도 알리지 않고 그냥 카페에 갔어요. 그런 일을 해본 적이 없었지만 이번에는 해야만 했어요. 노트북을 들고 가서 일하는 척한 거죠. 아직 구체적인 계획은 없었어요.

첫날 아침은 길이 카페에 오지 않았어요. 사흘째 아침 카페에 온 길이 처음으로 오르나를 봤죠. 그 순간까지 길은 오르나에게 있어 수사 파일에서 이름으로만 읽고 다른 사람들의 말로만 듣던 사람이었는데, 지금 두 사람의 눈이 마주친 거예요. 오르나는 단박에 그 남자가 길이라는 것을 알았어요. 그러나 여전히 길을 어떻게 잡아야 할지 아이디어가 전혀 없었죠. 길이 먼저 접근해와서 처음으로 이야기를 나누고 난 후에야 오르나는 일라나 리스에게 길을 만난 일을 털어놓았어요.

일라나가 격노할 것을 알고 있었고 실제로 그랬지만 오르나는 계속 그녀를 설득하려고 애썼죠. "그 사람 쪽에서 먼저 첫 번째 접촉을 해온 거예요, 일라나. 제가 한 게 아니고요." 오르나가 해명했어요. "그러니까 계속하게 해주세요. 그 일이 성공하지 못하면 사건에서 손을 뗄게요."

이해할 수 없다는 듯 일라나가 물어요. "그런데 뭘 계속해요, 정확하게?"

그건 아직 불분명했어요. 길에게 더 접근해서 뭔가를 털어놓게 하거나 아니면 그와의 관계를 진전시켜서 그가 비슷한 패턴을 따르는지 보는 것이죠.

일라나는 오르나에게 일주일의 시간을 줬어요. 조건들 목록과 함께요. 첫 번째 조건은 두 사람이 카페 이외의 장소에서 절대 만나서는 안 된다는 것이었고, 두 번째 조건은 항상 사복형사가 옆에 있어야 한다는 것이었어요. 두 사람이 어떻게 만나게 됐는지 일라나가 물었을 때 오르나는 사실을 말해줬어요. "어떻게 하면 길이 저한테 말을 걸어올지, 어쩌다 보니 깨닫게 됐죠. 아무것도 계획하진 않았어요. 길에 대해 제가 알고 있던 몇 가지 세부적인 사실들을 토대로 그렇게 했던 것 같아요. 매일 아침 카페에서 무슨 일을 하고 있는지, 왜 노트북을 가지고 있는지 설명해야 했죠. 어쩌다 보니 동유럽에 대한 이 이야기를 만들어내게 된 거예요. 실제로 대학에서 역사를 공부했고 몇 달 동안 디아스포라 박물관에서 일한 적도 있으니까요."

오르나가 심사숙고해서 엘라라는 이름을 고른 것은 아니었어요. 처음에 두 사람이 함께 담배를 피우고 나서 서로를 소개할 때 그녀는 자기 이름이 오르나라고 말할 뻔했어요. 나중에 생각해보니 오르나가 '엘라'라는 이름을 떠올린 것은 텔아비브에서 유명한 "오르나&엘라"라는 식당 때문이었던 듯해요.

3월 동안 매일 오르나는 카페에서 길을 만나고 난 후 경찰서로 돌아가 세세하게 보고서를 작성했어요. 그것이 일라나의 두 번째 조건이었어요. 오르나는 카페에서 여러 번 큰 소리로 전화통화를 하며 자기 전화번호를 언급했죠. 길이 전화해주기를 바라면서요. 실제로 길이 그녀의 전화번호를 외웠어요. 그때가 겨울이었다는 것도 외투 밑에 녹음기를 숨기는 데 도움이 됐어요.

오르나는 애브너에게 아무것도 말해주지 않았어요. 자파에서 길을 만나 점심 식사를 하고 그와 손을 잡고 키스했을 때도요. 다음 날 쓴 보고서에도 그런 세부적인 사항들은 다 빼버렸죠. 마음속을 떠나지 않았던 에밀리아와 오르나의 사진 덕분에 그녀는 자신이 에밀리아나 오르나라고 상상하면서 그런 순간들을 잘 헤쳐나갈 수 있었어요. 그녀가 길에게 한 말들은 모두 즉흥적으로 나온 말들이었어요. 그런 말들을 어떻게 생각해냈는지, 그 말들이 사실인지 누가 설명해달라고 한다면 아마 대답할 수 없거나 생각이 나지 않는다고 하겠죠.

가끔 오르나는 길을 부추겨서 자신이 원하는 방향으로 화제를 끌고 가려고 애썼어요. 처음에는 길이 수사에 도움이 될 만한 말을 전혀 하지 않았어요. 길이 함께 여행을 가자고 했을 때 오르나는 마침내 수사의 실마리에 가까이 다가가고 있다고 느꼈어요. 이때쯤 오르나는 사건에, 그리고 길에게 너무 몰입한 나머지 필요하다면 길과 함께 부쿠레슈티에 갔을지도 몰라요. 하지만 일라나가 절대 승인하지 않았을 거예요. 두 사람은 일라나가 병가를 내기 전 나눈 마지막 대화에서 루마니아에 가자는 길의 제안을 역이용해보자는 작전을 세웠죠. 일라나는 병가를 갔다가 결국 돌아오지 못했어요. 그들은 길에게 여행 계획을 세우도록 한 다음 그가 오르나와 에밀리아의 사건 때 보여준 행동 패턴을 반복하는지 살펴보기로 했어요. 길이 어느 호텔에 예약을 하고, 어떻게 항공권을 구입하는지요. 그러고는 신문에 반쯤 지어낸 기사를 실어서 길을 압박한 뒤 그가 어떤 일을 벌이는지 보기로 했죠. 경찰 몽타주는 운전면허관리 당국으로부터 입수한 면허증 사진과 오르나의 제보를 토대로 프레디 암살레그가 한 시간도 안 걸려서 그런 것이었어요. 작전이 제대로 먹혀서 길이 자기 아파트로 와달라고 했을 때, 그녀는 그가 자신을 해치려고 하기 직전 오르나와 에밀리아를 죽인 사실에 대해 자백할 것이라 믿었어요. 그러나 길은 그렇게 하지 않았죠. 체포 후 신문을 받을 때 길은 그녀를 해치려는 시도를 전혀 하지 않았다고 주장했고, 두 사망 사건과의 연관성을 모두 부정했어요. 길의 변호사는 오르나를 통해 얻은 수사상의 증거들을 모두 배제해달라고 법원에 요청했다고 통보했어요. 그러나 법원에서 오르나를 만난 텔아비브 지구의 부 지방 검사는 그녀의 수사에 찬사를 보내며 이렇게 말했어요. "이것은 시작에 불과해요. 길이 모든 것을 부정한다 해도 30년 동안 그를 감옥에 처박아둘 수 있을 만큼 충분한 증거가 있어요."

일라나와 합의해놓은 대로 오르나는 길과 다시는 만나지 않았어요. 이후의 모든 조사는 다른 수사관들에 의해 이루어졌죠. 그 중에는 잘생긴 젊은 형사도 있었어요. 사건을 넘긴 것을 후회했지만 오르나에게는 애써 그런 마음을 숨겼어요.

수사관들이 길에게 압박을 가하기 위해 아내와 딸들의 체포영장을 신청할 것이라는 소식을 들었을 때 오르나는 모든 것이 곧 끝날 거라고 생각했어요.

길을 체포하고 나서 이틀이 지난 월요일, 오르나는 하루 휴가를 신청했기 때문에 출근할 필요가 없었어요. 그런데도 아무 이유 없이, 아무리 늦게 잠을 자도 그해 겨울 거의 매일 아침 그랬던 것처럼, 해뜨기 전에 눈이 떠졌어요.

밖은 아직 캄캄했죠.

오르나는 애브너를 깨우고 싶지 않아 침대에서 나와 운동복 상의를 걸친 다음 커피를 한잔 탔어요. 주방 창문을 열자 비에 젖은 길바닥 냄새를 머금은 차가운 공기가 밀려들어왔어요. 그 후 딸들을 학교와 유아원에 데려다주고 돌아와 집 정리를 했어요. 11시에는 어머니가 다니엘을 봐주러 왔고요. 오르나는 로넨에게 전화해서 그날 오후 그의 집으로 찾아가기로 약속을 정했어요. 무릎까지 내려오는 하얀 겔라비야(이집트 원주민 노동자들이 입었던 품이 넓고 깃이 없는 면직 겉옷)를 입은 루스가 문을 열어주고는 오르나에게 안으로 들어와서 주방 식탁에 앉으라고 권했어요. 토마토소스로 만든 파스타 찌꺼기가 묻어 있는 그릇들과 씻지 않은 냄비와 팬으로 가득 차 있는 주방은 지저분했죠. 루스가 두 사람만 남겨두고 나간 뒤 그녀가 말했어요. 오르나를 죽인 것이 분명한 남자를 붙잡았다고.

"무슨 말이죠? 분명하다니요?" 로넨이 물었어요.

"그 남자가 아직 자백을 하지 않았어요. 그래도 그 남자가 오르나를 죽였고 오르나가 자살하지 않았다고 100퍼센트 확실하게 말해줄 수 있어요. 오르나가 몇 달 동안 사귄 사람이 바로 그 남자예요. 에란이 본 남자 말이에요. 오르나가 그 사람하고 함께 루마니아에 간 것 같아요. 당신에게 더 빨리 소식을 알려주지 못한 것은 몇 주 동안 수사가 비밀리에 이루어졌고 어제 그가 체포됐기 때문이에요."

"그런데 그 사람이 왜 그런 짓을 한 거예요? 이유를 설명했나요?"

그 질문에 대해서는 오르나도 대답할 수가 없었어요. 여전히 길은 모든 것을 부인하고 있었으니까요.

오르나는 에란과 이야기를 나눠도 되느냐고 물었고, 로넨은 주저하다가 두 사람이 대화할 때 치료사한테 같이 있어달라고 부탁하는 게 가장 좋을 것 같다고 대답했어요. 오르나는 알겠다며 기다리겠다고 말했어요. 냉장고에는 로넨과 루스가 아이들과 함께 찍은 사진이 붙어 있었어요. 골란 아니면 다른 산에서 찍은 사진 같았죠. 모두 돌돌 만 침낭을 얹은 백팩을 멘 채 무거운 워킹 슈즈를 신고 있었어요. 줄리아는 에란 옆에 서서 한 손을 에란의 어깨 위에 얹고 있었죠. 그 사진 밑에는 텔 바루크 해변에서 에란과 오르나가 함께 찍은 사진이 있었어요. 에란의 네 번째 생일에 로넨이 찍은 사진이었어요.

치료사는 올 수 없었지만 오르나와 에란이 이야기를 나누는 자리에 로넨이 같이 있으면 괜찮다고 말해줬어요. 그래서 세 사람이 주방 식탁에 앉았어요. 로넨은 에란 옆에서 한 손을 아이의 목 뒤에 얹고 있었고 오르나는 두 사람의 맞은편에 앉았어요.

오르나가 에란에게 말했어요. "엄마를 죽인 남자를 잡았다는 소식을 너한테 전하고 싶었어. 그 말은 엄마가 자살하지 않았다는 것을 알아냈다는 뜻이야. 누군가가 엄마를 죽인 거야. 엄마는 너한테 돌아오려 했고, 또 그러고 싶어했는데 이 남자가 그렇게 하지 못하게 만든 거야. 이해되니?"

에란은 우는 모습을 보이지 않으려고 눈을 가렸어요.

"네 덕분에 이 남자를 붙잡을 수 있었다는 것도 말해주고 싶었어." 오르나가 덧붙였어요. 로넨은 왜 그런 말을 하느냐고 물었고 오르나는 나중에 더 자세하게 알려주겠다고 말했죠. 지금은 엄마를 죽인 남자가 누구인지 에란에게 알려주고 싶지 않았어요. 에란이 공책에 길의 자동차와 침실에 있는 두 사람을 본 밤에 대해 써놓지 않았다면 길이 절대 붙잡히지 않았을 거라는 말을 아직은 하고 싶지 않았어요. 대신 두 사람이 경찰과 다시 이야기를 나누고 법정에서 증언도 해야 할 거라는 말을 전했어요.

로넨은 고개를 끄덕였어요. "해야 할 일이 있으면 뭐든지 할게요."

오르나는 딸들을 데리러 가기까지 두 시간이 남아 있었어요.

아직도 길의 향수 냄새가 나는 것 같았고, 그의 입술이 그녀의 입술에 닿는 감촉이 느껴지는 것 같았어요. 오르나는 다른 목소리를 듣고 싶어서 애브너에게 전화를 걸었어요. 전화를 받은 애브너는 오르나가 들떠 있다는 것을 깨닫고 무슨 일이 있었느냐며 집에 일찍 들어가기를 원하느냐고 물었죠. 음성사서함에는 같은 관할 경찰서에서 일하는 몇몇 동료 경찰관들로부터 온 축하 인사가 남겨져 있었어요. 그러나 사실 자신이 한 일이 아무것도 없었기 때문에 그녀는 이전의 사건들과 달리 축하를 받아야 한다는 기분이 들지 않았어요. 길을 붙잡은 사람들은 오르나가 절대 자살했을 리 없다고 주장한 에란과 로넨이었고, 또한 수사를 계속할 이유를 제대로 설명하지 못했는데도 수사를 계속하도록 허락해준 일라나 리스였어요. 그리고 에밀리아도 있었죠. 오르나를 살해한 사람뿐만 아니라 에밀리아를 살해한 사람도 붙잡혔다는 소식을 누군가에게 전해줘야 했어요. 그래서 타데우스에게 전화를 걸었죠. 그녀의 마음속에 처음으로 의심이 생겼던 게 다 그의 첫 증언 덕분이었으니까요. 그러나 타데우스의 전화기는 꺼져 있었어요. 성당에 전화를 건 오르나는 타데우스가 이곳에서의 임기가 끝나 로마로 파견됐다는 소식을 들었어요. 에밀리아에 대한 이야기를 함께 나눌 사람이 아무도 없었기 때문에 오르나는 마음속의 그녀와 이야기를 나눴어요.

오르나가 집에 도착했을 때 어머니는 바로 가지 않고 그녀와 한동안 같이 있어줬어요. 수사에 대해 보도 금지령이 내려져 있었기 때문에 어머니에게 많은 이야기를 해줄 수는 없었지만 곧 더 많이 알려주겠다고 약속했죠. 어머니가 떠나고 딸들과 남게 됐을 때 오르나는 아이들과 뭔가 새로운 것을 해보고 싶었어요. 딸들이 전에는 한 번도 해보지 않은, 딸들이 항상 기억하게 될 뭔가를 말이에요. 그러나 그날은 그렇게 할 수가 없었죠. 오후에는 집 정리를 하면서 더디게 보냈어요. 오르나는 딸들과 함께 해변에 가서 모래를 가지고 놀며 석양을 바라보고 싶었지만 아이들은 집에서 그냥 TV를 보고 싶어했어요. 그래서 7시가 되자 매일 그랬던 것처럼 저녁 식사 준비로 달걀 요리를 하고 오이를 깎았어요. 아이들은 주방 온 군데와 온몸에 케첩을 묻히면서 자신들이 먹을 치즈 샌드위치를 만들었어요.

그날 밤에는 애브너와 다정한 시간을 보냈어요. 오르나는 그에게 말해줘도 되는 것 이상을 알려줬어요.

그해 겨울 내내 애브너는 오르나가 무슨 일을 겪고 있는지 거의 아무것도 눈치채지 못하고 있었어요. 물론 오르나에게 묻기도 하고 그녀가 이야기하고 싶어할 때는 들어주긴 했지만요. 오르나는 길의 아파트에 뭔가를 놓고 온 것처럼 초조함을 느꼈고, 시간이 늦었음에도 불구하고 혹시 누가 이메일이나 문자를 보냈는지 확인해보기 위해 몇 분마다 전화기를 확인했어요. A에게서는 축하 전화가 왔지만 일라나 리스는 병원에 있었기 때문에 전화를 하지 못했어요.

오르나는 카페에서의 만남이나 자파에서의 점심 식사, 길의 아파트에서 마지막으로 그를 만났던 일에 대해서는 애브너에게 말하지 않았어요. 길을 유인해 연애편지를 주고받은 다음 함정에 빠뜨려 체포하는 과정에서 자신이 중요한 역할을 했다고만 말했죠. 길에 대해 이야기하는 오르나의 눈앞에 그의 모습이 아른거렸어요. 그가 문을 열고 들어오던 순간, 그녀의 어깨 위에 손을 얹던 그 순간의 모습이…… 오르나는 애브너에게 자기 눈을 들키지 않으려고 자리에서 일어났어요. 그러고는 너트를 접시에 담아 거실로 돌아와서 애브너의 직장 일에 대해 물었어요.

오르나는 피곤했지만 애브너가 깨어 있는 동안에는 억지로 잠을 청할 수가 없었어요. 물론 그러고 싶었지만요. 시간은 째깍째깍 빠르게 흐르면서 밤이 점점 더 짧아지고 있었어요.

얼핏 잠이 든 오르나의 귓전에 다니엘의 울음소리가 들렸어요. 일어나 우유를 타서 아기에게 먹이고 나자 곧바로 로니도 잠에서 깼죠. 로니는 그해 겨울 거의 매일 밤 자다가 깨서는 집 안에 누군가 있다면서 무섭다고 말했어요.

오르나는 아이를 토닥여 달래며 집에 그들 외에는 아무도 없다고 속삭여줬죠. 딸이 새근거리는 숨소리를 내며 잠들었을 때 그녀는 침대로 돌아가서 눈을 감았어요. 이번에는 간신히 잠을 잘 수가 있었어요. 오르나와 에밀리아 당신들 두 사람이 잠자는 오르나를 지켜주기 위해 밤새 옆에 있어줬으니까요.

옮긴이의 말

상상 못 할 반전의 묘미를 맛보고 싶은 독자들에게

『세 여자』 번역을 끝내고 구글에서 작가에 대한 정보를 찾던 중 드로 미샤니의 사진을 보게 됐다. 번역 작업 내내 『세 여자』가 당연히 여성 작가의 작품일 것이라고 생각했기 때문에 헤어라인이 사라진 중년의 작가 사진을 보자 "어, 남자 작가였어?!"라는 말이 절로 튀어나왔다. 이스라엘에서 '드로'가 여자 이름인지 남자 이름인지 알지 못했을 뿐만 아니라, 할머니와 딸에게 『세 여자』를 바친다는 헌정사 때문에라도 작가를 여성으로 지레짐작했었다. 무엇보다 그런 오해를 하게 된 것은 각 부의 주인공이자 서술자가 여성들인 데다 세 여주인공의 심리 묘사가 굉장히 섬세하고 치밀했기 때문이다.

『세 여자』는 지금까지 내가 읽어본 두 번째 이스라엘 소설이다. 첫 번째 소설은 아모스 오즈Amos Oz의 『이스라엘 땅에서In the Land of Israel』였다. 팔레스타인과의 전쟁에서 아들을 잃은 어머니의 슬픔을 다룬 이 소설을 통해 전쟁이 어떻게 부모 자식과 부부 관계에 영향을 미치는지 살펴볼 수 있었고, 테러와 전쟁의 위협을 받으며 항상 긴장된 삶을 사는 이스라엘 사람들의 생활에 대해서도 알게 됐다. 반면『세 여자』의 경우 오르나와 길의 대화에서 전쟁이 잠깐 언급되는 틈을 타 전쟁의 영향력으로부터 벗어나 일상생활을 영위하는 이스라엘 사람들의 모습을 살펴볼 수 있었다.『세 여자』를 읽으면서 알게 된 첫 번째 사실은 이스라엘에 사는 유대인들의 모국어가 당연히 히브리어일 것이라는 내 고정관념과 달리 히브리어가 모국어가 아닌 이스라엘 사람들이 많다는 것이었다. 3부에서는 나훔이 에밀리아에게 히브리어를 가르치기 위해 적어놓은 글씨를 본 오르나가, 그것이 히브리어가 모국어가 아닌 사람이 쓴 글씨라고 추측하는 장면이 나온다. 나훔은 분명히 이스라엘에 사는 유대인인데 왜 히브리어가 모국어가 아닐까 잠깐 의문이 들었지만, 생각해보니 그는 오스트리아에서 살다 온 오스트리아계 유대인이었다. 많은 이스라엘인이 수 세기에 걸쳐 유럽 각지에서 유목민처럼 떠돌며 살다 2차 세계대전 이후 이스라엘로 돌아온 유대인들이었기에 그들에게는 히브리어가 모국어가 아니었다. 바로 그런 이유로 이스라엘 사람들에게는 영어보다 유럽의 언어들이 더 익숙하고, 그래서『세 여자』도 독일어판이 먼저 나오고 나중에 독일어판을 번역한 영어판이 나온 것이 아닌가 하는 생각이 들었다.

한 가지 재미있는 점은 우리나라 자동차 브랜드인 기아의 스포티지가『세 여자』에서 길이 연쇄살인범이라는 정황을 보여주는 중요한 증거로 작용한다는 사실이다. 연쇄살인범이 아니라 착하고 멋진 등장인물이 타는 차로 우리나라 자동차가 소설에 등장했다면 훨씬 더 좋았겠지만, 우리나라 자동차가 이스라엘에서도 판매 유통되고 있다는 사실을 아는 것만으로도 신기하고 뿌듯했다. 『세 여자』를 통해 이스라엘에 대해 알게 된 또 다른 사실은 2부의 주인공인 에밀리아처럼 이스라엘에 외국인 이주 노동자들이 많다는 점이었다. 이주 노동자들의 수가 빠르게 증가하고 있는 것이 전 세계적인 추세임에도 불구하고 내가 이스라엘에 외국인 노동자들이 많지 않으리라고 생각한 이유는 대학원 시절 들은 강의 때문이었다. 각국의 귀화 시험에서 언어가 차지하는 중요성의 비율을 분석하고 언어 시험이 어떻게 외국인 이주자들의 진입을 막는 감시자 역할을 하는지 살펴보는 강의를 통해 배운 바에 의하면 진입장벽이 가장 높은 국가 중 하나가 이스라엘이었다. 이 수업 때문에 귀화 기준이 까다로운 이스라엘에는 외국인 이주 노동자가 많지 않을 것이라는 선입견이 생긴 듯하다. 사실 더 나은 삶의 조건을 찾아 다른 나라로 이주한 외국인 노동자들에게 안락한 생활이 보장되는 경우는 많지 않아서 외국인 이주 노동자들이 사회의 취약계층을 형성하는 경우가 많다. 에밀리아가 그 대표적인 경우다. 이스라엘에 아무 연고도 없는 데다 히브리어를 전혀 할 줄 모르는 외로운 처지의 그녀는 길 같은 범죄자에게 쉬운 표적이 된다.

1, 2, 3부의 주인공이자 길에게 희생되었거나 희생될 뻔한 세 사람 모두 취약한 상황에 처한 여성들이다. 1부의 주인공 오르나는 이혼 후 아들 에란을 혼자 돌보느라 정신적, 경제적으로 힘들어한다. 한동안 연락을 끊었던 로넨은 재혼 후 에란과의 관계를 회복하기 위해 노력하고, 오르나는 에란이 아버지 집에 가서 살겠다고 하

지 않을까 불안해하며 전전긍긍한다. 2부의 주인공인 에밀리아는 라트비아 출신으로 46세에 미혼의 간병인이다. 그녀는 정서적 유대 관계를 맺었던 나훔이 세상을 떠난 후 요양원에서 새 환자를 돌보게 되지만 비좁은 방에서 고약한 성격의 환자와 그 딸을 대하는 일에 지쳐간다. 3부의 주인공인 엘라는 보수적이고 가부장적인 남편과의 사이에 세 아이를 둔 30대 대학원생이다. 그녀는 힘든 육아로부터 벗어나기 위해 늦은 나이에 공부를 시작했지만 동료 학생들과 교수들보다 나이가 많아 학교생활에 잘 적응하지 못하고 있다. 이렇듯 취약한 상태에 처한 세 여자에게 교묘하게 접근한 길은 이들과의 외도 사실이 드러날 위기에 처하자 오르나와 에밀리아를 죽이고, 범행을 눈치챈 엘라를 죽이려 한다.

『세 여자』는 3부로 나누어져 있고 각기 오르나와 에밀리아, 엘라(수사관 오르나)의 시점에서 서술된다. 그러므로 세 여자의 상황과 심리에 대해서는 독자들이 잘 알 수 있지만 길이 외도를 하고 살인을 저지르는 구체적인 동기는 명확하게 드러나 있지 않다. 길에 대해서는 추측만 가능하다. 이 소설의 구조적인 특이 사항으로는 3부에서 수사관 오르나(엘라)의 서술이 죽은 오르나와 에밀리아에게 보고하는 형식으로 이루어진다는 점을 들 수 있다. 3부 초반에는 서술자가 누구인지 혼란스러워할 독자들도 있을 수 있다. 3부의 핵심이자 이 소설의 백미라 할 수 있는 엘라의 반전이 지나고 나면 누구의 시점에서 서술이 이루어지고 있는지 그리고 1, 2부와 달리 왜 3부에서는 경어체로 서술이 바뀌었는지 그 이유가 명확하게 드러날 것이다. 물론 영어판에서야 경어 문제가 생길 수 없지만, 한국어 번역본에서는 세상을 떠난 연상의 두 여자에게 오르나가 전하는 이야기 부분에서 경어체를 사용할 수밖에 없었다.

범죄 소설의 일반적인 구조는 소설 초반에 범행이 이루어지고 탐정이나 형사가 범죄나 사건을 해결하는 형식을 취한다. 그러나 『세 여자』는 여러 가지 면에서 일반적인 범죄 소설의 틀을 깬다. 서문에서 저자가 말했듯이 『세 여자』는 뭔가 다르다. 우선, 『세 여자』에서는 범행이 소설 초반에 등장하지 않고 각 부의 끝에서 이루어진다. 범죄 소설이 아니라 일반 소설을 읽고 있는 줄 방심한 순간 갑자기 범행이 일어난다. 예상하지 못했던 범행이라 1부에서는 살인의 충격이 강하다. 1부에서의 학습 탓에 2부에서는 살인에 대한 예상이 가능하고 그로 인해 충격은 완화된다. 3부에서는 살인이 일어날 것이라고 예상되는 지점에서 피해자에 대한 동정과 안타까움을 느끼게 된다. 그러나 살인 대신 대반전이 일어난다. 이 대반전의 충격은 1부에서 느낀 살인의 충격보다 더 강하다. 『세 여자』의 또 다른 파격은 살인 사건을 해결할 탐정이나 형사가 소설 후반까지 등장하지 않는다는 점이다. 누가 사건을 해결할 것인지 불분명한 상황에서 예상치 못했던 의외의 인물이 대반전을 이루며 등장한다. 피해자가 사건의 해결자 역할을 하는 추리 소설을 누가 상상이나 할 수 있었겠는가?

혹시라도 소설 본문보다 역자 후기를 먼저 읽는 독자가 있지 않을까 하는 노파심에서 3부의 대반전에 대해서는 이쯤하여 입을 닫는 편이 좋을 것 같다. 아리스토텔레스가 『시학』에서 최고 반전의 예로

꼽은 『오이디푸스 왕』이나 많은 사람이 가장 강력한 반전의 예로 간주하는 『식스 센스』만큼은 아니라 할지라도, 반전의 묘미를 맛보고 싶은 독자들에게 『세 여자』를 권하고 싶다. 이 소설에서 심오한 인생의 의미를 찾거나 삶의 지혜를 얻을 수는 없다 해도 상당한 스릴을 즐길 수는 있을 것이다.

이미선

옮긴이 이미선

경희대학교 영문학과를 졸업하고 동 대학원에서 영문학 석사, 박사 학위를 받았다. 캘리포니아 스테이트 유니버시티에서 영어교육학 석사 학위를 받았으며 옮긴 책으로는 『해녀들의 섬』, 『자크 라캉: 욕망 이론』(공역), 『자크 라캉』, 『무의식』, 『연을 쫓는 아이』, 『라캉의 정신분석학과 페미니즘 이론을 통한 아동문학작품 읽기』, 『창조적 글쓰기』, 『순수의 시대』, 『제인 에어』, 『오만과 편견』, 『여성, 거세당하다』 등이 있다. 저서로는 『라캉의 욕망 이론과 셰익스피어 텍스트 읽기』가 있다.

세 여자

초판 1쇄 발행   2021년 3월 31일

지은이   드로 미샤니
옮긴이   이미선
펴낸이   김요안
편집   강희진
디자인   장지영

펴낸곳   북레시피
주소   서울시 마포구 신수로 59-1
전화   02-716-1228
팩스   02-6442-9684
이메일   bookrecipe2015@naver.com | esop98@hanmail.net
홈페이지   www.bookrecipe.co.kr | https://bookrecipe.modoo.at/
등록   2015년 4월 24일(제2015-000141호)
창립   2015년 9월 9일

ISBN 979-11-90489-31-7 03890

종이·화인페이퍼 | 인쇄·삼신문화사 | 후가공·금성LSM | 제본·대흥제책